Trois étoiles
et un meurtre

Du même auteur

Dans la collection Assassins sans visages

Un Alibi en béton (2020)
Trois étoiles et un meurtre (2019, Rouergue en poche 2020)
L'Île au rébus (2017, Rouergue en poche 2018)
La Trace du sang (2015, Rouergue en poche 2017)
Terreur dans les vignes (2014, Rouergue en poche 2016)
Le Mort aux quatre tombeaux (2013, Rouergue en poche 2015)

Dans la collection Rouergue noir

Rendez-vous à Gibraltar (2020)
La Petite fille qui en savait trop (2019)
Je te protégerai (2018)
Les Disparus du phare (2016)
Les Fugueurs de Glasgow (2015)
L'Île du serment
(2014, Trophée 813 du meilleur roman étranger 2015)
Scène de crime virtuelle (2013, Babel 2015)

Trilogie de Lewis

La Trilogie écossaise, édition intégrale (2014)
L'Île des chasseurs d'oiseaux
(2010, Prix Cezam des lecteurs 2011)
L'Homme de Lewis
(2011, Prix des lecteurs du Télégramme 2012)
Le Braconnier du lac perdu
(2012, Prix Polar International du festival de Cognac 2012)

Série chinoise

La Série chinoise, édition intégrale, volume I (2015)
La Série chinoise, édition intégrale, volume II (2016)

Livre illustré

L'Écosse de Peter May (2013)

Image de couverture : © Lionel Montico/Hemis.fr
Titre original : *Blowback*

www.lerouergue.com

PETER MAY

Trois étoiles et un meurtre

Traduit de l'anglais par Ariane Bataille

roman

ROUERGUE

Je dédie ce livre à la mémoire
de mon ami et mentor Tom Wright.

La nature parle et l'expérience traduit.
Jean-Paul Sartre

Prologue

Massif central, février 2003

Dominique glissa les deux piquets sous son bras et remonta jusqu'au menton la fermeture éclair de sa parka réglementaire avant d'attaquer la piste qui grimpait entre les arbres. Le froid hivernal s'était chargé d'humidité. Au loin les sommets des volcans disparaissaient encore sous la neige. De l'épaisse couche d'aiguilles de pin dont la boue était tapissée montait une puissante odeur de décomposition – aussi forte et amère que celle de la mort qui l'attendait là-haut. À cette pensée, elle frissonna.

Au-delà de la ligne des arbres, la pente s'accentuait. Bordé par un mur de pierres sèches à moitié écroulé, le sentier suivait un tracé irrégulier puis changeait brusquement de direction pour contourner un bouquet d'arbres sombres. Il recommençait ensuite à s'élever vers le sommet de la colline et, à partir de là, se perdait dans le lointain brumeux du plateau.

Dominique s'arrêta au tournant, jeta un coup d'œil par-dessus son épaule et s'étonna d'avoir déjà atteint une telle hauteur. Essoufflée, elle resta un moment immobile, à regarder en bas l'éclat bleu du gyrophare de son fourgon et le serpent des véhicules garés sur l'étroite route menant à l'auberge. Elle voyait un groupe de silhouettes minuscules et une antenne parabolique en train d'émettre, sans doute, ses signaux vers les dieux de quelque rédaction parisienne où des images accompagnées de déclarations soigneusement choisies seraient disséquées afin d'être plus faciles à digérer. Une histoire sensationnelle ! Une tragédie ! Un apéritif de choc pour les consommateurs voyeurs des infos du soir.

La jeune gendarme observa avec lassitude les dernières centaines de mètres qu'il lui restait à parcourir. À l'approche du sommet elle vit enfin les ruines du vieux buron barrer l'horizon. Il était difficile, maintenant, d'imaginer cet endroit habité – il l'avait été autrefois, en été seulement, lorsqu'on menait les animaux paître au milieu des immenses étendues de fleurs sauvages et d'herbes savoureuses du plateau. Peut-être était-ce agréable, après tout, sous un vent tiède, avec cette vue imprenable sur le toit de la France. Idéal pour s'évader du monde. Se sentir au-dessus de tout. Proche des dieux.

Mais, aujourd'hui, les nuages raclaient les sommets et crachaient leur misère sur la terre qu'ils noyaient dans un brouillard gris. Dominique aperçut deux silhouettes en imperméables luisants devant le mur de pierre mouillé – une femme assise sur un rocher, penchée en avant, la tête dans les mains, un homme debout près de l'ouverture sombre du buron. Le toit en pierre paraissait presque intact – sur ses lauzes abîmées qui laissaient passer la pluie mais pas la lumière, la cheminée toujours dressée n'avait pas senti la chaleur d'un feu depuis des années. Un second toit, beaucoup plus délabré – celui de l'abri pour les animaux – s'élevait un peu au-dessus du premier.

L'homme s'avança vers Dominique et lui serra la main. Elle le connaissait de vue. C'était un individu très grand et large d'épaules, mais le chagrin semblait le rapetisser. Sous son front ridé, presque entièrement caché par un béret bleu marine, ses yeux la fixaient tristement.

La femme leva un visage hagard puis retomba très vite dans son désespoir après avoir gratifié la gendarme d'un simple signe de tête, sans plus.

– Montrez-moi, dit Dominique en s'adressant à son compagnon.

Celui-ci courba le dos et passa le premier sous le linteau. Leurs ombres se projetèrent sur un sol boueux couvert de traces de pas et de flaques d'eau où se reflétait la lumière de l'extérieur. Dominique décrocha la lampe torche fixée à sa ceinture, l'alluma et balaya l'obscurité jusqu'à ce que le faisceau lumineux éclaire le corps tordu d'un homme en survêtement, gisant dans une flaque rouge de sang. Une brève inspiration involontaire gonfla sa poitrine. En dix ans passés dans la gendarmerie, c'était son premier meurtre. Si elle avait déjà extrait des corps horriblement mutilés d'épaves de voitures, rien ne l'avait réellement préparée à plonger les yeux dans ceux d'un homme dont toute la France connaissait le visage. Un visage à présent marqué en plein front par une balle qui avait traversé la tête. Il y avait de la cervelle grise et blanche sur ses cheveux ensanglantés, par terre, dans la boue. Elle sentit son estomac se soulever, mais s'efforça de suivre malgré tout le faisceau de la lampe qu'elle promenait autour du cadavre.

– Pas d'arme ? s'entendit-elle demander d'une voix chevrotante.

– Je n'ai rien vu.

– Il manque quelque chose ?

– Il portait toujours une ceinture dans laquelle il rangeait son téléphone et son Thiers. Elle a disparu.

Dominique lui jeta un coup d'œil perplexe :

– On l'aurait tué pour voler son portable et son couteau ?

L'homme haussa imperceptiblement les épaules.

Du menton, la jeune gendarme indiqua la porte. L'endroit était une scène de crime ; rien ne devait être touché avant l'arrivée des experts. Elle sortit derrière l'homme, empoigna les piquets toujours coincés sous son bras et les planta dans la terre meuble à l'aide du maillet qu'elle avait pris soin d'emporter. Un de chaque côté de la porte. Puis elle tendit entre les deux un ruban bleu et blanc que le vent fit aussitôt frétiller.

– Qui l'a découvert ?

L'homme tourna vers elle un regard bleu chargé de douleur.

– Moi. Il est parti courir comme d'habitude, tout de suite après le déjeuner.

– Il courait tous les jours ?

– Oui. Toujours en suivant le même circuit. Il descendait la route depuis l'auberge, remontait jusqu'au buron à travers les arbres, longeait la crête et rejoignait la route principale.

Il soupira avant d'ajouter :

– En ne le voyant pas revenir à quatre heures, on a commencé à s'inquiéter. Élisabeth avait peur qu'il ait fait une mauvaise chute.

– Il aurait téléphoné, non ?

– À condition d'être conscient.

– Pourquoi ne l'avez-vous pas appelé ?

– Je l'ai fait. Et comme il ne répondait pas, je suis parti à sa recherche.

– Qu'est-ce qui vous a donné l'idée d'entrer dans le buron ?

– Je n'y suis pas entré tout de suite. J'y suis retourné parce que je ne le trouvais nulle part.

Il pinça les lèvres pour contenir son émotion et souffla :

– C'est dur de découvrir son petit frère comme ça.

Dominique hocha la tête. Elle pouvait difficilement se mettre à sa place.

– Et ces traces de pas ?

– Il y en a beaucoup. Certainement plus qu'il n'en a laissé lui-même. Je suppose que les miennes s'y sont ajoutées.

– Vous avez touché le corps ?

– Non. Je l'ai regardé d'assez près pour comprendre qu'il était mort. Enfin, je veux dire que ça m'a paru évident. Je suis redescendu à l'hôtel et j'ai alerté la gendarmerie.

Les yeux de Dominique se posèrent sur la silhouette prostrée de la femme assise sur le rocher. Sans attendre qu'elle lui pose la question, l'homme expliqua :

– Elle a insisté pour m'accompagner. Il fallait qu'elle le voie elle-même pour le croire. Elle frisait l'hystérie. Et maintenant, la voilà catatonique.

Dominique s'approcha de l'endroit où la piste plongeait dans la pénombre vers la ligne floue des arbres. La tombée de la nuit ne faciliterait pas la montée de la police scientifique. Il faudrait attendre le matin avant qu'une fouille méthodique des lieux puisse être entreprise. En bas, sur la route, les véhicules avaient allumé leurs lumières.

– Comment se fait-il que les journalistes soient arrivés si vite ?

– Ils étaient déjà là, répondit l'homme d'un air tristement résigné. Marc les avait tous invités à venir de Paris. Il adorait recevoir, être le point de mire. Et, naturellement, aucun journaliste sain d'esprit n'aurait refusé une invitation à dîner chez Marc Fraysse.

– Que célébrait-il ?

Il hésita.

– Marc était désespéré. Peut-être avez-vous entendu parler des spéculations auxquelles se livraient les médias ? Qu'il aurait été sur le point de perdre une étoile ?

– Et alors, c'était si catastrophique ?

Il eut un petit sourire triste, à la fois ironique et incrédule – exprimant par cette simple torsion des lèvres qu'il possédait un savoir et un raffinement inaccessibles à une gendarme de campagne.

– Une catastrophe totale, affirma-t-il d'un ton condescendant. L'anéantissement d'une vie entière passée à l'obtenir. Un traumatisme humiliant, dévastateur.

Tout en sachant qu'elle devait lui paraître sotte et balourde, elle insista :

– Mais pourquoi avait-il invité ces journalistes ?

– Il voulait faire une déclaration.

– Laquelle ?

– Ça, on ne le saura jamais, répondit le frère du mort en écartant les mains devant lui.

Chapitre 1

Cahors, octobre 2010

Il avait ébarbé et lavé les noix de Saint-Jacques merveilleusement charnues réservées à son intention par le poissonnier du marché couvert, de l'autre côté de la place. Elles dégageaient un délicieux arôme marin sans le moindre effluve de poisson. Après les avoir coupées en deux dans le sens de l'épaisseur avec un couteau à la lame aussi affûtée que celle d'un rasoir, il avait posé les médaillons sur un papier essuie-tout destiné à absorber leur jus laiteux.

Il répartissait maintenant des feuilles de salade sur les assiettes. Laitue, pousses d'épinard, roquette, plus un filet de sauce sirupeuse au vinaigre balsamique. Sur le feu, la poêle fumait. Il l'inclina dans un sens puis dans l'autre afin de bien étaler sur toute sa surface les petites rigoles de beurre fondu et d'huile d'olive avant d'y jeter les noix de Saint-Jacques. Le grésillement de la chair saisie emplit la pièce, en même temps qu'un doux parfum. Soixante secondes plus tard, il les retourna, constata avec satisfaction qu'une croûte caramélisée s'était formée sur la face cuite. Encore soixante secondes, et il enfonça rapidement une fine broche de métal au centre de la plus grosse avant de la lever à hauteur de ses lèvres. Les noix étaient assez chaudes, donc assez cuites. Juste assez.

Il se dépêcha de disposer artistiquement cinq médaillons sur chaque assiette garnie de salade et, une dans chaque main, pivota vers la table pour les placer face à face. Il avait déjà rempli les grands verres d'un Gaillac blanc, très frais, provenant du domaine de Sarabelle. Hélène écarquilla les yeux et respira à fond.

– Mon Dieu, Enzo, quel parfum fantastique ! Servez tous les soirs un plat comme celui-ci à une femme et elle vous mangera dans la main.

– Qui sait si ce n'est pas mon intention ? plaisanta Enzo en souriant.

L'air sceptique, Hélène haussa les sourcils.

– Hum. Si seulement…

– En tout cas, je préfère que vous les mangiez dans votre assiette plutôt que dans ma main, commissaire. Et vite. Elles ne vont pas rester chaudes très longtemps.

Malgré le thermostat du chauffage central poussé au maximum, le froid pénétrant de cet hiver précoce semblait envahir l'appartement. Seule la chaleur du four et des brûleurs réussissaient à le tenir à distance. Tout en s'asseyant, Enzo jeta un coup d'œil par la porte-fenêtre, vers les dômes illuminés de la cathédrale Saint-Étienne. La pluie qui tombait en diagonale brouillait le paysage ; un peu de neige fondue paraissait même s'y mêler. Du jamais vu à Cahors au mois d'octobre.

– Délicieux !

Il tourna la tête. Hélène le regardait d'un air réjoui ; elle but une gorgée de vin blanc et se tapota les lèvres avec sa serviette.

À plus de quarante ans, c'était encore une très belle femme. Ses cheveux habituellement relevés sous son chapeau d'uniforme retombaient avec élégance sur ses épaules carrées. Sixième femme, seulement, de toute l'histoire de la République à avoir été nommée directrice de la Sécurité publique d'un département, elle n'avait jamais vraiment compris qu'Enzo trouve amusant de l'appeler commissaire. Elle avait fini par en conclure que c'était une façon subtile de lui faire comprendre que leur relation épisodique ne prendrait jamais le chemin de l'intimité.

Elle glissa une autre noix de Saint-Jacques dans sa bouche, la mâcha avec délice et dit :

– J'ai bien peur que les tentatives d'identification de celui qui a voulu vous tuer n'avancent guère.

Enzo la dévisagea d'un air songeur, distrait par la délicate saveur caramélisée de la noix de Saint-Jacques qui se mélangeait à la douceur du vinaigre balsamique et à l'amertume de la salade. Il prépara son palais à la bouchée suivante en le rinçant avec une généreuse gorgée de vin, puis haussa les épaules.

– Sa dernière tentative remonte à plus d'un an. Il est peut-être mort aujourd'hui, ou derrière les barreaux.

Il savait cependant que c'était peu probable. Sur les sept affaires classées du livre de Roger Raffin, il en avait déjà résolu quatre. Quelqu'un, quelque part, redoutait certainement qu'il aille plus loin.

Hélène non plus ne semblait pas convaincue, mais elle décida de changer de sujet. Elle enfourna sa dernière Saint-Jacques, essuya avec un morceau de pain la sauce qui nappait son assiette, et demanda :

– Où est Sophie en ce moment ?

– Eh bien, je suis heureux de pouvoir dire que j'ai réussi à convaincre ma chère fille de reprendre ses études. Ça m'avait beaucoup déçu qu'elle laisse tomber la fac pour travailler dans la salle de sport de Bertrand.

– Ah bon ? fit Hélène avec un intérêt feint. Et qu'est-ce qu'elle étudie ?

La réponse d'Enzo fut assez évasive :

– Oh, elle fait un stage de quelques semaines.

Sans donner d'autre explication, il se leva, enleva les assiettes qu'il posa sur le comptoir, et lança :

– Je suis à vous dans une minute.

Sur ce, il reporta toute son attention au plat principal. Un filet mignon de porc mariné dans un mélange de sauce soja, miel et cinq épices, et rôti au four. Il retira la feuille de papier-alu dont il l'avait enveloppé avant de faire cuire les noix de Saint-Jacques, et le découpa en tranches qu'il disposa sur des assiettes préchauffées. Il fit ensuite couler sur la viande une réduction de la marinade, et entoura le tout de petites pommes de terre croustillantes rôties au four sur un lit de romarin.

– Voilà ! annonça-t-il comme un magicien exécutant un tour complexe.

Puis, saisissant une bouteille de vin rouge, il ajouta :

– Avec un syrah vieilli en fût de chêne. Assez puissant et fruité, je crois, pour relever la douceur du porc.

Il remplit deux verres.

– Mon Dieu, Enzo ! s'exclama Hélène en contemplant l'assiette posée devant elle et en respirant l'arôme qui s'en dégageait. Vous essayez de me séduire ?

Il se mit à rire.

– Même si ça ne mérite pas trois étoiles au Michelin, il faut que ce soit digne d'une commissaire qui accepte d'enlever son uniforme le temps d'un soir.

Elle sourit avec modestie, consciente que ce flirt n'irait jamais plus loin, mais l'appréciant tout de même. La viande était aussi tendre que du beurre. Elle en enfourna une bouchée avec un cube de pomme de terre enrobé de sauce et ferma les yeux.

– Vous avez raté votre vocation.

– Oh non, s'esclaffa Enzo. C'est juste un hobby, commissaire. Je ne crois pas que ça m'aurait plu de trimer sept jours sur sept dans une cuisine surchauffée, comme Marc Fraysse.

Hélène contempla le visage souriant de son hôte, ses cheveux bruns noués en queue-de-cheval, légèrement grisonnants, pas assez toutefois pour effacer la mèche blanche qui les zébrait, ses yeux pétillant de vie et d'humour, l'un marron, l'autre bleu, et le trouva encore très beau pour un homme qui avait dépassé la cinquantaine.

– Fraysse est donc le prochain sur la liste ?

Le sourire d'Enzo s'estompa un peu.

– En effet. Je pars demain matin pour le Puy de Dôme. De très bonne heure.

Comprenant, à cette allusion subtile, qu'il ne lui proposerait pas de passer la nuit chez lui, elle masqua sa déception en portant son verre de vin à ses lèvres.

Chapitre 2

Une pluie fine et froide balayait le vaste plateau entouré de volcans éteints. L'autoroute passait au sud de l'agglomération grise de Clermont-Ferrand dont les immeubles et les usines escaladaient les collines avant de s'évanouir dans le brouillard comme autant de mirages au milieu d'un désert industriel. C'était ici le berceau de Michelin, le fabricant de pneus à l'origine du plus prestigieux des guides gastronomiques – celui qui, depuis 1931, décernait aux meilleurs restaurants une, deux ou trois étoiles.

Enzo quitta l'A72, qui continuait vers l'est jusqu'à Saint-Étienne, et prit la direction du sud pour rejoindre Thiers, capitale française de la coutellerie. Peu à peu, il vit émerger de la brume et de la pluie la ville perchée sur son éperon rocheux. Des grappes de maisons roses et blanches accrochées à la pente, hautes de quatre niveaux côté aval, deux côté amont. Du pied de la colline, la route montait en serpentant comme dans un canyon dont les parois auraient été percées de fenêtres et ornées de balcons.

D'étroites ruelles partaient vers la gauche et la droite, grimpant, plongeant, sillonnant le cœur de la cité médiévale et ses maisons à encorbellement.

Au sommet de la colline, une vaste esplanade offrait une vue spectaculaire sur l'enchevêtrement des toits de tuile et, au-delà, sur la vallée. Enzo trouva, en contrebas, un endroit où garer sa chère 2CV constellée de boue. Tout en remontant la côte à pied, il dépassa une horrible construction moderne qui abritait l'Hôtel de Ville. Une file de véhicules bleus de la gendarmerie étaient garés devant.

La gendarmerie, elle, était installée dans un beau bâtiment en brique jaune et pierre blanche incrustée de motifs rouges, voisin d'un café, le Café Central. Enzo gravit les marches et pénétra dans le hall. Un gendarme entre deux âges debout derrière un comptoir leva les yeux et haussa les sourcils, manifestement surpris par l'apparition du grand Écossais à queue-de-cheval, en pantalon cargo, chaussures de marche et anorak kaki, une grosse besace en toile suspendue à l'épaule.

– Je cherche Dominique Chazal, annonça Enzo en lui adressant son plus beau sourire.

– Ah oui ? fit l'autre, l'air un peu méfiant.

– Oui.

– Et qui la demande ?

– Enzo Macleod.

Le gendarme hésita un bon moment, comme s'il avait du mal à accepter que sa fonction ne se limite pas à exercer son autorité sur la population mais exige aussi qu'il se mette à son service. Finalement, il se détourna, poussa une porte et disparut. Moins d'une minute plus tard, la porte se rouvrait sur une jeune femme en uniforme très souriante, qui allongea le bras par-dessus le comptoir.

– Monsieur Macleod.

Impressionné par la fermeté de sa poignée de main, Enzo la salua d'un signe de tête, sans rien dire.

– Je vous attendais depuis longtemps, ajouta-t-elle.

***

Au volant de sa 2CV, Enzo suivit le fourgon bleu, d'abord en direction de Vichy sur la D906, puis après quelques kilomètres en direction du petit village de Saint-Pierre – quelques maisons serrées autour d'une église ocre bâtie avec la pierre locale – niché au fond d'une vallée, entre deux impressionnants promontoires volcaniques. À la sortie du village, sur la droite, deux blocs de pierre, chacun orné d'une plaque de marbre gris gravée du monogramme MF, signalaient l'entrée d'une voie privée.

Cette petite route grimpait au milieu d'une forêt de pins. Au bout de deux cents mètres, Dominique gara le fourgon sur un parking en terre battue, point de départ d'une piste coupe-feu, et en descendit prestement. Le temps qu'Enzo s'extirpe de son siège, elle l'attendait déjà à l'entrée du sentier.

– L'auberge Fraysse se trouve plus loin, au bout de la route, à un kilomètre environ, expliqua-t-elle. Marc avait l'habitude de courir chaque après-midi.

Il descendait jusqu'ici et empruntait cette piste pour grimper sur le plateau.

Enzo claqua la portière de sa 2CV et leva les yeux.

– Il revenait par le même chemin ?

– Non. Là-haut, il longeait le bord du plateau, redescendait sur la face sud, et rejoignait la route principale qu'il suivait avant de reprendre celle-ci pour regagner l'auberge.

– Ce sont ses parents qui lui avaient légué l'hôtel et le restaurant, n'est-ce pas ?

– Oui. À lui et à son frère Guy. Mais Guy ne s'est joint à l'affaire qu'à partir du moment où Marc a décroché sa troisième étoile.

Enzo indiqua du menton la trouée dans les arbres.

– Vous me montrez le chemin ?

La pente était raide ; les racines et les ornières cachées sous les aiguilles de pin rendaient la montée périlleuse. Enzo ne s'imaginait pas en train de la gravir en courant. Au bout d'une dizaine de mètres, il se sentait déjà à bout de souffle alors que Dominique avançait devant lui d'un pas régulier. La gendarme était une femme mince, qui ne devait pas avoir plus de trente-cinq ans ; le balancement de ses hanches et la tension de ses muscles fessiers moulés par le pantalon d'uniforme encouragèrent Enzo à dominer la souffrance que lui infligeait l'âge. Seul le pistolet dans l'étui noir fixé à la ceinture blanche lui donnait à réfléchir. Il valait toujours mieux se tenir à distance des femmes armées.

La pluie avait cessé, mais des pans de brume restaient accrochés aux arbres comme des écharpes de fumée, et l'eau gouttant lentement des millions d'aiguilles de pin ne tarda pas à les tremper. Lorsqu'ils émergèrent enfin des bois, Dominique, à peine essoufflée, se tourna vers Enzo. Haletant, le visage cramoisi, celui-ci fournit un ultime effort pour la rattraper.

– Vous voulez vous reposer un peu ? proposa-t-elle.

– Nooon, ça va…, mentit Enzo. C'est encore loin ?

– On a parcouru un tiers du chemin.

Effondré, il arriva tout de même à sourire :

– Allez-y. Je vous suis.

Mais il maudit intérieurement cette stupide fierté mâle qui l'empêchait d'admettre qu'il n'était plus aussi jeune qu'il l'avait été.

Lorsque, quinze minutes plus tard, ils atteignirent le sommet, il mit plusieurs minutes à récupérer, un pied sur le rocher où, sept ans plus tôt, Dominique avait trouvé la veuve de Marc Fraysse, prostrée. Tout en essayant de maîtriser sa respiration, il regarda autour de lui. Le buron était à moitié englouti par le nuage bas qui recouvrait le plateau. Ici, la brume tourbillonnait au gré du vent au milieu des hautes herbes mouillées.

– Qu'est-ce que c'était ? demanda-t-il en examinant la construction en partie effondrée.

– Un buron. La maison où les fermiers emmenaient leur famille en été, de juin à septembre, quand ils montaient faire paître leurs moutons ou leurs vaches sur les hauts plateaux. On en trouve dans toute l'Auvergne.

– En Écosse, on appelle ça des *shielings*. Au fond, c'est la même chose, dit-il en se redressant.

Il avait lu plusieurs fois le récit du meurtre dans le livre de Raffin, mais il voulait aussi l'entendre de la bouche de la jeune gendarme. Après tout, Dominique Chazal avait été la première représentante de la loi sur les lieux du crime.

– Racontez-moi ce que vous avez vu en arrivant ici, Dominique.

Il l'écouta attentivement décrire les évènements de cette sombre après-midi de février 2003. Les médias rassemblés sur la route. Guy Fraysse et Élisabeth, la veuve de Marc, l'attendant au buron. La victime couchée dans une flaque d'eau rouge de sang.

Il observa son expression sérieuse, concentrée tandis qu'elle essayait de se rappeler chaque détail. Il ne put s'empêcher de penser que sans être vraiment beau, son visage dépourvu de maquillage était attirant par sa simplicité. Et que ses yeux marron, chaleureux, dégageaient une merveilleuse sérénité.

Il la suivit à l'intérieur du buron.

– C'était à peu près comme aujourd'hui, dit-elle. Avec des flaques d'eau et de la boue. Et beaucoup de traces de pas.

– Que vous avez identifiées ?

– On a distingué celles de cinq personnes au total. Marc Fraysse. Son frère. Sa femme. Et deux inconnus. Dont le meurtrier, sans doute, ou les meurtriers.

– Ou quiconque venu s'abriter plus tôt dans la journée, bien avant l'arrivée de Marc.

Dominique secoua la tête.

– Non. Selon les experts de la police scientifique, les empreintes étaient récentes, du moins laissées en même temps que les autres.

– Des moulages en ont été pris ?

– Oui.

– Où était le corps, exactement ?

Dominique s'enfonça dans l'ombre.

– Ici. Allongé perpendiculairement au mur.

– Sur le ventre ?

– Plus ou moins. La tête tournée de côté. Des traces de sang et de matière cervicale ont été retrouvées sur le mur du fond ; d'après la configuration de ses empreintes de pas, il aurait été projeté en arrière par la violence du coup et aurait heurté le mur avant de basculer en avant.

– Je pourrai voir le rapport d'autopsie ? Et les photos ?

– Je vous montrerai une copie du rapport d'autopsie et les photos de la scène du crime. Le médecin-légiste a gardé celles qu'il a prises pendant l'autopsie.

Enzo hocha la tête et ressortit dans la brume en clignant des yeux. Le temps s'éclaircissait-il ou était-ce juste le contraste entre la lumière du jour et la pénombre du buron ? En tout cas, il appréciait de se retrouver à l'air libre. Il sentait dans cette ruine une présence pénétrante – impression qu'il avait déjà éprouvée sur d'autres scènes de crime, presque comme si, incapable de trouver le repos, l'esprit de la victime hantait les lieux en attendant qu'on démasque son assassin. Mais il savait que ce n'était là que le fruit de son imagination débridée.

Remarquant le regard de Dominique posé sur lui, il demanda :

– Vous connaissiez Marc Fraysse ?

– Je l'avais rencontré. C'était une célébrité locale.

– Il était célèbre dans toute la France.

– Dans le monde entier. Un an avant sa mort, Chez Fraysse avait été classé cinquième meilleur restaurant de la planète. Marc était un enfant du pays. Il était des nôtres. On était fiers de lui, comme on l'aurait été d'un membre de notre famille. Marc, Guy, Élisabeth… tout le monde les connaissait.

Enzo sourit.

– Quelle chance d'avoir un restaurant pareil à deux pas de chez soi.

Le brusque éclat de rire amusé de Dominique le surprit.

– Oh la la ! Je n'ai jamais mangé Chez Fraysse, monsieur Macleod ! Le menu le moins cher coûtait déjà cent cinquante euros à l'époque. Vous croyez que je peux m'offrir ça avec mon salaire de gendarme ?

– Une femme comme vous a sûrement dans sa vie un homme prêt à dépenser cette somme pour elle !

Le rire de Dominique s'estompa, un nuage voila ses yeux.

– Je n'en connais pas.

Puis, s'efforçant de sourire à nouveau, elle ajouta :

– Si vous avez terminé, on devrait redescendre maintenant.

Mais Enzo ne bougea pas.

– Juste une dernière chose, encore. La ceinture dans laquelle il rangeait son couteau et son téléphone avait disparu, n'est-ce pas ?

– Exact.

– On ne l'a jamais retrouvée.

– Non.

– Vous l'avez cherchée ?

– Oui. Une dizaine de gendarmes ont passé au peigne fin une zone de cinq cents mètres carrés autour du buron et sur toute la longueur de la piste. Ils n'ont rien trouvé. Même pas un mégot.

Enzo tourna les yeux vers Dominique et s'aperçut qu'elle le regardait fixement, la tête légèrement penchée sur le côté, ses yeux marron grand ouverts, à nouveau pleins de chaleur.

– C'est bien la première fois que je rencontre une telle volonté de coopération de la part de la gendarmerie, observa-t-il.

Elle sourit :

– Ne le dites surtout pas à mes supérieurs.

– Pourquoi ? Je veux dire, pourquoi tenez-vous autant à m'aider ?

Elle haussa les épaules avec une sorte de candeur.

– Quand j'ai reçu l'appel de Guy Fraysse annonçant que son frère venait d'être assassiné, j'avais vingt-huit ans. C'était mon premier meurtre. Le dernier… j'espère. En tout cas, bien qu'on m'ait nommément chargée de l'enquête, puisque j'étais la première sur les lieux, on s'est dépêché de me la retirer. Marc Fraysse n'était pas un simple chef. C'était une star. L'enfant chéri de la France. Des procureurs, des juges d'instruction, des commissaires de police me sont tombés dessus. L'affaire était beaucoup trop importante pour être laissée entre les mains d'une petite gendarme de campagne. Mais de tous les gros bonnets débarqués à Thiers, pas un seul n'a été capable de la résoudre. Et quand la publicité autour du meurtre a commencé à se tasser, eux aussi se sont fait oublier.

Elle prit une profonde inspiration avant d'ajouter :

– J'aimerais savoir qui l'a tué, monsieur Macleod. Si *vous* ne pouvez pas découvrir son assassin, je crois que personne ne le pourra jamais.

***

Le temps qu'ils arrivent au bas de la piste, le nuage avait avalé le buron, devenu aussi invisible que s'il n'avait jamais existé, comme si le meurtre du chef le plus célèbre de France était le produit d'une imagination trop fertile.

Tout en ouvrant la portière de son fourgon, Dominique demanda à Enzo :

– Vous voulez venir jeter un coup d'œil aux rapports et aux témoignages ?

– Oui, mais pas tout de suite. Je dois d'abord me rendre à l'auberge pour rencontrer la famille. Je veux me faire une idée des lieux. Et de l'homme.

Chapitre 3

Sur la route qui montait vers l'hôtel, Enzo croisa un groupe d'hommes occupés à planter des piquets de neige sur les bas-côtés. Ils s'interrompirent pour le regarder passer et l'un d'eux – un grand type mal rasé au regard sombre et farouche – hocha la tête lorsque leurs yeux se rencontrèrent. Un pick-up était garé quelques mètres plus loin ; au-delà, s'ouvrait brusquement sur la gauche un à-pic d'une vingtaine de mètres. Au fond de ce ravin coulait un torrent alimenté par une cascade. Seule une petite barrière de bois peinte en blanc séparait la chaussée du vide.

Au-dessus de la cascade, entre les arbres, Enzo aperçut bientôt le célèbre restaurant Chez Fraysse, l'un des plus célèbres au monde. Puis, au détour d'un virage, en le voyant apparaître en entier, il ressentit une certaine déception. Même s'il n'avait aucune idée de ce qu'il allait trouver, il ne s'attendait sûrement pas à cette maison carrée couverte de lauze, très éloignée de l'image qu'on pouvait se faire d'un restaurant trois étoiles du guide Michelin. Évidemment, l'établissement n'avait été pendant longtemps qu'une simple auberge de campagne, une étape pour les voyageurs de commerce qui exerçaient autrefois leur métier le long de l'ancienne D2089 entre Clermont-Ferrand et Saint-Étienne. Mais, en se garant sur le parking planté de platanes, dont les grandes branches devaient fournir en été une ombre agréable, il se rendit compte à quel point la première impression était trompeuse.

Les pierres de la bâtisse avaient été sablées afin de retrouver leur couleur originelle ocre jaune, puis soigneusement jointoyées. D'élégantes vérandas avaient été ajoutées, au sud et à l'ouest, ainsi que de très belles extensions en pierre, l'une au nord, l'autre à l'est, cette dernière reliée à une annexe en forme de L abritant des chambres ; l'ensemble encadrait sur trois côtés une cour ombragée par un énorme marronnier dont les feuilles rousses jonchaient les pavés luisants. À l'ouest du parking, une ancienne grange aménagée abritait elle aussi des chambres, et d'impeccables jardins en terrasses descendaient vers une piscine. Des chambres haut de gamme étaient indispensables à un restaurant trois étoiles aussi isolé. Non seulement pour laisser aux clients le choix de boire à leur guise et leur permettre ensuite de passer la nuit sur place, mais aussi pour maximiser les rentrées d'argent indispensables à la survie d'un métier difficile.

Lorsqu'il emprunta le sentier qui contournait la maison, Enzo comprit pourquoi Marc Fraysse avait choisi de rester là et de relooker la propriété dont il avait hérité. Fièrement campée sur un promontoire rocheux, elle dominait la forêt et semblait embrasser tout le Massif central. Même par un jour aussi couvert, on voyait les sommets enneigés d'Auvergne et l'ombre majestueuse du Puy de Dôme poussant ses quelque mille cinq cents mètres dans les nuages. Les deux vérandas offraient une vue imprenable, et c'était là que Marc Fraysse avait installé les salles à manger du restaurant, au risque de détourner l'attention des convives de leur assiette. À elle seule, cette vue valait le prix de l'addition. En été, avec les baies ouvertes, on devait avoir la sensation de dîner en plein ciel.

L'entrée principale de l'auberge se trouvait maintenant sur la façade de l'extension est, où une porte à tambour propulsa Enzo dans un espace lumineux, vitré sur trois côtés. Une femme séduisante d'une quarantaine d'années assise au bureau de la réception l'accueillit avec un grand sourire.

– Puis-je vous aider ?

– Je crois que madame Fraysse m'a réservé une chambre.

Il vit une légère ombre voiler momentanément son sourire.

– Ah, monsieur Macleod. Oui, nous vous attendions.

Elle attrapa une carte magnétique, la glissa dans un étui brillant gravé des initiales MF sous lesquelles le numéro 23 était imprimé en chiffres dorés, et la lui tendit :

– C'est au premier étage. En haut de l'escalier, à gauche. Une de nos suites.

– Merci.

– Dois-je envoyer quelqu'un prendre vos bagages dans votre voiture ?

Enzo souleva sa sacoche en toile :

– Inutile. Je voyage toujours léger.

La réceptionniste jeta un bref coup d'œil à la sacoche puis, sans cesser de sourire, dit :

– Bien sûr. Je préviens madame Fraysse de votre arrivée. Elle vous recevra dans son appartement privé. La double porte au bout de votre couloir. Elle vous appelle dès qu'elle est prête.

***

Proche de la soixantaine, madame Fraysse était une femme d'une beauté saisissante. Ses fins cheveux gris acier tirés en arrière et attachés sur la nuque par un nœud très élaboré de rubans noirs dégageaient un visage aux traits délicats. Elle avait des yeux d'un vert incroyablement pâle et ses lèvres pleines légèrement maquillées révélaient en souriant des dents d'une blancheur impeccable. Elle avait beaucoup de classe et, sans nul doute, beaucoup d'argent ; Enzo ne put s'empêcher de penser que sa peau trop lisse et ses dents trop parfaites devaient beaucoup à la chirurgie esthétique et trahissaient une certaine vanité. D'une poignée de main ferme, elle l'invita à entrer dans son appartement privé.

– Je vous suis très reconnaissant de bien vouloir me recevoir, madame.

Elle lui désigna un fauteuil en cuir couleur sang de bœuf et prit place dans un autre, face à lui.

– Je ferais n'importe quoi pour découvrir qui a tué mon mari, monsieur Macleod. La police s'est montrée en dessous de tout. Et votre réputation vous a précédé.

Enzo regarda autour de lui. Le salon était assez spartiate. Parquet verni, brillant, froid ; murs unis décorés de quelques toiles abstraites non encadrées qui avaient dû coûter des sommes à quatre, cinq, voire six chiffres ; un canapé et des fauteuils en cuir rigide ; des stores vénitiens devant des fenêtres sans rideaux. Plusieurs meubles anciens bien astiqués étaient disposés autour de la pièce comme des domestiques attendant des instructions qui ne viendraient jamais. Il n'y avait pas de cheminée et, malgré le chauffage, l'air était plutôt frais.

– Je ne voudrais pas vous donner trop d'espoir, madame. Il semble exister fort peu d'indices, et aucun mobile apparent.

– Pourtant, vous avez déjà résolu quatre des sept affaires du livre de Roger Raffin, n'est-ce pas ?

– Oui, plus ou moins. Mais celle-ci me paraît, de toutes, la plus déconcertante. Pourquoi vouloir tuer un homme que le monde entier adore ?

Un silence gêné accueillit sa question.

– C'est à moi que s'adresse la question ?

– Oui.

– Alors, laissez-moi vous dire que je n'en ai pas la moindre idée, monsieur Macleod. À bien des égards, Marc était un homme faible. Il voulait que les gens l'aiment. Il avait besoin de leur amour. Et il aurait fait n'importe quoi ou presque pour l'obtenir. Mais il était drôle, généreux, et ne disait jamais de mal de personne. Il n'avait pas un seul ennemi au monde.

– J'ai lu quelque part qu'il était sujet à la dépression.

– Oui, fit-elle avec une petite moue qu'Enzo interpréta comme une légère réticence à l'admettre. Marc était un homme des extrêmes, vous savez. Ambition extrême, travail extrême. Et dépression extrême lorsque les choses tournaient mal. Mais c'était rare. La plupart du temps, il était enjoué, extrêmement amusant, extrêmement sociable. Et, bien entendu, extrêmement doué. Non seulement c'était un chef unique, merveilleux, mais aussi un merveilleux mentor. Tous ses collaborateurs l'auraient suivi en enfer. Et nous avons traversé l'enfer bien des fois, monsieur, quand il se battait pour être reconnu et s'échinait à créer Chez Fraysse.

– Votre mari a hérité l'auberge de ses parents, n'est-ce pas ?

– Avec son frère Guy.

– C'est donc une copropriété.

– En effet, mais elle ne valait rien à la mort des parents. La clientèle de passage a pratiquement disparu avec la création de l'autoroute A72. Les affaires périclitaient depuis des années ; la maison était en piteux état. C'est la réputation grandissante de Marc et l'attribution des étoiles qui nous ont sauvés. Et, bien sûr, la troisième étoile nous a encore hissés à un niveau supérieur. Soudain, tout paraissait possible. Tout ce que vous voyez autour de nous, c'est uniquement le génie culinaire de Marc qui nous a permis de le réaliser.

– Guy n'a jamais cuisiné ?

– Oh, si ! Marc et lui ont appris ensemble. Auprès de leur mère, d'abord, jusqu'à ce que leur père décide qu'ils devaient recevoir une formation sérieuse. Ce qui est ironique vu que lui-même n'a jamais travaillé à l'auberge. Ça ne rapportait pas assez d'argent, vous comprenez. À peine de quoi procurer un toit et un revenu complémentaire à la famille. Le vieux monsieur Fraysse voyageait dans toute la France pour vendre des chaussures. C'est dans un restaurant de Clermont-Ferrand où il avait l'habitude de déjeuner depuis des années qu'il a obtenu deux places d'apprentis pour ses fils – dans la cuisine des frères Blanc.

Enzo hocha la tête. À une époque, les frères Blanc avaient sans doute été les cuisiniers les plus réputés de France, encore plus réputés que les frères Roux, ou les frères Troisgros. Envoyés par leur père auprès des meilleurs chefs du pays pour apprendre à cuisiner, Pierre et Jacques Blanc étaient revenus s'installer à Clermont-Ferrand où ils avaient transformé l'humble cuisine familiale qui préparait des repas bon marché pour ouvriers en un restaurant trois étoiles propre à faire saliver tous les critiques gastronomiques et à les faire descendre spécialement de Paris.

– À mon avis, continua-t-elle, comme si elle lisait dans ses pensées, Papa Fraysse pensait suivre les traces de monsieur Blanc, en espérant que ses fils reviendraient, eux aussi, changer le destin de l'auberge.

Avec une lueur presque amusée dans les yeux, elle poussa un profond soupir et ajouta :

– Comme il a dû être déçu que Guy laisse tomber la restauration pour devenir comptable. Et dire qu'il est mort avant que Marc obtienne sa première étoile.

– Le restaurant doit donc tout à Marc ?

– À sa cuisine, oui. Mais Marc n'avait pas le sens de l'argent. Ce n'est qu'à partir de l'attribution de sa troisième étoile que la structure du bâtiment a été réellement modifiée. Quand Guy est venu nous rejoindre. C'est lui qui a réalisé les transformations.

Elle se leva et se dirigea vers la fenêtre. Elle portait un pantalon noir assez court sur des boots noires. Resserrant autour d'elle le châle noir jeté sur sa chemise blanche, comme si elle avait froid, elle croisa les bras et regarda dehors.

– Nous avions travaillé dur, avec des ressources limitées, pour faire de l'auberge un endroit capable d'impressionner un inspecteur du Michelin. Mais c'est Guy qui a vraiment fait la différence. Il est doué d'un sens des affaires remarquable. En s'appuyant sur la réputation de Marc, il a réussi à collecter les fonds nécessaires pour créer un hôtel-restaurant qui devait figurer un jour parmi les cinq meilleurs du monde.

Enzo entendit la fierté dans sa voix et la vit aussi dans ses yeux lorsqu'elle se tourna vers lui, les bras toujours croisés sur la poitrine.

– Et une entreprise qui vaudrait plusieurs millions d'euros.

– Vous avez des enfants, madame ?

– Oui. Un fils et une fille. Tous les deux à l'université.

– Prêts à suivre les traces de leur père ?

– Mon Dieu, non ! s'exclama-t-elle avec un rire sincèrement amusé. Ils ont été les premiers témoins de la dure existence qu'impose la direction d'un établissement pareil. C'est beaucoup plus qu'une carrière, vous savez. C'est une vie entière qui s'y trouve engloutie.

Sans aucun moyen d'y échapper. Mes enfants sont comme la plupart des jeunes de leur génération, ils n'ont pas envie de travailler. Ils seront probablement très heureux de gaspiller encore quelques années à étudier avant d'hériter d'une affaire qui leur permettra de continuer à mener le train de vie auquel ils sont habitués ; ils la vendront ou bien chargeront quelqu'un d'autre de la diriger à leur place.

Croisant le regard d'Enzo, elle demanda :

– Vous me trouvez très cynique ?

Enzo haussa légèrement les épaules.

– Vous connaissez vos enfants mieux que moi, madame.

Il ne pouvait s'empêcher de regretter de ne pas avoir su convaincre sa propre fille de terminer ses études au lieu de tout laisser tomber pour travailler dans une salle de sport. Les généralisations étaient toujours dangereuses.

– Mais, pour me permettre de progresser dans mon enquête, j'aurais besoin de connaître votre mari aussi bien que vous.

– Ce n'est pas une chose facile, surtout sept ans après sa disparition.

– C'est pourquoi je compte sur vous. Et sur Guy, bien sûr. Comment avez-vous fait la connaissance de Marc ?

Elle sourit, son regard devint vague.

– Nous étions des gamins, à vrai dire. Je devais avoir dix-sept ans, je suivais des études d'infirmière à l'hôpital de Clermont-Ferrand. Marc et Guy en étaient à la moitié de leur apprentissage chez les frères Blanc et, apparemment, ils en bavaient.

Pendant un moment, Enzo eut l'impression que, transportée en arrière, elle avait quitté la pièce, revivant ces précieux souvenirs d'une jeunesse envolée depuis longtemps. Il n'osa pas rompre le silence qui s'était installé. Puis elle sourit à nouveau, comme si elle revenait d'un voyage de quelques secondes qui lui avait semblé durer des heures.

– Avec d'autres filles, on sortait le soir en douce du foyer des infirmières pour aller retrouver les garçons du restaurant. Ils vivaient tous à l'hôtel, à l'étroit dans d'horribles mansardes ; eux aussi sortaient en douce. Il y avait un jardin près de l'université, le jardin Lecoq, avec un vieil abri à bateau au bord du lac. C'est là qu'on se rencontrait et qu'on mangeait en secret. Les garçons nous préparaient toujours des petits plats. On n'avait jamais rien goûté d'aussi bon.

Elle se mit à rire.

– On profitait aussi de l'occasion pour lâcher la bride à nos hormones d'adolescents. Marc était désespérant. Tellement timide à côté de Guy, cent fois plus hardi, plus culotté que son frère. Pourtant, celui pour qui j'avais un faible, c'était Marc.

– Vous vous êtes mariés très jeunes, donc ?

– Mon Dieu, non ! Nous avons suivi notre voie chacun de notre côté avant de nous croiser de nouveau, des années plus tard. J'avais plus de trente ans lorsque nous nous sommes mariés.

– Et Guy ? Il a fini par épouser une infirmière, lui aussi ?

Madame Fraysse secoua la tête.

– Non. Guy ne s'est jamais marié. Je ne sais pas pourquoi. Il n'a pas trouvé la femme qui lui convenait, je suppose.

Enzo se gratta le menton d'un air songeur.

– Diriez-vous que Guy dominait son jeune frère ?

Elle réfléchit un moment avant de répondre :

– Oui, à bien des égards, je crois. Dans leur jeunesse, en tout cas. Il était plus âgé, plus ouvert, toujours sûr de lui. J'imagine que Marc rêvait de lui ressembler. En fin de compte, c'était Marc qui avait le plus de talent et de volonté. Sans lui, Guy travaillerait sans doute encore dans quelque obscur cabinet d'expertise comptable et gaspillerait sa vie à compter l'argent des autres.

Plongé dans ses pensées, Enzo vit de vieux souvenirs remonter à la surface de sa conscience, comme un vieux film noir et blanc regardé du coin de l'œil.

– Monsieur Macleod ?

Surpris, il releva la tête.

– Vous êtes toujours là ? fit Élisabeth Fraysse avec un sourire un peu forcé.

– Désolé. Je repensais à des choses.

Puis, se ressaisissant, il demanda :

– Que faisait Marc quand il n'était pas dans la cuisine ?

– Quand il n'était *pas* dans la cuisine ? répéta-t-elle avec un petit rire sans joie, tout en se perchant sur l'accoudoir du fauteuil qu'elle avait quitté un instant plus tôt. Lorsque Marc a obtenu sa troisième étoile, Guy a trouvé l'argent pour lui construire la cuisine de ses rêves. Vous la verrez bientôt. Elle se trouve dans une extension de la maison originale, invisible aux yeux des clients. Avec un bureau séparé par une baie vitrée de façon à toujours être au courant de ce qui s'y passe. Il restait des heures durant dans ce bureau à préparer ses menus et répondre au téléphone. Marc était le chouchou des médias parisiens, vous savez. Toujours sollicité par l'un ou l'autre. Il lui arrivait très souvent de faire un rapide aller et retour à Paris pour participer à des émissions de radio ou de télé ; il partait très tôt le matin et revenait comme un fou par l'autoroute. Et il courait, bien sûr. Tous les jours. Il veillait farouchement à se maintenir en forme ; tant de chefs meurent jeunes d'un excès de matières grasses. C'était d'ailleurs l'une des raisons pour lesquelles il s'efforçait de développer le style Fraysse allégé, comme il aimait l'appeler. Une cuisine utilisant peu d'ingrédients gras, mais toujours agrémentée de merveilleuses sauces riches en saveur. Seuls les meilleurs, les plus purs des produits étaient assez bons pour Marc. Il a réellement élevé la préparation et la cuisson des plats à une forme d'art.

L'admiration sans borne de madame Fraysse pour son mari n'était pas feinte ; on aurait dit qu'elle prenait sa défense contre les attaques dont il avait été la cible. Car, Enzo le savait, certains critiques n'aimaient pas le style Fraysse et ne s'étaient pas privés de le faire savoir.

– Marc avait un autre petit bureau ici, dans l'appartement, à côté de notre chambre, poursuivit-elle. On peut aller le voir, si vous voulez.

– Oui, avec plaisir, dit Enzo en se levant.

Il la suivit dans la chambre. Aussi austère que le salon, avec un lit ancien d'allure très inconfortable, et deux tapis chinois roses sur le parquet ciré, seule concession au confort ; une coiffeuse surmontée d'un miroir rond faisait face à la fenêtre, et une énorme armoire en bois sombre cachait une grande partie du mur du fond.

– Tous ses vêtements sont encore pendus à l'intérieur, dit-elle. Je n'ai jamais eu le courage de les jeter.

Elle ouvrit une porte du meuble, révélant une collection de vestes et de pantalons. Au-dessous s'alignaient plusieurs paires de chaussures étincelantes. Au-dessus, des écharpes, des chapeaux, des gants et des pulls étaient soigneusement rangés sur des étagères. Elle leva la main pour caresser avec tendresse un foulard en soie à motifs cachemire. Puis elle le saisit, l'approcha de son visage et le respira avec un sourire doux amer.

– Je sens encore son odeur. Même au bout de toutes ces années. C'est étrange comme nous laissons des traces derrière nous si longtemps après notre mort. Un parfum, une mèche de cheveux. C'est réconfortant, vraiment, de penser qu'on ne disparaît pas tout à fait.

Non, pensa Enzo. Seuls quelques assassins y parviennent.

Elle le précéda dans la petite pièce contiguë dont l'unique fenêtre, cintrée, offrait une vue superbe sur le paysage. Dessous, poussé contre le mur, se trouvait un bureau à cylindre encadré de part et d'autre de meubles-classeurs en acajou ; sur l'un d'eux était posée une imprimante. Le reste de la pièce ne contenait que deux fauteuils disposés devant une cheminée qui paraissait ne pas avoir vu de flammes depuis que celle de son propriétaire s'était éteinte. Les murs étaient couleur crème, les huisseries dans les tons chocolat. Des photographies encadrées de Marc Fraysse couvraient les murs. Des photos de presse pour la plupart. Marc photographié avec des célébrités, des hommes politiques, des stars de cinéma ; participant à un débat dans un studio de télévision ; dans sa cuisine, habillé en chef. Et des articles, des lettres de Michelin, un mot écrit de la main de François Mitterrand. *Cher Marc, je ne sais vraiment pas comment vous exprimer le plaisir que m'a procuré, hier soir, à Saint-Pierre la dégustation du pur « style Fraysse ». J'en salive encore. Ou… j'en bave encore*, comme *ne manqueraient probablement pas de dire mes adversaires politiques.*

Enzo examina le portrait du jeune Marc par le célèbre Robert Doisneau. Un clair-obscur noir et blanc montrant un jeune homme enclin à l'embonpoint, dont les yeux sombres étincelaient de vie et d'humour. Et de quelque chose d'autre encore. Quelque chose d'intense brûlant tout au fond des iris. L'ambition, peut-être, l'énergie qui avait fait de lui l'un des meilleurs chefs du monde. En tout cas, Doisneau l'avait capturée. Comme par magie. C'était là l'immense talent de ce photographe capable de saisir ce que personne d'autre ne voyait.

Il se retourna et remarqua une autre porte sur le mur opposé à la fenêtre.

– Elle donne dans le couloir, dit madame Fraysse. Marc aimait entrer et sortir sans traverser l'appartement.

Puis, elle ajouta en balayant la pièce du regard :

– C'est un peu froid ici. J'ai fait changer la décoration après sa mort. Je le regrette. Cette pièce lui ressemblait tellement. Mais je ne la supportais plus à l'époque. Alors que, maintenant, je trouverais cela réconfortant.

Faisant coulisser le rideau du bureau, elle en révéla l'intérieur en désordre devant les casiers et les tiroirs aux poignées en cuivre. C'était un très beau meuble.

– Je ne l'ai jamais rangé. Trop d'affaires personnelles.

Au milieu des papiers il y avait un ordinateur portable MacBook Pro Titanium et, à côté, un stylo à plume en nacre blanche et argent mat couché dans un écrin très élégant. Enzo le souleva et en ôta le capuchon pour admirer la plume gravée.

– Quel stylo magnifique !

– C'est un Dupont Taj Mahal. Les motifs floraux sont en palladium. Plus doux que le platine, et d'une teinte plus belle, vous ne trouvez pas ? Il fait partie d'une édition limitée à mille exemplaires.

Enzo haussa les sourcils.

– Il doit coûter très cher.

– Pour son prix, on pourrait largement dîner tous les soirs Chez Fraysse pendant une semaine. Après sa troisième étoile, Marc trouvait que rien n'était trop beau pour lui. Il lui fallait le plus beau des stylos pour écrire sur le plus beau des papiers.

Elle leva une feuille de papier à lettres devant la lumière du jour. En transparence, Enzo y vit gravé le motif du M et F entrelacés.

– Rien qu'en le touchant on se rend compte de sa qualité. Tout le papier à lettres était filigrané avec notre logo. Marc écrivait lui-même à la main le menu de chaque jour, ici, assis à son bureau.

Elle ouvrit le premier tiroir du meuble de droite et sortit une feuille de l'un des dossiers suspendus.

– Il conservait tous les originaux. Pour ses archives.

Enzo fut frappé par l'écriture ornée, les pleins et les déliés, les fioritures terminant chaque mot : *La tarte aux cèpes de pays à l'huile de noix rafraîchie d'un bouquet parfumé*. Quarante euros pour cette entrée à la carte.

– Le simple fait de lire ça me donne faim, dit Enzo.

Elle sourit.

– Rassurez-vous, monsieur Macleod, nous vous avons réservé une place à notre table ce soir, pour dîner en famille dans la cuisine.

Un peu déçu que ce ne soit pas dans la salle du restaurant, il reporta son attention au bureau et toucha du bout des doigts les différents objets comme si leur contact pouvait le rapprocher du défunt. Une perforatrice, une règle, une gomme. Il souleva le couvercle de l'ordinateur et constata que le câble d'alimentation disparaissait vers une prise invisible.

– Il utilisait beaucoup son ordinateur ?

– Oh, oui. Il passait un temps fou à lire et envoyer des mails. Il devait toujours écrire à quelqu'un et recevait énormément de messages. Il surfait aussi beaucoup sur Internet, à la recherche de nouvelles idées. De nouveaux ingrédients, de nouvelles recettes. Et, bien sûr, des articles sur lui et sur sa cuisine. Il avait constamment besoin d'être rassuré. Malheureusement, la moindre critique négative pouvait le plonger pendant des jours dans la dépression la plus noire.

Enzo rabattit le couvercle et remarqua que l'ordinateur était posé sur un grand buvard couvert de gribouillis, mais aussi de mots et de noms. Les initiales JR, au contour repassé maintes fois, étaient encore lisibles. Un numéro de téléphone commençant par les chiffres 06. Un numéro de mobile. La phrase, *la nature parle et l'expérience traduit*, écrite de sa main. Enzo reconnut une citation de Jean-Paul Sartre. La porte du couloir qui s'ouvrait l'interrompit dans ses réflexions. Il se retourna et vit un homme de haute taille au visage rubicond et souriant.

– Ah, Guy, fit madame Fraysse. Tu tombes bien. Je te présente monsieur Macleod.

– On m'a prévenu que vous étiez ici, dit le nouvel arrivant en tendant une main gigantesque à Enzo.

Il portait une ample chemise kaki aux manches roulées jusqu'aux coudes, un jean usé et une paire de vieilles tennis. Pas du tout l'image qu'on pouvait se faire de l'un des restaurateurs les plus célèbres au monde.

– Ravi de vous rencontrer, monsieur Macleod. Nous avons beaucoup entendu parler de vous.

Son regard bleu, franc et pétillant, plut tout de suite à Enzo.

– Élisabeth vous a mis au courant ?

– Oui.

– Nous sommes tous les deux à votre entière disposition, continua-t-il. Nous voulons que toute la lumière soit faite sur cette affaire. Voilà trop longtemps que ça dure.

– Eh bien, j'espère pouvoir vous satisfaire, monsieur Fraysse. Mais je ne peux pas vous le garantir.

– Non, bien sûr que non. Mais, appelez-moi Guy, je vous en prie. Ça ne vous ennuie pas si je vous appelle… Enzo, c'est bien cela ?

– Oui.

– Je déteste les formalités. Et je suis sûre que ma belle-sœur préfère que vous l'appeliez Élisabeth.

Un coup d'œil au sourire figé d'Élisabeth persuada Enzo du contraire. Il décida de s'en tenir à madame Fraysse.

– En tout cas, si vous avez fini ici, vous aimerez sans doute voir la cuisine.

– Avec plaisir.

– Bien. C'est un peu spécial. Je vous y emmène. Mais d'abord, je tiens à vous montrer ma plus grande fierté.

Enzo entendit Élisabeth Fraysse soupirer :

– Sa cave.

La mine réjouie, Guy acquiesça :

– Exactement ! J'ai plus de quatre mille références, Enzo, et près de soixante-dix mille bouteilles. Une collection inestimable. Je possède des grands crus qui ne seront jamais bus.

– Pourquoi ? s'étonna Enzo.

– Ils sont tellement précieux que ce serait un crime de les gaspiller pour satisfaire un plaisir fugace.

***

On accédait à la cave, depuis la réception, par une porte en chêne massif située à quelques pas de la salle à manger ouest. Dans le salon, des clients commandaient déjà des apéritifs en attendant les amuse-bouches du jour imaginés par le chef pour les mettre en appétit.

Guy actionna un interrupteur situé en haut de l'escalier en bois. Des lampes clignotèrent avant de répandre une lumière douce sur les rangées de casiers à bouteilles alignés dans la pénombre fraîche. La cave gigantesque occupait toute la surface de la maison, taillée dans la roche sur laquelle avaient été bâties les fondations. Des dalles de pierre couvraient le sol.

La voix de Guy résonna lorsque, tout en descendant les marches, il lança :

– Ici, la température ne varie jamais. Douze degrés. Été comme hiver. Mieux que l'air conditionné. Parfait pour conserver le vin dans les meilleures conditions.

Puis, s'engageant dans un passage étroit entre deux murs de casiers, il poursuivit :

– Quand le succès est arrivé, on a investi dans trois choses. Le bâtiment, la cuisine de Marc et ma cave. Je suis sûr d'avoir constitué l'une des meilleures de France. Le plus bizarre, vous savez, c'est que Marc, l'un des plus grands chefs que notre pays ait jamais engendré, un type doté d'un palais extraordinairement subtil, aurait dû exceller dans la dégustation des vins. Eh bien, il ne buvait pas. Juste un verre de temps en temps. Le vin ne l'intéressait pas. Pas du tout. Incroyable, non ?

Enzo acquiesça d'un signe de tête. Effectivement, qu'un fin palais, qui plus est un chef trois étoiles, ne savoure pas le plaisir de boire un bon vin le dépassait.

– Vous, Enzo, je parie que vous êtes un amateur de vin ?

Enzo sourit :

– Déguster une bonne bouteille de vin est l'un des plus grands plaisirs de ma vie.

– Formidable ! Enfin un homme comme je les aime. Je sais que vous êtes ici en… comment dire… en mission pas forcément des plus agréables. Mais, en compensation, nous allons profiter de votre présence pour ouvrir quelques merveilles. Et déguster quelques bons petits plats aussi. Marc aurait apprécié. Vous venez de Cahors, n'est-ce pas ?

– Exact.

– Oui… le vin noir de Cahors. Le malbec est un cépage difficile, mais travaillé correctement il peut donner des résultats splendides.

Il tendit le bras pour attraper délicatement une bouteille couverte de poussière :

– Château La Caminade. 1995. Merveilleux avec un civet de sanglier. Le sang de la terre mélangé au sang de l'animal sauvage. Mais je suis persuadé que vous en avez déjà bu plus d'une fois.

– En effet.

Enzo en salivait à l'avance.

À sa grande déception, Guy la remit à sa place et continua d'avancer dans ce canyon de vins. Il s'arrêta de nouveau, se baissa cette fois pour extraire avec beaucoup de précautions une bouteille rangée tout en bas, puis la tenant à deux mains, se tourna vers Enzo en lui présentant l'étiquette :

– À mon avis, vous n'avez jamais goûté celui-là.

Enzo examina l'étiquette jaunie à moitié effacée et, surpris, haussa les sourcils.

Guy éclata de rire.

– Choqué ?

– Un peu, avoua Enzo en riant à son tour.

– Vous ne vous attendiez pas à trouver un grand cru californien dans la cave d'un Français pur jus, hein ?

– Certainement pas.

Guy tourna la bouteille pour regarder l'étiquette.

– Opus One est l'invention de deux des plus grands vignerons du monde, vous savez. Le baron Philippe de Rothschild et Robert Mondavi. Ils ont concocté cette idée tous les deux à Hawaï, en 1970. C'est leur premier millésime, vieux de plus de trente ans maintenant, et toujours aussi superbe. Cabernet sauvignon assemblé à seize pour cent de cabernet franc et quatre pour cent de merlot. Quand il est sorti, il coûtait déjà cent cinquante dollars la bouteille. Vous imaginez son prix aujourd'hui.

– Celui que seul un véritable amateur est prêt à payer pour lui.

– Exact. Mais croyez-moi, Enzo, ils sont nombreux, les amateurs prêts à débourser des mille et des cents pour une bouteille comme celle-ci. Juste pour faire l'expérience de ces saveurs. Ce bouquet magnifiquement développé, intense, aux arômes de cèdre, fruits noirs, viande fumée, cuir. Riche en fruit et en tanins doux, mais toujours élégant dans sa complexité.

Enzo recommença à saliver. On aurait dit que Guy prenait plaisir à le tenter, à le tourmenter avec la promesse de quelque chose qu'il n'aurait jamais. Le Français remit la bouteille à sa place et repartit d'un pas rapide.

– Tant de vins parmi lesquels choisir. Je pourrais passer la journée à débattre avec moi-même avant de me décider sur une bouteille.

Il s'arrêta au bout de la rangée :

– Bien sûr, cette cave est avant tout destinée à satisfaire nos clients, à pouvoir leur offrir l'une des meilleures cartes des vins du monde. N'empêche que ces bouteilles sont un peu mes enfants. Toutes sans exception. Je déteste les voir ouvertes sur la table de gens que je ne connais pas. Comme si une petite partie de moi mourait chaque fois que l'une d'elles est bue.

Il se tourna vers la gauche et en sortit une, rangée à hauteur de sa poitrine.

– Tenez, celle-ci, par exemple… vous n'êtes pas près d'en voir une deuxième dans votre vie. D'ailleurs, la plupart des gens n'en verront jamais. J'ai ici tous les meilleurs crus de Bordeaux et de Bourgogne, de 1959 à 2005. Cheval Blanc, Ausone, Haut-Brion, Lafite, Margaux, Petrus…

Il s'interrompit, les yeux brillants d'excitation à l'énumération de ces grands vins inégalables.

– Mais ça… ça, c'est vraiment spécial.

Enzo ouvrit de grands yeux en déchiffrant l'étiquette, à peine lisible.

– Château Latour 1863 !

Guy en tremblait presque d'émotion.

– Tenez. Prenez-la, dit-il en la tendant à Enzo, qui secoua la tête.

– Ah non ! Et si je la laissais tomber ?

– Je vous expédierais illico rejoindre mon frère, où qu'il se trouve ! s'esclaffa Guy. Allez ! Prenez-la !

Extrêmement tendu, Enzo saisit la bouteille à deux mains ; en sentant sur ses paumes la fraîcheur du verre, et dans ses narines l'odeur de la vieille étiquette, il éprouva l'impression de toucher l'histoire. Une telle bouteille n'apparaîtrait jamais sur une carte des vins. Elle n'avait pas de prix. Pourtant, Guy l'avait achetée, probablement à une vente aux enchères. Quelle somme avait-il déboursée ? Jamais il ne le lui révélerait.

Guy le regardait attentivement, sachant exactement ce qu'il éprouvait, savourant le plaisir qu'il lui procurait. Puis il reprit la bouteille et s'amusa du soupir de soulagement poussé par Enzo.

– Comme je vous le disais, certaines bouteilles ne seront jamais bues, mais précieusement conservées par leurs propriétaires. Parfois, la joie de collectionner est presque plus intense que celle de boire le nectar.

Après l'avoir reposée avec précaution, il se tourna vers Enzo en souriant :

– Et maintenant, allons voir la cuisine.

Chapitre 4

Les portes en verre coulissantes s'écartèrent devant eux. N'ayant jamais mis les pieds dans la cuisine d'un restaurant trois étoiles, Enzo ne savait pas trop à quoi s'attendre, mais le spectacle qui s'offrit à lui dépassait tout ce qu'il aurait pu imaginer. L'espace était immense. Un gigantesque rectangle divisé en deux moitiés distinctes – l'une occupée par la boulangerie-pâtisserie, pour le pain et les desserts, et par un comptoir où les serveurs venaient remplir les chariots à fromage et faire les cafés ; l'autre réservée aux choses sérieuses, la préparation et la cuisson des plats. Il y avait des plaques électriques, des brûleurs à gaz, des fours, des congélateurs, des garde-manger, un gril à charbon de bois. Et une succession éblouissante de surfaces en inox.

Toute la cuisine débordait d'activité. Les hottes bourdonnaient, les minuteurs cliquetaient, un nombre incroyable d'hommes et de femmes en tenue blanche, long tablier vert et toque blanche, se déplaçaient dans les zones de préparation et de cuisson avec la fluidité et la précision d'un corps de ballet. Le service du soir allait commencer.

– Il peut y avoir jusqu'à vingt chefs en même temps, dit Guy. La plupart sont des stagiaires. Beaucoup d'apprentis viennent se former ici le temps d'une saison. D'autres, envoyés par leur école, font des stages plus courts. Les stagiaires se chargent des tâches ingrates. Couper les légumes, préparer les bouillons, découper les volailles, parer la viande, laver le sol.

Il s'avança dans l'espace situé entre les deux moitiés de la cuisine, vers une longue table en marbre sur laquelle trois couverts étaient dressés. Au fond, une baie vitrée allant du sol au plafond donnait sur ce qu'Enzo supposa être le bureau de Marc.

Des serveurs en pantalon et chemise noirs entraient et sortaient, chargés des grands plateaux en argent sur lesquels avaient été disposés les amuse-bouches à servir aux clients du salon. Enzo sentit leurs regards curieux se poser brièvement sur lui. Pas un seul, sans doute, n'ignorait la raison de sa présence dans ces lieux.

– L'organisation de la cuisine est assez simple, continua Guy. Elle est divisée en quatre. Le garde-manger ; la section des légumes ; la section des viandes et des poissons ; la boulangerie-pâtisserie. Chaque chef de partie est responsable d'une section. Au-dessus d'eux, il y a le sous-chef, ou second, le chef de cuisine et, bien sûr, le Chef lui-même. Le patron.

– Et qui est le patron aujourd'hui ?

– Je vais vous le présenter.

Guy emmena Enzo vers un poste de travail où une planche à découper en bois, des couteaux et des condiments étaient disposés sous une lampe chauffante d'une clarté aveuglante. Derrière, le chef entièrement vêtu de blanc se voyait à peine. C'était un homme d'une quarantaine d'années, incroyablement maigre, avec une moustache rousse bien taillée et des yeux verts tachetés d'éclats ambre. Enzo se demanda comment on pouvait être aussi décharné quand on aimait la bonne cuisine.

– Voici Georges Crozes. Le second de Marc, promu chef à la mort de mon frère.

Georges essuya une main osseuse sur un torchon propre pendu au cordon de son tablier et la tendit pardessus le comptoir en inox pour serrer celle d'Enzo. Ses yeux attentifs ne souriaient pas.

– Enchanté, monsieur, dit-il.

Mais Enzo sentit qu'il n'était absolument pas enchanté de le rencontrer.

Sans paraître s'en rendre compte, Guy poursuivit :

– Traditionnellement, lorsque le chef d'un trois-étoiles meurt, Michelin retire une étoile au restaurant. Par respect pour le défunt, dit-on, car comment une autre personne pourrait-elle le remplacer au pied levé ? En réalité, cela entraîne une perte de revenu énorme pour sa veuve ou la personne qui hérite de l'établissement.

Il jeta un regard rayonnant à Georges Crozes.

– Mais, étant donné les circonstances de la mort de Marc, ils ont fait une exception pour nous. Et c'est grâce à Georges que nous l'avons conservée.

– Il m'avait semblé comprendre que Michelin était sur le point de retirer une étoile à Marc.

– Simple rumeur. Nous ne saurons jamais si elle était fondée. En tout cas, Georges était le protégé de Marc, formé au style Fraysse, et bien qu'il y ait ajouté sa propre touche, c'est toujours essentiellement la cuisine de Marc qu'on sert ici. Et puisque nous avons toujours ces étoiles…

Il haussa les épaules pour indiquer qu'à son avis la question était close.

– Monsieur Fraysse, votre dîner est prêt.

En se retournant, Enzo vit un homme plus âgé à la petite moustache grise, qui leur souriait avec bienveillance. Âgé d'une soixantaine d'années, grand, presque entièrement chauve, il était habillé en noir, comme les autres serveurs, mais on devinait à son attitude décontractée qu'il s'agissait d'un responsable.

– Merci, Patrick.

D'un geste de la main, Patrick désigna la table en marbre et Enzo s'aperçut qu'elle était maintenant couverte de nourriture : quatre sortes de petits pains dans une corbeille, salade, pâtes, grand plat fumant rempli de moules à la crème et à l'ail.

Au moment où Enzo et Guy prenaient place, Élisabeth sortit du bureau et vint s'asseoir en face d'eux.

– Vous avez la bouteille que je vous ai demandée ? demanda Guy à Patrick.

Ce dernier s'inclina légèrement, façon majordome stylé :

– Oui, monsieur Fraysse. Je l'ai aérée pour vous.

Guy sourit à Enzo :

– Un petit quelque chose pour fêter votre arrivée.

Tandis qu'ils remplissaient leurs assiettes de salade et de pâtes, et de grandes louchées de moules à la belle chair orange, Patrick apporta à table une bouteille dont il présenta l'étiquette à Guy avant d'en verser un peu dans son verre afin qu'il le goûte. Le sourire de ce dernier s'élargit.

– Parfait. DRC 1993 Grand Cru, La Tâche. Domaine de la Romanée Conti. La plupart des gens croient qu'on ne peut boire que du blanc avec le poisson et les fruits de mer, mais un bon pinot noir va très bien, surtout avec les moules.

Il plongea le nez dans son verre, respira le vin, le fit tournoyer, le respira à nouveau et en prit une petite gorgée qu'il promena dans sa bouche avant de soupirer, les yeux presque fermés d'extase :

– Oh ! Excellent. Vraiment excellent.

Patrick remplit le verre d'Enzo, puis celui de Guy. Enzo remarqua que madame Fraysse préférait l'eau minérale gazeuse. Guy leva son verre pour trinquer avec son invité et tous deux burent une petite gorgée du liquide rouge pâle. Enzo sentit se développer dans sa bouche un fabuleux arôme de fruits et d'épices, et surprit le regard de Guy qui guettait sa réaction.

– J'espère, dit Enzo, que me regarder boire ne vous fait pas mourir un peu.

– Jamais quand je partage une bouteille avec un ami ! s'esclaffa Guy. Alors, qu'en pensez-vous ?

– Je pense que c'est un vin extraordinaire, Guy.

– Que sentez-vous ?

C'était presque un test, pensa Enzo. Que connaissait-il réellement aux vins ? Il en but une deuxième gorgée, la fit rouler autour de sa langue et répondit :

– Il est léger, élégant. Mais pourtant riche. Il sent la prune, les fruits rouges, avec une touche de vanille. Assez âgé, je pense, pour que la plupart des tanins se soient changés en fruit.

– En plein dans le mille. Vous vous y connaissez en vin, Enzo. Pas mal pour un Écossais.

– Peut-être qu'un jour on pourra faire une dégustation de whisky ? On verra alors comment vous vous en tirez.

La tête en arrière, Guy partit d'un grand rire.

– Je parie que vous pourrez m'apprendre une chose ou deux !

– Pari gagné d'avance.

Enzo rompit un morceau de pain, le plongea dans la sauce crémeuse des moules, puis retira la chair de la première coquille avec sa fourchette. Elle était si douce, tendre et parfumée qu'il eut l'impression de la sentir fondre sur sa langue. Il utilisa ensuite la coquille vide en guise de pince pour extraire les autres, les savourant une par une, se rinçant de temps en temps le palais avec une gorgée de vin et un peu de salade légèrement assaisonnée.

En levant les yeux, il se rendit compte qu'Élisabeth Fraysse l'observait. Elle eut un petit sourire embarrassé, comme si elle avait été surprise en train de l'espionner.

– Je vois que vous aimez bien manger, monsieur Macleod.

Enzo sourit et se tapota l'estomac.

– En effet. Un peu trop parfois. Quels sont les délais de réservation chez Fraysse ?

– Actuellement, six mois.

La main d'Enzo s'arrêta net avant d'avoir atteint sa bouche, le jus des moules coulant sur son assiette.

– Vous plaisantez ? Comment peut-on savoir ce qu'on va faire et où on va se trouver dans six mois ?

– Les gens qui réservent chez nous le savent parfaitement, dit Guy. Ils seront en train de manger ici.

L'air songeur, Enzo hocha la tête.

– Vous parliez tout à l'heure des stagiaires qui restent le temps d'une saison. Combien dure une saison ?

– D'avril à novembre, répondit madame Fraysse. De son vivant, Marc insistait pour rester ouvert toute l'année. Mais en hiver, ça ne marchait pas du tout. Si le temps était clément, on ne remplissait qu'une des deux salles à manger à moitié, même avec nos trois étoiles. Par mauvais temps, les gens annulaient. Nous avons beaucoup de neige ici, en hiver.

– Après la mort de Marc, précisa Guy, on a décidé de fermer de la fin octobre au début avril. Et on gagne tout de même plus d'argent que la plupart des restaurants qui restent ouverts.

– D'ailleurs, nous fermons à la fin de la semaine prochaine, reprit madame Fraysse avec une certaine insistance, comme pour l'avertir que son séjour ne pourrait pas s'éterniser au-delà.

Enzo se trouva momentanément distrait par une séduisante jeune femme qui travaillait derrière le comptoir en inox le plus proche de leur table, où elle était en train de déposer des tourbillons de crèmes sur des courgettes rondes farcies. Elle avait de magnifiques yeux marron et de longs cheveux blonds relevés sous sa toque, ce qui mettait en valeur le dessin de ses pommettes et la délicatesse de sa mâchoire. Une ébauche de sourire flottait autour de ses lèvres pleines. Enzo sentit son cœur faire un bond. Leurs regards se croisèrent l'espace d'une seconde.

– Fermer l'hiver signifie aussi que nous restons fidèles à la philosophie de la cuisine de Marc, disait Élisabeth. Peut-être même plus qu'il ne l'était lui-même. Parce que, vous comprenez, hors saison il est impossible de se procurer les herbes et les légumes frais qu'il voulait utiliser exclusivement. Bien sûr, il avait élaboré des menus d'hiver, mais ce n'était pas tout à fait la même chose.

– Marc ne voulait que les légumes les plus frais, préparés de la manière la plus simple, afin qu'ils conservent l'essence de leur véritable goût, continua Guy. Qu'il rehaussait, bien sûr, avec les herbes et les fleurs sauvages de la région. Les sauces, les réductions, les purées avec lesquelles il décorait les assiettes n'étaient pas juste là pour faire joli. Elles apportaient des parfums uniques au plat en complément de la viande ou du poisson. Naturellement, il s'inspirait de certains de ses confrères, comme Michel Gérard ou le génial Michel Bras, dans l'Aveyron, mais sa cuisine était très personnelle, grâce à la finesse exceptionnelle de son palais fabuleux.

– Et les herbes et les fleurs de son potager, ajouta la veuve de Marc. Nous avons agrandi le jardin qu'il avait créé. Il aurait apprécié ce que nous en avons fait. Un jardinier s'en occupe à temps plein.

– Évidemment, reprit Guy, il n'y pousse pas grand-chose en hiver. Une des raisons pour lesquelles nous n'avons jamais voulu ouvrir un restaurant à Paris. Cela nous aurait obligés à compromettre le style Fraysse.

Après les fromages locaux, arrosés des dernières gouttes de DRC, arrivèrent sur la table les desserts tout juste sortis des mains des chefs de pâtisserie. Une volute de vapeur s'élevait du fondant au chocolat posé devant Enzo. Et de la boule de glace à la vanille maison couronnant le biscuit s'écoulaient des rivières de paradis fondu que vint marbrer la lave chocolatée lorsque la cuiller d'Enzo fendit cette merveille.

Tout en savourant sa douceur subtile, il croisa une fois de plus le regard de la jeune fille blonde debout derrière le comptoir en inox. Cette fois, elle dressait des boules de chou-fleur à la vapeur sur une réduction sirupeuse de champignons et de fines herbes. Le service du soir battait son plein à présent. Enzo fut frappé par la fluidité de tous les mouvements, chaque chef jouant parfaitement son rôle dans cette chorégraphie bien rodée. Les serveurs se croisaient avec habileté et les plats fumants avaient l'air de flotter vers la salle à manger. Ordres et demandes s'échangeaient dans la plus grande courtoisie.

Trois foies gras, s'il vous plaît ! À quoi répondait un chœur de *oui !*

Service, s'il vous plaît ! Aussitôt un serveur en chemise noire apparaissait.

Personne ne semblait se presser ni s'énerver. Enzo n'avait jamais vu ça.

Comme la fille lui souriait toujours, il jeta un coup d'œil en douce à Guy et Élisabeth pour s'assurer qu'ils n'avaient rien remarqué. Puis il plongea la main dans sa sacoche, en sortit un petit carnet, et se mit à griffonner quelque chose.

– J'ai beaucoup de choses à enregistrer le premier jour, expliqua-t-il à madame Fraysse. Je veux m'assurer de ne rien oublier.

Sur la page opposée, il inscrivit en gros le chiffre 23. Puis, au moment de ranger son carnet, il fit semblant de tousser pour couvrir le bruit de la page qu'il déchirait.

– Excusez-moi, dit-il en froissant le papier caché dans sa main avant de le glisser dans sa poche.

Au café, suivant de loin la conversation décousue entre ses deux hôtes, sans aucun rapport avec Marc Fraysse, il chercha de nouveau le regard de la blonde, refusa le verre d'eau-de-vie que lui proposait Guy et se leva.

– La journée a été longue. Et je me suis levé tôt ce matin. Je crois que je vais aller me coucher, si cela ne vous ennuie pas. Merci beaucoup pour ce dîner délicieux.

Guy et Élisabeth se levèrent à leur tour.

– Ce n'était rien de spécial, à part le vin, bien sûr, répondit Guy. À demain matin.

Élisabeth lui serra la main :

– Bonsoir, monsieur Macleod. Pourquoi ne me rejoindriez-vous pas dans la salle à manger pour le petit déjeuner, demain matin ?

Légèrement surpris, Enzo accepta :

– Avec le plus grand plaisir. Bonsoir.

En passant devant le comptoir en inox où la jeune fille blonde travaillait toujours, il croisa de nouveau son regard et d'un coup d'œil lui indiqua la boule de papier froissé qu'il laissait tomber de sa poche. Lorsque les portes coulissantes s'ouvrirent, il se retourna : elle se baissait furtivement pour ramasser le mot et le cacher sous son tablier.

Chapitre 5

Enzo sortit de la douche, se sécha avec un épais drap de bain tiède, enfila son peignoir et attrapa une serviette pour se frictionner les cheveux avant de les lisser en arrière avec les doigts.

Tout en se brossant les dents, il se regarda dans le miroir, lèvres retroussées sur ses dents blanches et régulières. Il avait la chance de posséder une dentition parfaite qui ne lui avait jamais posé le moindre problème. Mais les années avaient été moins tendres avec le reste. Au coin des yeux, les pattes d'oies s'étendaient ; à droite, côté sur lequel il dormait, une ride descendant du front vers la pommette se creusait de plus en plus. Certains matins, au réveil, elle ressemblait à une cicatrice.

Il nota aussi un léger jaunissement du blanc des yeux ; quant à la différence de couleur entre ses iris, héritage génétique du syndrome de Waardenburg, cela faisait longtemps qu'il n'y faisait plus attention. Si le menton restait ferme, la peau du cou, en revanche, se relâchait un tantinet ; et s'il passait deux ou trois jours sans se raser, il voyait que les poils de sa barbe commençaient à blanchir, comme ses cheveux. Un jour, sa fameuse mèche blanche ne se verrait plus du tout.

Il se rinça la bouche puis, pieds nus, retourna dans le salon. Un canapé et deux fauteuils confortables étaient disposés autour d'une grande TV LCD où passaient les dernières informations de FR3. Une ouverture cintrée menait à la chambre dont le lit king size avait été préparé pour la nuit par une femme de chambre pendant qu'il dînait.

Un léger coup frappé à la porte le fit sursauter, bien qu'il l'attendît déjà depuis un moment. Le cœur battant, il alla l'entrebâiller et, dans la pénombre, reconnut le visage pâle et tendu de la jeune blonde, qui lança un coup d'œil anxieux dans le couloir.

Vite, elle se glissa dans la pièce, entraînant avec elle un courant d'air froid, puis attendit qu'Enzo eut refermé la porte pour se jeter à son cou et l'embrasser en se soulevant sur la pointe des pieds. Enzo posa ses lèvres sur le front de sa visiteuse et, levant le visage de celle-ci entre ses mains, le contempla un instant :

– Mais qu'est-ce que tu as fait à tes cheveux !?

– Oh, écoute papa ! C'est évident, non ? Si je ne les avais pas teints, on aurait vu ma mèche blanche et compris que j'étais ta fille dès l'instant où tu serais arrivé.

Elle avait hérité de son père le syndrome de Waardenburg.

– Viens t'asseoir à côté de moi, Sophie, et raconte-moi tout. Tu veux boire quelque chose ?

La jeune femme s'enfonça dans la douceur moelleuse du canapé.

– Oh oui, bonne idée ! Je meurs d'envie d'un truc alcoolisé. Je n'ai rien bu ou presque depuis que je suis ici ! Quatre semaines… aussi longs que quatre mois ! À éplucher ces foutus légumes et à laver le sol. C'est bien la dernière fois que je m'infiltre pour toi dans un endroit pareil.

Enzo sourit et sortit du réfrigérateur une bouteille de Chablis.

– Ça te fait du bien. Tu comprends enfin ce que c'est le vrai travail.

– Je vois que de ton côté tu vis à la dure, ricana Sophie en regardant autour d'elle. Tiens ? Tu remplis un seul verre ? Tu ne bois plus ?

– Je viens de me laver les dents.

Elle fit la grimace.

– Ouais, dentifrice et chablis. Pas génial, hein ?

Enzo lui donna son verre avant de se laisser tomber dans un fauteuil.

– Bon, alors, raconte.

Sophie haussa les épaules et but une gorgée de vin.

– Pas grand-chose à raconter, en fait. La lettre d'introduction que t'a donnée ton ami du lycée hôtelier de Souillac a fait son effet. On m'a engagée pour cinq semaines, sans poser de question. Mais il n'y a strictement rien à faire ici, papa ! On passe ses journées à travailler et le reste du temps on est cloîtrés dans une pièce minuscule de l'annexe du personnel devant une télé merdique qu'on a l'impression de regarder au milieu d'une tempête de neige. Et la bouffe ? Tu crois peut-être que c'est parce qu'on bosse dans la cuisine d'un restau trois étoiles qu'on mange bien ? Tu parles. Ce sont les stagiaires qui préparent les repas. Dégueulasses. Et on doit tous s'y coller à tour de rôle. Même moi. Tu imagines ?

Enzo ne l'imaginait que trop bien. Il plissa le nez.

Mais Sophie n'avait pas terminé :

– Et puis, côté vie sociale, zéro !

– Tu n'es pas ici pour te faire des amis. Tu es ici pour observer et écouter en coulisse à ma place, pour apprendre des choses dont personne ne me parlera.

– Peut-être, mais je ne me doutais pas que ça se passerait comme ça. Je croyais que je m'amuserais bien. Vivement la semaine prochaine !

Elle avala d'un trait la moitié de son verre.

– Hé, doucement, Sophie ! C'est du chablis. Ça ne se boit pas comme de la limonade.

– Sauf si tu n'as rien bu de correct depuis un mois.

Enzo soupira. Sophie avait presque vingt-quatre ans, mais lui donnait parfois l'impression d'en avoir toujours seize.

– Est-ce que tu as appris quelque chose ?

– Peut-être, fit-elle avec un petit sourire, la tête penchée sur le côté.

– Sophie ! s'impatienta Enzo.

Elle replia les jambes sous elle et s'appuya à l'accoudoir du canapé.

– Juste des ragots, je pense. Les gens adorent cancaner.

Enzo ne put s'empêcher de sourire en l'entendant s'exprimer en anglais avec son accent écossais aussi chaleureux que le parfum du whisky un soir d'été. Sachant qu'elle serait immergée dans la langue et la culture française en grandissant, il avait tenu à l'imprégner également de son propre héritage culturel et s'était toujours adressé à elle dans sa langue maternelle.

– Et sur quoi cancanent-ils ?

– Oh, des trucs.

Il était évident qu'elle avait quelque chose à lui révéler. Et qu'elle en était ravie. Mais elle s'amusait à le faire languir.

– Le sous-chef a l'air d'en pincer pour moi.

– Vraiment ? J'espère que tu ne l'encourages pas.

– Philippe est beau mec.

– Et Bertrand ?

– Quoi, Bertrand ?

– Tu ne le trompes pas, quand même ?

– Je n'ai pas de leçon à recevoir de toi sur ce sujet, répliqua-t-elle sur un ton acerbe.

Mais, voyant aussitôt qu'elle l'avait blessé, elle se radoucit :

– Excuse-moi, papa. Je ne pensais pas ce que je disais.

Enzo hocha la tête, sans un mot.

– De toute façon, je ne trompe personne, repritelle. C'est juste agréable de sentir qu'on plaît, rien de plus.

Elle but une autre gorgée de vin.

– Tous ceux qui ont connu Marc Fraysse l'adoraient. Personne ne dit jamais de mal de lui. Apparemment, il se montrait d'une patience infinie avec les stagiaires. Pas comme son successeur.

– Tu n'aimes pas Georges Crozes ?

– Oh, ça va, fit-elle en haussant les épaules. Un peu pisse-froid. Mais c'est un bon, tu sais. Tout le monde respecte son talent. Il paraît que Marc l'admirait beaucoup. Mais il est plutôt soupe au lait. Quand il se met en colère, on a intérêt à se faire tout petit.

– Et sur Marc ? Des histoires, des anecdotes, des remarques ?

– Apparemment, il avait la passion des chevaux...

Enzo fronça les sourcils.

– Il montait à cheval ?

– Mais non, papa ! Ne fais pas l'idiot. Il adorait parier. Je crois qu'il allait presque tous les matins à Thiers, au PMU, placer des paris sur les courses du jour.

Enzo hocha la tête d'un air songeur.

– Et Guy ? Il est comment ?

– Adorable. Il nous considère tous comme des membres de la famille.

– Et entre Élisabeth et lui, tu crois qu'il y a quelque chose ?

Sophie le regarda en écarquillant les yeux.

– Une histoire d'amour ?

– Ou de sexe.

Elle secoua la tête.

– Non, je ne pense pas. Ou alors ils cachent bien leur jeu. Ils se conduisent plutôt comme des frère et sœur. Elle est beaucoup plus distante que lui. Pour elle, le personnel est le personnel. On l'appelle patronne ou madame Fraysse. Guy préfère qu'on l'appelle Guy. Ce que tout le monde fait. Sauf Patrick, bien sûr. Il est dans la famille depuis des années. Très vieux jeu, mais super gentil.

Elle but une gorgée de vin.

– Apparemment, tous les employés, même les stagiaires, appelaient Marc par son prénom. Du jamais vu. En général, on s'adresse toujours au chef en disant *chef*.

– Et Georges ?

– Oh, avec lui c'est *chef*, bien sûr. On ne se risquerait pas à l'appeler Georges.

L'air songeur, Enzo regarda sa fille vider son verre de vin.

– Bon, alors, qu'est-ce que tu ne m'as pas encore dit ?

– Oh, t'es pas drôle, papa, répondit-elle en faisant la moue. Comment tu as deviné ?

– On peut lire en toi comme dans un livre ouvert, s'esclaffa-t-il.

Elle fronça les sourcils.

– Si c'était vrai, je n'aurais pas réussi à travailler ici en douce pendant quatre semaines sans que personne ne se doute de rien.

– Oui, tu as raison. Pardon.

Il la regarda avec indulgence, attendrie de retrouver en elle la mère qu'elle n'avait pas connue.

– Alors, ce petit secret ?

– Pas si secret que ça, en fait, commença-t-elle en se penchant néanmoins vers lui avec un sourire conspirateur. Anne, la femme de Georges, travaille à la réception. Tu l'as probablement vue en arrivant.

Enzo se souvenait très bien de cette jolie femme mince d'une quarantaine d'années, aux cheveux auburn tirés en arrière dégageant un visage pâle dont les traits bien dessinés étaient mis en valeur par une légère touche de maquillage. Son sourire avait été assez chaleureux, mais il avait remarqué l'ombre passagère qui le voilait lorsqu'elle avait compris qui il était. Il répéta son nom à haute voix, comme s'il voulait entendre la manière dont il sonnait. En réalité, c'était une technique pour lutter contre sa mémoire défaillante des noms. Une fois répété, à jamais mémorisé.

– Tous ceux qui travaillaient déjà ici à l'époque pensent que Marc et elle avaient une liaison.

Satisfaite d'elle-même, Sophie se renfonça dans le canapé avant d'ajouter :

– Si tu cherches un mobile, en voilà un tout trouvé pour Georges ou Élisabeth.

***

Sophie s'attarda encore une demi-heure chez son père, buvant du vin, le régalant de petites anecdotes sur ses quatre semaines passées en cuisine, demandant des nouvelles de Cahors, voulant savoir s'il avait vu Bertrand. Mais Enzo ne l'écoutait plus que d'une oreille. S'il était vrai que Marc Fraysse et Anne Crozes avaient une liaison, et que tout le monde le savait, il n'était pas déraisonnable de penser qu'Élisabeth et Georges soupçonnaient quelque chose. Mais, toujours prudent, Enzo se refusait d'y attacher une trop grande importance. Une preuve réelle, tangible, scientifique est beaucoup plus convaincante, et même susceptible de mener dans une direction en contradiction avec le mobile. D'autre part, il arrive souvent qu'un mari soit le dernier à s'apercevoir que sa femme le trompe. Et, même alors, le dernier à l'admettre. Corroborant le vieil adage : il n'est pire aveugle que celui qui ne veut pas voir. Néanmoins, cela donnait à réfléchir.

– Il vaudrait mieux que je parte maintenant, dit soudain Sophie en se levant.

Enzo la suivit. Avant de sortir, elle s'arrêta et demanda d'un air très sérieux :

– Tu as vu Charlotte ?

– Hors sujet, Sophie.

– Oh, papa…

– Bonne nuit.

Il ouvrit la porte et poussa doucement sa fille dehors. Elle hésita un instant, puis l'embrassa sur la joue.

– Tu ne peux pas accepter ça. Tu as des droits. Et il est aussi mon frère.

Sans lui donner le temps de répondre, elle disparut dans la pénombre du couloir et le laissa dans un état de confusion terrible, l'esprit agité par une multitude de pensées qu'il avait réussi à refouler. Jusque-là.

Au moment où il rentrait dans sa chambre, un léger mouvement à l'autre bout du couloir attira son regard. Il s'immobilisa, scruta l'obscurité et attendit que ses yeux s'habituent au manque de lumière. Mais, ne voyant rien, n'entendant rien, il finit par douter d'avoir réellement aperçu quelque chose, et referma la porte derrière lui.

Chapitre 6

Un vent froid de nord-ouest avait chassé la pluie et le brouillard. Fragmentés par les nuages qui filaient à toute vitesse dans le ciel, les rayons du soleil voltigeaient sur le vaste paysage. De la salle à manger sud, la vue était à couper le souffle, aussi vertigineuse que s'ils l'avaient contemplée du haut du ciel. Élisabeth sourit :

– À Saint-Pierre, on est déjà au paradis sans en avoir franchi les portes. Voilà ce qu'on dit.

Elle pencha la tête et, de ses longs doigts élégants, rompit un morceau de croissant.

– Marc aurait su vous en convaincre. Il adorait cet endroit, vous savez. Il a fait installer notre chambre dans la pièce qui avait été la chambre de ses parents. Où il est né. Ses enfants y ont été conçus. Il aurait pu y mourir s'il avait vécu.

Son regard se troubla légèrement à l'énoncé de ces derniers mots, puis un sourire inattendu éclaira son visage lorsqu'elle ajouta :

– Pardon pour cette lapalissade.

Enzo sourit, trempa son croissant dans son grand crème et, prenant soudain conscience qu'Élisabeth l'observait tandis qu'il le portait à sa bouche, il se figea. Peut-être était-ce un geste déplacé dans un restaurant trois étoiles. Ramollie par le café, la pointe du croissant se détacha, tomba dans la tasse et éclaboussa la nappe d'un blanc immaculé.

– Excusez-moi, dit-il en rougissant et en tapotant les taches avec sa serviette.

– Ne vous inquiétez pas, monsieur Macleod. Marc vous aurait approuvé. Il adorait tremper ses croissants dans son café.

Enzo eut la sensation qu'en évoquant les humbles origines de son mari, elle se plaçait à un niveau légèrement supérieur.

Une jeune serveuse arriva avec un pichet de jus d'orange frais et l'approcha du verre d'Élisabeth.

– Madame Fraysse ?

Celle-ci refusa d'un simple geste de la main ; la jeune fille se précipita aussitôt vers Enzo.

– Monsieur ?

Il refusa avec un sourire :

– Non, merci.

La fille inclina la tête et s'éloigna discrètement. Perdue dans ses pensées, la veuve regardait par la fenêtre.

– Dans tout ce que j'ai lu sur votre mari, reprit Enzo, on parle de la perte éventuelle d'une étoile. Marc croyait-il réellement que cela allait se produire ?

Elle répondit avec lassitude :

– Je ne sais pas ce qu'il croyait. Mais il le redoutait certainement. C'est le cauchemar de tout chef trois étoiles. La conquête de chacune d'elles se paie au prix du sang, de la sueur et de la frustration. Et de l'incertitude. Incertitude terrible dans un monde incertain. Chaque étoile gagnée se fête. Quand on en a une, on en veut deux. Quand on en a deux, on en veut trois. Mais quand on en a trois, on ne peut que redescendre. Pour Marc, perdre une étoile était devenu une crainte permanente. Presque une obsession.

– Mais d'où venait cette rumeur ? De chez Michelin ?

– Oh, non. Michelin ne se serait jamais rendu coupable d'une telle indiscrétion. Ce sont les médias qui l'ont répandue.

– Il y a forcément un point de départ.

Elle soupira.

– Un article malveillant publié par un critique gastronomique parisien aurait apparemment mis le feu aux poudres. Un journaliste free-lance qui écrit pour plusieurs magazines parmi les plus illustres, et tient également un blog sur Internet. Un homme très déplaisant.

– Vous le connaissiez personnellement ?

– Non. Pas moi. Mais Marc, oui. Ce critique citait souvent Marc et quelques autres chefs étoilés du Michelin dans ses colonnes. C'était, et c'est toujours, un farouche opposant au système Michelin ; il aime croire que lui seul devrait juger du bon goût de la cuisine française.

Elle marqua une pause, son visage s'assombrit un instant.

– Leur inimitié remontait à l'époque où Marc avait obtenu sa troisième étoile.

Enzo fronça les sourcils.

– Hier, vous m'avez dit que votre mari n'avait pas un seul ennemi au monde, madame Fraysse.

– À l'exception de Jean-Louis Graulet. Mais Graulet n'a pas tué Marc, monsieur Macleod. Il était à Paris ce jour-là.

Enzo trempa le reste du croissant dans le fond de sa tasse puis se resservit en café.

– Marc avait un biographe ?

– Non. Il parlait de temps à autre d'écrire ses mémoires. Une autobiographie.

– Beaucoup de gens dans sa situation engagent un professionnel pour les rédiger à leur place.

– Oh, ce n'était pas son genre. Il préférait s'en charger lui-même.

– Il avait commencé ?

– Pas que je sache. Je n'ai rien trouvé dans ses papiers, ni dans son ordinateur. Bizarre, d'ailleurs.

– Pourquoi ?

– Depuis plusieurs mois, Marc dormait mal. Lorsque je me réveillais, vers deux ou trois heures du matin, son côté du lit était vide et froid. Je le trouvais immanquablement dans son petit bureau, penché sur son ordinateur, en train de taper. Il était toujours étrangement évasif quand je lui demandais ce qu'il faisait. En réalité, j'ai toujours eu l'impression qu'il écrivait ses mémoires et que, pour une raison mystérieuse, il ne voulait pas me le dire. Pour m'en faire la surprise, peut-être. Voilà pourquoi je les ai cherchées après sa mort. Mais je me trompais sans doute.

Enzo se gratta le menton d'un air pensif et se rendit compte qu'il ne s'était pas rasé.

– À votre avis, que faisait-il donc sur son ordinateur en pleine nuit ?

– Je n'en ai pas la moindre idée, monsieur Macleod.

Chapitre 7

Le bureau de Dominique était exigu mais extraordinairement bien rangé. Affiches de prévention contre le crime, calendriers, coupures de presse, documents officiels étaient affichés par catégories bien distinctes sur les murs d'un blanc crème jaunissant. Sa table de travail à la surface immaculée, sans une marque de verre ou autre, était un modèle d'organisation : corbeilles de courrier entrant et sortant, sous-main impeccable, écran d'ordinateur orienté vers le mur, clavier et souris sur son tapis rangés côte à côte. Une tasse à café vide reposait sur une rondelle en carton.

Ce bureau était en quelque sorte à l'image de la jeune gendarme. Pas grand mais presque parfait. À présent, dans cet espace restreint, Enzo se rendait compte à quel point elle était petite. Du moins comparée à son propre mètre quatre-vingt-huit. En plein air, le paysage semblait les avoir rapetissés tous les deux.

Elle avait attaché ses cheveux châtains en queue-de-cheval sur un côté avant de les ramener en chignon au sommet de la tête. Cette coiffure exécutée avec une précision remarquable lui permettait de porter sa casquette lorsque c'était nécessaire. Enzo se demanda pourquoi elle se donnait autant de mal puisqu'elle n'avait pas d'homme dans sa vie. D'après ce qu'elle lui avait raconté, elle était célibataire. À moins qu'il ait mal compris ? Il se remémora leur conversation de la veille, sur le plateau. Non. Elle lui avait simplement dit qu'elle ne connaissait pas d'homme susceptible de dépenser pour elle le prix d'un repas chez Fraysse. Pourtant, sa première impression persistait, renforcée par l'absence d'alliance à sa main gauche ; il se demanda si son imagination lui jouait des tours ou si elle avait fait l'effort particulier de paraître plus séduisante aujourd'hui.

À la différence de la veille, elle s'était légèrement maquillée : un soupçon de rouge sur les lèvres, une ombre bleue sur les paupières de ses yeux marron. Cette touche de couleur suffisait à donner plus de caractère à son visage. Le col de sa chemise bleu pâle retourné sur le revers de son pull bleu marine à bande blanche était soigneusement repassé. De courtes bottes cachaient le bas de son pantalon ; sur ses hanches minces, le holster noir semblait énorme. Elle avait toujours le même regard chaleureux, et rougit un peu lorsqu'elle contourna son bureau pour étaler devant son visiteur les photos sélectionnées à son intention.

– Ce sont les moulages des empreintes de pas trouvées à l'intérieur du buron. On reconnaît les chaussures de course de Marc à leur semelle beaucoup moins épaisse que les autres, sans doute laissées par des chaussures de randonnée ou des bottes en caoutchouc.

Comparant les photos des moulages avec celles des empreintes dans la boue, elle continua :

– Voici les empreintes de Guy. Et celles d'Élisabeth Fraysse. Madame Fraysse ne s'est pas aventurée très loin à l'intérieur du buron. Ici, ce sont celles de Marc. Il y en a partout. Là, elles butent contre le mur quand il a été tué. Mais il ne semble pas y avoir eu de lutte.

Enzo observa les moulages non identifiés.

– Ces empreintes sont plus petites que celles de Guy ou de Marc. Les pointures des deux frères sont-elles particulièrement grandes ?

– Non, normales.

– Donc ces empreintes pourraient avoir été laissées par une femme.

– Ou un homme aux pieds plus petits. Ou un jeune garçon. Elles ne font qu'une taille de moins.

Enzo les examina en silence pendant un long moment avant que Dominique lui tende un épais document d'une douzaine de pages agrafées.

– Le rapport d'autopsie, dit-elle. Vous pouvez le garder, si vous voulez. J'en ai fait une copie pour vous.

En levant les yeux, il croisa son regard et sentit son estomac se nouer. Qu'une attraction mutuelle puisse s'exprimer aussi clairement sans un mot lui semblait toujours extraordinaire. Mais, bien sûr, il était toujours possible d'interpréter des signaux de travers. Il sourit.

– Je vous en suis très reconnaissant, Dominique. Merci beaucoup.

Il feuilleta les pages jusqu'à la description de la blessure.

Comme la jeune femme se rapprochait tout près de lui pour pouvoir lire en même temps, il se sentit soudain troublé, et fut obligé de se concentrer sur sa lecture.

La plaie est centrée à 6,5 centimètres du sommet du crâne. On observe sur la ligne médiane un orifice de 8 mm de diamètre entouré d'une collerette érosive de 3 mm de large ; et autour de la plaie, la présence de tatouage de poudre sur une répartition de 5 x 4 centimètres.

– Tatouage de poudre ? s'étonna Dominique.

– L'impact des grains de poudre sur la peau provoque une abrasion. Plus l'arme est proche, plus le tatouage est marqué. Au-delà de soixante centimètres, il n'y en a pas.

– Le coup de feu a donc été tiré de près.

– Probablement à une trentaine de centimètres.

L'orifice de sortie est centré à 7 centimètres du haut du crâne, 1 centimètre à droite de la ligne médiane, et mesure 1,5 centimètre sans trace d'abrasion, suie ou tatouage de poudre. La blessure étant perforante, aucun projectile n'a été retrouvé dans le corps. Le projectile a pénétré dans la tête à l'endroit décrit, pulvérisé l'os frontal, formé un orifice en cône évasé vers l'intérieur, traversé l'hémisphère cérébral gauche et provoqué une grosse hémorragie avant de ressortir par l'os occipital, par un orifice en cône évasé vers l'extérieur à l'endroit décrit. La direction du projectile est légèrement descendante, légèrement orientée vers la droite.

– Hum, fit Enzo.

– Qu'y a-t-il ?

– La trajectoire de la balle. En général, celui qui vous tire dessus lève l'arme à bout de bras et à hauteur de ses yeux. Une direction légèrement descendante suggère un agresseur un peu plus grand que sa victime.

– Ou qui se tient sur un endroit surélevé.

– Autant que je me souvienne, le sol du buron est plat.

Dominique hocha la tête.

– Oui, c'est vrai.

– Malheureusement, il n'y a rien de très probant dans la trajectoire. Marc Fraysse a pu se recroqueviller en levant les mains pour se protéger.

Il revint en arrière, à la description préliminaire du corps.

– Qu'est-ce que vous cherchez ?

– Ce que le médecin légiste a écrit à propos des mains.

Presque aussitôt, il trouva le passage en question mais la gendarme, qui se souvenait encore des détails de l'affaire, récita :

– Projections de sang sur le dos des mains et des doigts. Du sang projeté depuis l'orifice d'entrée de la balle a été retrouvé sur ses mains et sur ses doigts, comme s'il les avait levées face au tireur, pour se protéger.

Enzo parcourut néanmoins la description et demanda :

– Vous m'avez bien dit que le médecin légiste avait gardé les photos ?

– Oui.

– Serait-il possible de les avoir, par hasard ? Juste pour y jeter un coup d'œil.

– Certainement, je demanderai.

Enzo glissa le rapport dans sa sacoche.

– Son ordinateur a été examiné ?

– Je crois que quelqu'un de la police scientifique s'en est occupé. Mais il n'a jamais été soumis à une expertise scientifique.

– Pourquoi ?

Elle haussa les épaules.

– Je ne sais pas. Personne n'a dû trouver que ça en valait la peine. Et les autorités semblaient penser que Marc avait été victime d'une mauvaise rencontre. Qu'il s'était trouvé au mauvais endroit au mauvais moment.

– Vous croyez qu'on l'a tué pour son téléphone et son couteau ?

– Personnellement, non. Ça ne m'a jamais paru un mobile suffisant. Mais certaines personnes n'ont pas besoin de mobile pour tuer.

Un peu gênée, elle se mit à rire.

– Je ne suis pas experte en la matière, bien sûr. Les meurtres ne sont pas fréquents par ici. Mais *vous*, qu'en pensez-vous ?

– Je pense que la probabilité d'un crime fortuit est nulle. Personne n'irait attendre au sommet de la colline le passage de quelqu'un ayant sur lui des objets de valeur à voler. Marc Fraysse empruntait chaque jour le même itinéraire. Tout le monde le savait. Quelqu'un l'attendait, lui. Avec l'intention de le tuer ou pas, ça c'est une autre histoire. En tout cas, il a été tué. Vous savez, Dominique, quatre-vingts pour cent des victimes connaissent leur assassin, c'est prouvé. Sur ces quatre-vingts pour cent, seize pour cent ont un lien familial avec lui, et la moitié une relation amoureuse ou sociale. Il ne faut jamais oublier cela quand on enquête sur un meurtre.

– Je croyais que votre spécialité, c'était la médecine légale. Les preuves.

– Oui. Mais en l'absence de preuve, il faut chercher le mobile, puis essayer de combiner les deux pour épingler le coupable. Dans cette affaire, en raison du manque de preuve, ou de toute autre preuve contraire, vos supérieurs me semblent avoir eu hâte de se débarrasser d'un meurtre de célébrité qu'ils étaient incapables d'élucider, en le faisant passer pour un crime fortuit. Comme ce type de meurtre est pratiquement impossible à résoudre, leur honneur était sauf.

– Vous pensez donc que quelqu'un avait une raison de vouloir tuer Marc Fraysse ?

– Au moins de le menacer, ou de le blesser.

– Vous avez une idée ?

Enzo secoua la tête en souriant.

– Non, aucune.

– Par où allez-vous commencer, alors ?

L'air pensif, il regarda dehors, vers la vallée.

– Par son ordinateur.

Chapitre 8

Sans trop savoir pourquoi, il hésitait à demander la permission d'examiner l'ordinateur de Marc Fraysse. Sans doute, quelque part au fond de son cerveau, rôdait la peur d'un refus de la part de la veuve ; et, dans ce cas, cette piste lui serait définitivement fermée. Pourquoi pensait-il qu'elle pouvait le lui refuser ? Il aurait été incapable de l'expliquer clairement, mais il préférait éviter de courir le risque.

Aussi, en rentrant à l'hôtel, s'assura-t-il que les deux Fraysse étaient occupés au rez-de-chaussée avant de se diriger ostensiblement vers sa suite. Les femmes de chambre faisaient le ménage. Les couloirs étaient encombrés de chariots ; par les portes ouvertes s'échappaient des bruits d'aspirateur. Il dépassa la sienne, salua d'un signe de tête une employée en blouse verte et blanche aux bras chargés de rouleaux de papier toilette et attendit qu'elle regagne l'une des chambres pour se glisser en vitesse dans l'antre privé de Marc.

Il referma la porte derrière lui et s'y adossa, le temps de retrouver son calme. Le ridicule de la situation le contrariait. Pourquoi ne pas avoir tout simplement demandé ? Maintenant, c'était trop tard. Il traversa rapidement la pièce et fit coulisser le rideau du bureau. Le MacBook Pro n'avait pas changé de place. Il l'ouvrit, pressa le bouton de démarrage, attendit que l'écran s'allume, puis s'assit.

La première chose qu'il vérifia fut la connexion Airport – l'ordinateur était toujours connecté à la wifi de l'hôtel.

Ensuite, il sélectionna dans le dock le logiciel du courrier. Comme il s'y attendait, la boîte de réception était vide. La boîte des messages envoyés aussi. Il déroula alors la longue liste des boîtes aux lettres, dans la fenêtre de gauche. Les archives complètes de tous les e-mails reçus et envoyés de Marc Fraysse. Il éprouva une étrange sensation de curiosité malsaine à fouiller ainsi la correspondance d'un mort, mais il n'avait pas le temps de s'appesantir sur le sujet. Il survola les intitulés des dossiers. La plupart portait un prénom. Jacques, Paul, Michel, Pierre. D'autres renfermaient des factures, sa correspondance avec *amazon.fr*, des échanges avec son webmaster. Il y avait aussi des dossiers remplis d'échanges d'e-mails avec différents fournisseurs. Puis un autre intitulé *RECETTES*, qui attira son attention. Un chef trois étoiles au Michelin échangeant des recettes avec d'autres chefs ? Apparemment, oui. En l'ouvrant, il découvrit des sous-dossiers : *Bœuf*, *Agneau*, *Lapin*, *Cheval*, *Porc*… Il hésita, puis cliqua sur *Cheval*. Il lui semblait inconcevable qu'on puisse servir de la viande de cheval dans un restaurant trois étoiles. En haut de la fenêtre, une information lui indiqua que ce dossier contenait 600 messages. Tous envoyés à la même adresse : ransou.jean@wanadoo.fr. Aucun n'avait reçu de réponse. Enzo en ouvrit un d'un double-clic et fut stupéfait de tomber sur des suites de lettres et de chiffres sans queue ni tête :

PV : 18/12 : 3e : 14 : 150 ; 7e : 4 : 130 ; 9e : 5,9,10 : 200

D *: 1re : 3,7,15 : 125 ; 4e : 13 : 175 ; 12e : 2,5,12 : 150*

L : 6e : 11 : 200 ; 8e : 10 : 125 ; 9e : 1,7,8 : 150

Il n'y avait ni nom, ni signature. Enzo les contempla sans comprendre, puis vérifia la date à laquelle ce message avait été envoyé. 18 décembre 2002. 18/12 était donc la date. Il vérifia l'heure de l'envoi : 14h14.

Il ouvrit le suivant. Plus ou moins semblable :

MB : 19/12 : 2e : 9 : 175 ; 5e : 3,6,9 : 150 ; 6e : 16 : 200…

Celui-là datait du 19 décembre, à 15h53. Enzo fronça les sourcils. Ce n'étaient pas des recettes à base de viande de cheval. Il en ouvrit d'autres, les uns à la suite des autres, tous affichaient les mêmes codes mystérieux. Bien qu'il ignorât la signification des initiales *PV*, *D*, *L*, *MB*, une idée commençait à germer dans son cerveau.

Il s'assura que l'imprimante était connectée à l'ordinateur, l'alluma, grimaça en entendant le bruit qui accompagnait sa mise en marche, et pria pour que les encres ne soient pas complètement sèches. Ensuite, il sélectionna deux des e-mails *Cheval* au hasard et lança l'impression. La vieille machine à jet d'encre gémit, vrombit et cracha deux feuilles, un peu pâles mais lisibles, qu'il plia en deux avant de les glisser dans sa poche.

Quelques minutes seulement s'étaient écoulées depuis qu'il était entré dans le bureau du mort, mais il avait l'impression d'y avoir passé un temps fou. Il continua son examen de l'ordinateur en explorant le contenu du Finder. Dans *Documents*, il trouva une liste de dossiers aux titres évoquant des recettes et des ingrédients. Il en ouvrit quelques-uns pour en avoir le cœur net. C'était là que Marc Fraysse gardait ses secrets culinaires. Au milieu de la liste, l'un d'eux, simplement intitulé *Moi*, contenait un document unique intitulé *moi.dssr*. Intrigué, Enzo cliqua deux fois dessus ; un logiciel s'ouvrit et *moi.dssr* apparut en grand sur l'écran sous la forme d'une large fenêtre vierge sous laquelle une autre, plus petite, contenait un fichier intitulé *Rubriques non classées*. Apparemment, il était vide.

Déçu, Enzo cliqua néanmoins sur l'icône *Rubriques non classées* ; soudain, apparut un document intitulé *Moi* dans la petite fenêtre, et l'icône d'un cadenas dans la plus grande. Verrouillé. Les yeux d'Enzo parcoururent le haut du document et la barre d'outils, où il repéra la même icône de cadenas. Il cliqua dessus ; une fenêtre lui demandant un mot de passe s'ouvrit. Enzo respira à fond et regarda sa montre. Il était là depuis dix minutes, il ignorait dans quelle partie de l'hôtel se trouvaient maintenant Élisabeth et Guy, et Dieu seul savait combien de temps il lui faudrait pour réussir à craquer le mot de passe de Marc Fraysse.

Il ouvrit le navigateur Safari, sélectionna Google et entra sa recherche : *mots de passe les plus utilisés*.

En quelques secondes, des milliers de liens vers des sites abordant le sujet apparurent à l'écran. Il choisit le premier, un article de magazine listant les dix mots de passe les plus fréquents. Surpris, il haussa les sourcils. Les gens étaient donc aussi bêtes ? Le plus courant était *password*, suivi de *123456*, et *qwerty* (l'équivalent d'*azerty* sur un clavier français). Sans se faire d'illusion, Enzo les essaya un par un. Évidemment, aucun ne fonctionnait.

Il ferma les yeux. Certaines personnes, il le savait, utilisaient les prénoms de leurs enfants. Comme il ne les connaissait pas, il essaya *Élisabeth*, sans succès. Puis le nom et le prénom de Marc suivis de sa date de naissance. Rien. Frustré, il se cala contre le dossier en soupirant et, machinalement, regarda les gribouillages sur le sous-main. Une citation de Sartre l'arrêta : *la nature parle et l'expérience traduit*. Comme sur les initiales JR, Fraysse avait repassé maintes fois au stylo chaque première lettre des mots de la citation. Il ne l'avait certainement pas fait consciemment, mais plutôt machinalement, tout en parlant au téléphone, peut-être. Réunies, ces lettres formaient l'acronyme *lnpelt*. À tout hasard, Enzo l'essaya comme mot de passe. Aussitôt, un texte remplit la grande fenêtre ; la barre de défilement révélait qu'il était très long.

Mais Enzo n'avait plus le temps d'en lire ne serait-ce que quelques lignes. Soudain, son cœur fit un bond : la porte entre le salon et la chambre des Fraysse venait de s'ouvrir. Peut-être était-ce une femme de chambre ? Mais peut-être était-ce Élisabeth ? Que faire ?

À toute vitesse, il retapa le mot de passe, et dut le retaper encore pour qu'il verrouille le document. Puis il le ferma, fouilla dans sa poche à la recherche de la clé USB qui ne le quittait jamais, et la connecta à l'ordinateur. Dès que son icône apparut, il fit glisser le document dessus et la copie commença. Avec une lenteur exaspérante. Quelqu'un marchait dans la pièce voisine.

– Allez, allez ! marmonna-t-il entre ses dents.

À bout de nerfs, il observa tout le déroulement du processus sans respirer, jusqu'à ce que le transfert fût achevé. Il éjecta alors sa clé, la fourra dans sa poche et se leva juste au moment où la porte de communication avec la chambre s'ouvrait.

Il se retourna, espérant voir une femme de chambre. Mais c'était Élisabeth qui se tenait sur le seuil, une main sur la poitrine, l'air surprise, choquée même, de le trouver là.

– Monsieur Macleod !

Enzo fit de son mieux pour paraître à l'aise.

– Je jetais juste un coup d'œil à l'ordinateur de votre mari, madame Fraysse. Je me suis dit que vous n'y verriez pas d'inconvénient.

– Vous m'avez fait peur. Le personnel n'entre jamais dans cette pièce. En entendant du bruit, j'ai pensé à un cambrioleur.

Gêné, Enzo sourit.

– Ce n'était que moi.

– Quand on est bien élevé, monsieur Macleod, on demande la permission de toucher aux effets personnels. Même à ceux d'un défunt.

Sa voix vibrait d'une colère contenue.

– Veuillez m'excuser, madame. Comme vous m'avez fait entrer ici hier, je n'ai pas eu l'impression de violer un espace privé. Je ne voulais pas vous importuner.

– Eh bien, c'est raté. Je n'ai rien à vous cacher, monsieur Macleod. Je vous montrerai volontiers tout ce que vous désirez voir. Mais *j'aimerais* que vous me le demandiez d'abord.

Enzo hocha la tête d'un air contrit :

– Merci, madame. Encore toutes mes excuses pour vous avoir effrayée.

Il regarda l'ordinateur et demanda :

– Voulez-vous que je le referme ?

– Non, ce n'est pas la peine.

Un silence gêné s'installa entre eux, jusqu'à ce qu'Enzo se force à sourire :

– Eh bien, je ne vous embête pas plus longtemps, alors.

Il avait déjà ouvert la porte lorsqu'elle le rappela :

– Monsieur Macleod ?

– Oui ?

– Avez-vous trouvé quelque chose ?

Il fronça les sourcils.

– Dans l'ordinateur.

– Oh, non. Rien d'important.

Il savait cependant que, dès qu'il serait parti, elle pourrait voir ce qu'il avait ouvert en allant consulter, dans le *menu Pomme*, les *Éléments récents*. Il se demanda pourquoi il ne voulait pas lui parler des e-mails, ni du document verrouillé. Sans doute parce que son instinct et son expérience lui avaient appris qu'il peut parfois se révéler risqué de partager une information.

Une fois dans le couloir, la porte du bureau refermée derrière lui, il poussa un profond soupir de soulagement.

Chapitre 9

Assis au bord du canapé, son ordinateur portable ouvert devant lui sur la table basse, Enzo attendait que le transfert du fichier *moi.dssr* de la clé USB au disque dur s'achève. Un bras passé autour de ses épaules, Sophie s'était lovée contre lui. Vers 23 h, tout de suite après le service du soir, elle était montée en douce dans la chambre de son père.

– Personne ne te cherchera ? lui avait-il demandé en la voyant arriver.

– Non. Tout le monde est trop crevé pour avoir envie d'autre chose que de se coucher. Le seul qui pourrait s'apercevoir de mon absence, c'est Philippe.

– Philippe ?

– Le sous-chef. Je t'en ai parlé !

– Ah oui. Celui qui en pince pour toi ?

– Oui.

– Et comment saura-t-il que tu n'es pas dans ta chambre ?

– Oh, arrête de prendre cet air suspicieux, papa. Il vient souvent écouter de la musique et bavarder.

– C'est tout ?

– C'est *tout*, avait-elle soupiré. De toute façon, je l'ai joué un peu distante ces jours-ci ; ça ne le surprendra pas trop que je n'ouvre pas ma porte.

Une fois le fichier entièrement recopié, Enzo cliqua dessus deux fois. Un message s'afficha alors sur l'écran pour le prévenir qu'il ne possédait pas le logiciel permettant de l'ouvrir.

– Qu'est-ce que tu vas faire ? demanda Sophie.

– Voir si je peux le trouver et le télécharger.

– Donne. Je m'en occupe. Il s'appelle comment ?

– *Dossier*.

– Pas de problème.

Elle se redressa et prit l'ordinateur sur ses genoux. Enzo la regarda se connecter au navigateur pour entreprendre les recherches, et la trouva vraiment belle. Même fatiguée, éreintée par sa journée de travail, sans aucun maquillage. Elle avait hérité les traits ciselés de sa mère et les cheveux bruns de son père, avec la mèche blanche, camouflée pour l'instant par la teinture blonde. Il se rappelait à quel point il lui en avait voulu durant les premières semaines qui avaient suivi la mort de Pascale. Comme si c'était elle qui avait tué sa mère en naissant. Qu'il ait pu nourrir de tels sentiments à son égard lui paraissait à présent incroyable. Heureusement, très vite, il l'avait au contraire considérée comme un cadeau de sa femme qui, en disparaissant, lui laissait une petite partie d'elle-même.

– Quoi ?

La question de Sophie le fit sursauter. Elle n'avait pas détourné la tête de l'écran.

– Qu'est-ce qu'il y a ?
– Je sens ton regard sur moi.
Il sourit.
– Je t'adore, Sophie.
La jeune fille leva les yeux de l'écran et les tourna vers lui. Ils étaient humides.
– Moi aussi, papa.
Puis, tendant brusquement la main, elle lui toucha le visage. Il sentit ses doigts effleurer les poils de sa barbe.
– Tu vois encore Kirsty ?
– De temps en temps, quand je vais à Paris.
– Elle est toujours avec Roger ?
Il hocha la tête.
– Si je comprends bien, tu n'es pas restée en contact avec elle.
Sophie haussa les épaules :
– À quoi bon, puisqu'on n'est plus sœurs.
La révélation que Kirsty, née de son premier mariage, n'était pas sa vraie fille mais le fruit d'une brève liaison entre sa femme et son meilleur ami avait bouleversé Enzo. Sophie, de son côté, avait accueilli la nouvelle avec joie. Elle n'avait plus de demi-sœur. Elle n'était plus obligée de partager son père avec qui que ce soit.
– Il me faut ta carte de crédit.
– Pardon ?
– Ta carte de crédit. Pour payer le logiciel.
– Tu l'as trouvé ?
– Je n'en aurais pas besoin sinon.
Sa logique était imparable. Il avait l'impression de s'entendre parler. Ils se ressemblaient tellement,

tous les deux. Il attrapa son portefeuille et lui tendit sa carte.

– Pas la peine, contente-toi de me lire le numéro.

– Où as-tu appris à être aussi autoritaire, ma petite ?

– Avec toi, papa. Lis !

Il soupira et s'exécuta pendant qu'elle entrait les chiffres dans l'ordinateur.

– Et voilà ! s'exclama-t-elle d'un air rayonnant en lançant le téléchargement.

Cela prit quelques minutes. Une fois le logiciel installé, elle rendit l'ordinateur à son père et se serra contre lui pour pouvoir lire ce qui s'ouvrirait sur l'écran.

– Qu'est-ce que c'est ? demanda-t-elle tandis qu'il entrait le mot de passe de Marc Fraysse.

– Attends un peu…

Lorsque le texte apparut, il parcourut les premières lignes, survola le reste en s'arrêtant ici et là, revint en arrière, puis avança de nouveau.

– Élisabeth avait raison, finit-il par déclarer. Marc Fraysse était bien en train d'écrire des mémoires.

– Une autobiographie ?

– Je crois. Bien que ça ressemble plus à un recueil de notes et d'anecdotes. Comme s'il réunissait les ingrédients avant de passer à la confection du plat.

– En vrai chef.

Enzo revint au début du document, à une date et un lieu où tout avait commencé pour Marc Fraysse. Et ce fut comme si le jeune homme traversait le temps pour s'adresser directement à Enzo et Sophie.

Chapitre 10

Clermont-Ferrand, 1972

Je venais d'avoir dix-sept ans, et ça ne marchait pas fort à l'école. Je n'ai jamais passé mon bac. En fait, je n'en voyais pas l'utilité puisque je reprendrais la cuisine de l'auberge. Tout le monde le savait. Maman, papa, Guy. À quoi bon étudier l'algèbre et la géographie ? Pourquoi apprendre l'histoire ? C'était du passé. Seul l'avenir importait. Et je savais alors à quoi il se résumait : suivre le même chemin que mon frère. Un chemin qui me conduirait dans la cuisine des Frères Blanc, où papa espérait que j'apprendrais tout ce qu'il fallait pour assurer ses vieux jours.

Je ne voulais pas y aller. Guy y était depuis un an et toutes les histoires qu'il m'avait racontées me faisaient déjà détester Jacques et Pierre Blanc encore plus que l'école.

Pendant les grandes vacances, en attendant de partir à Clermont au mois d'octobre, j'ai travaillé dans une boulangerie de Thiers. Au début, l'idée de devoir m'extirper du lit chaque matin à 3 h et de passer tout l'été dans la chaleur étouffante d'un fournil m'épouvantait. Mais, finalement, j'ai adoré ça. J'aimais me lever tôt et trimer pendant que le reste de l'humanité dormait encore. J'avais l'impression que le monde entier m'appartenait. Pour la plupart des gens, le boulanger n'était qu'un vieux grincheux. Moi aussi, je le trouvais vieux alors qu'il devait avoir à peine plus de quarante ans, mais il ne m'engueulait jamais. Il voyait bien que j'aimais ce que je faisais, que j'aimais être là et que je bossais dur pour lui.

J'adorais aussi être libre comme un oiseau pendant que les autres travaillaient. Libre de grimper sur le plateau et de me balader. Libre, peut-être, pour la première fois de ma vie. Le seul nuage à l'horizon, c'était mon apprentissage à Clermont. Au début de l'été, ça me paraissait très loin. Puis au fur et à mesure que les semaines passaient, je voyais l'échéance se rapprocher de plus en plus.

Pour la première fois de ma vie, j'avais de l'argent. De l'argent gagné à la sueur de mon front, même si j'en donnais la plus grande partie à mes parents. J'aidais encore maman à la cuisine pour le déjeuner et le dîner, bien sûr, mais à 8 h, j'allais me coucher. Et je dormais comme jamais je n'avais dormi de ma vie.

Ça me paraît bizarre maintenant, quand j'y repense. À vrai dire, je n'avais pas envie de devenir chef. J'avais déjà l'expérience des longues heures de travail abrutissant dans l'espace confiné d'une cuisine surchauffée. Je ne m'imaginais pas y passer le restant de mes jours. Mais, quand on a dix-sept ans et qu'on n'a ni qualification, ni ambition, l'avenir prend des allures de peine de prison. On fait ce qu'on vous dit de faire. On fait ce qu'on sait faire.

Je ne m'en rendais pas compte alors, évidemment, mais c'est grâce aux frères Blanc, ces odieux tyrans jumeaux, que j'ai acquis les compétences et la motivation qui m'ont permis de devenir ce que je suis aujourd'hui.

***

Je me souviens du jour où j'ai quitté la maison. C'était fin octobre. Le temps avait changé, les tempêtes d'équinoxe avaient déjà dépouillé les arbres de leurs feuilles. Des nuages bas nappaient le plateau et une pluie fine noircissait le paysage. Tout me paraissait aussi sombre et pesant que mon humeur. Papa m'avait apporté les affaires dont j'aurais besoin pour mon séjour à Clermont. Étalés sur mon lit, il y avait deux tabliers blancs, deux pantalons pied de poule gris et blanc, deux paires de sabots en caoutchouc. Rien de plus. Mon uniforme pour les trois années à venir, un uniforme qui serait taché par la sueur, la cuisine, le charbon, et lavé, lavé, lavé jusqu'à la corde.

Je me revois en train de regarder ces vêtements et la valise ouverte à côté, sur le lit. Je me revois en train de regarder autour de moi la chambre où j'avais passé toute ma vie. Les murs qui portaient les cicatrices de mon enfance, les murs témoins de mes larmes, de mes joies, de mes chagrins, de mes premières tentatives maladroites de masturbation. Témoins des dernières larmes que je verserais devant eux.

Par la fenêtre, j'ai contemplé ce paysage auquel je n'avais jamais vraiment fait attention, et compris que je n'avais aucune envie de le quitter.

Papa m'a conduit à Clermont-Ferrand dans sa vieille 4L. J'avais dix-sept ans et c'était la première fois que j'allais en ville. Je n'en revenais pas. Tous ces immeubles qui me dominaient, qui projetaient leur ombre sur les rues détrempées. La circulation, les trams, les gens. Jamais je n'avais vu autant de gens. Cela me donnait une vision nouvelle de ma vie et l'impression d'être minuscule, complètement insignifiant. Mon monde, qui s'était limité jusque-là à l'auberge, l'école, mes parents et mon frère, se réduisait à zéro.

Je me rappelle qu'avant d'entrer en ville, on est passés devant l'usine Michelin. Énorme complexe industriel fumant. J'avais déjà entendu parler du Guide Michelin, bien sûr, mais je ne pouvais pas me douter que ces deux mots et les étoiles qui allaient avec détermineraient ma vie.

Le Lion d'Or se trouvait dans une rue étroite donnant sur la place de Jaude. À proximité du théâtre, de la cathédrale et de la synagogue. Donc bien placé. Haute de quatre étages, la maison datait du dix-neuvième siècle et avait servi d'étape pour les VRP pendant des dizaines d'années. Mais les frères Blanc avaient tout changé en rapportant de leurs apprentissages respectifs une maîtrise de la cuisine française qu'ils avaient apprise auprès du génie incontesté de l'art culinaire, Fernand Point, dans son hôtel-restaurant La Pyramide, sur les bords du Rhône.

En l'espace de cinq ans, ils avaient transformé l'établissement de leurs parents, gagné une première étoile, puis deux. La plus grande partie des bénéfices avait été investie dans des travaux d'amélioration du bâtiment. La clientèle n'était plus composée de VRP bavards mais d'hommes d'affaires, de commerçants prospères, d'hommes politiques, dont certains descendaient spécialement de Paris pour manger là-bas et y être vus.

C'était la première et la dernière fois de ma vie que j'entrais au Lion d'Or par la grande porte. Les parents Blanc ont accueilli mon père comme un ami perdu de vue depuis longtemps, un de leurs plus vieux et plus fidèles clients de l'époque des repas informels qu'ils évoquèrent avec tendresse. Papa m'a embrassé sur les deux joues, il m'a tendu ma valise et il est parti.

On m'a immédiatement conduit à la cuisine pour me présenter à Jacques et Pierre. Tous les deux étaient très grands, corpulents, terriblement intimidants. Pierre portait une moustache aux longues pointes retroussées sur les joues. Jacques avait une figure ronde et rubiconde, rasée de près, et un air perpétuellement renfrogné. Chacun à son tour m'a broyé la main, sous les yeux d'une galerie d'apprentis silencieux ravis de voir arriver un nouveau sur qui ils pourraient se décharger des tâches les plus ingrates. Parmi eux, il y avait Guy, bien sûr, qui cachait mal sa joie.

– Ton frère te montrera les ficelles du métier et ta chambre, a dit Jacques.

En fait, les « ficelles du métier » consistaient à alimenter en charbon le grand fourneau en fonte de la cuisine, allumer les fours, porter les grills et les plaques à des températures brûlantes. Ça voulait dire remplir des seaux de charbon à la cave et les monter. Ça voulait dire aussi racler les cendres de la veille, allumer le foyer pour que le fourneau soit à bonne température au moment où les chefs arrivaient le matin à 8 h 30 – une tâche que je devais accomplir deux fois par jour, pour le service du déjeuner et celui du dîner.

Je serais également chargé, une semaine sur deux, de nettoyer avec une brosse métallique les dépôts de suie grasse sous les brûleurs où les frères Blanc concoctaient leur cuisine magique. Guy l'avait fait l'année précédente ; il était ravi de me repasser le flambeau.

Il m'a montré les poubelles que j'aurais à vider, et expliqué avec un malin plaisir comment récurer, laver et sécher chaque soir tous les plans de travail et surfaces de cuisson. Dieu m'est témoin que Jacques et Pierre n'ont pas trouvé la moindre tache le lendemain matin.

Et moi qui croyais apprendre à cuisiner !

J'ai compris que je devrais partager la chambre de mon frère. Une petite pièce sous les toits, sombre, froide, humide avec une minuscule lucarne d'où on apercevait juste les flèches jumelles de la cathédrale Notre-Dame de l'Assomption. On pourrait croire que le fait d'avoir la compagnie de mon frère adoucirait mon expérience. Mais Guy ne voulait pas être dérangé par son petit frère. Il se montrait indifférent, presque cruel. Alors qu'il était copain avec tous les autres apprentis. Je me suis senti rejeté, désespérément seul.

Ce soir-là, après m'avoir montré sa chambre, il est parti jouer aux cartes avec les autres. Je lui ai demandé si je pouvais l'accompagner. Il a répondu en riant qu'ils n'avaient pas de temps à perdre avec un mioche comme moi. Ils jouaient de l'argent ; j'étais beaucoup trop jeune. Alors, je suis resté assis sur le rebord de mon lit, à regarder tristement dehors. Il faisait nuit, la pluie frappait les carreaux, le vent s'infiltrait par toutes les fentes et sous les ardoises du toit. Jamais je ne m'étais senti aussi seul.

J'avais pleuré en quittant la maison. J'ai de nouveau fondu en larmes. Des larmes de solitude et de détresse. J'ai tiré sur ma tête les draps glacés du lit inhospitalier dans lequel j'allais dormir pendant les trois prochaines années pour que mon frère ne m'entende pas sangloter quand il viendrait se coucher. Et soudain, je me suis rendu compte que le matelas était trempé. Imbibé d'une eau froide répandue par des mains malveillantes. J'ai juré tout haut et entendu des ricanements étouffés dans le couloir.

Chapitre 11

– Oh le pauvre ! Tu ne trouves pas que c'était dégueulasse de la part de Guy, papa ? Il aurait quand même pu protéger son petit frère.

Enzo leva les yeux de l'écran et fit glisser l'ordinateur de ses genoux sur la table basse.

– Les enfants peuvent être cruels, dit-il d'un air songeur. Parfois, quand on est jeune, on succombe à cette cruauté intérieure. On se révèle capable de choses qu'on n'oserait jamais faire ou dire à l'âge adulte.

– Ça sent l'expérience vécue, remarqua Sophie.

– Oh, je peux me mettre sans peine à la place de Marc. Mais Guy n'était pas si méchant. Juste un peu insensible, et il voulait surtout épater la galerie. Je crois que j'ai connu bien pire.

– Quand ? s'étonna-t-elle.

Il regretta aussitôt ce qu'il venait de dire.

– Peu importe. Il y a très longtemps.

– Ça, c'est sûr, si tu étais jeune.

Il la regarda, sourcils levés.

– Attention, jeune fille.

– En plus, tu n'as pas de frère.

Enzo marqua une légère hésitation avant de reprendre l'ordinateur sur ses genoux.

– Bon, je vais en avoir pour un petit moment avant d'arriver au bout de ce doc.

Sophie le tira par le bras :

– Papa ?

– Oublie, Sophie.

Elle lui prit alors la tête entre les mains et la tourna vers elle pour qu'il la regarde en face.

– Ça veut dire que tu as un frère ? demanda-t-elle d'une voix incrédule.

Conscient qu'il ne savait pas mentir, il n'osa pas lever les yeux.

– Ça ne veut rien dire du tout.

Sans le lâcher, Sophie s'exclama :

– Merde, alors ! Je n'arrive pas à croire qu'il a fallu que j'attende vingt-quatre ans pour apprendre que j'avais un oncle.

Enzo se dégagea.

– Ce n'est pas ce que tu crois. Il n'est pas vraiment mon frère. Il ne l'a jamais été.

Elle l'attrapa par les épaules, et Enzo sentit toute la force de son indignation dans ses mains prêtes à le secouer.

– Bon sang, papa ! J'ai le droit de savoir !

– Non, tu n'as pas le droit ! répliqua-t-il avec colère. Tu n'as aucun droit sur ma vie.

– Bien sûr que si. Comme toi tu en as sur la mienne. C'est réciproque. Raconte, papa ! Raconte !

Il repoussa l'ordinateur sur la table avec un soupir exaspéré, se leva et alla se poster devant la fenêtre, les mains enfoncées dans ses poches.

– J'aurais mieux fait de fermer ma grande gueule.

– Pourquoi ?

– Parce que ça fait mal, Sophie, voilà pourquoi. Parce qu'on range parfois des choses dans des petites boîtes enfouies dans un recoin bien sombre de son esprit pour éviter de tomber dessus en fouillant son passé.

Un long silence s'installa entre eux, jusqu'à ce qu'elle reprenne d'une voix calme :

– Je veux tout savoir.

Enzo cessa de regarder la moquette et scruta l'obscurité du dehors, de l'autre côté de la vitre. Mais le reflet de Sophie, toujours lovée sur le canapé, continuait à le fixer.

– Mon père avait été marié avant de rencontrer ma mère. Il avait un fils, Jack. Quand sa première femme est morte, il s'est retrouvé seul avec lui. Un peu comme moi avec toi. Jack avait cinq ans lorsque mes parents se sont mariés, et sept à ma naissance. Je ne lui ai pas parlé depuis trente ans. Pas depuis l'enterrement de notre père.

– Pourquoi ?

– C'est une longue histoire, Sophie, et je ne sais pas si j'ai envie de la raconter.

Il entendit sa fille soupirer de frustration.

– Dis-moi au moins ce qu'il a fait qui était bien pire que ce Guy a fait à Marc.

– Oh, il y a eu beaucoup de choses.

– Mais tu pensais à une en particulier, non ?

– Bon sang, Sophie ! Tu ne renonceras jamais, hein ?

– Non, fit-elle sur un ton obstiné. Raconte.

Il se détourna de la fenêtre pour la regarder dans les yeux, et comprit que cela ne servait à rien d'éluder plus longtemps.

Dans un moment d'inattention, il avait laissé échapper le génie de la bouteille, et il n'avait pas le pouvoir de le faire retourner à l'intérieur. Il se serait giflé. Le secret avait été bien gardé pendant près de quarante ans. Personne ne connaissait l'existence de Jack. Ni sa première femme, ni Kirsty. Seul Simon, son ami d'enfance et confident, savait. Mais Simon l'avait trahi en engendrant la fille dont Enzo croyait être le père. Et Simon, lui aussi, avait été rangé et refoulé dans les recoins les plus sombres de son esprit pour y être noyé au milieu du bourbier des souvenirs indésirables.

C'était étrange à quel point il s'était identifié à Marc Fraysse. Quitter la sécurité de sa maison et tout ce qu'il avait toujours connu, pour entrer en apprentissage avec des étrangers dans un milieu hostile où son frère s'était révélé son pire ennemi. Il avait éprouvé les mêmes émotions, dans des circonstances différentes.

Ses pensées le renvoyèrent vers son enfance, vers les immeubles victoriens vétustes des quartiers est de Glasgow, la locomotive industrielle de son Écosse natale, un petit pays qui se battait depuis des siècles pour conserver son indépendance face à la domination militaire et culturelle des Anglais. Le souvenir des bâtiments lépreux en grès rouge de ses jeunes années était toujours vivace. La famille Macleod n'était pas riche, raison pour laquelle elle habitait à l'est de la ville où les vents dominants venus de l'ouest poussaient la saleté des cheminées d'usines qui noircissaient tout.

Le regard pénétrant de Sophie le ramena au présent.

– Ton grand-père était soudeur au chantier naval. C'était un travailleur honnête et acharné qui essayait de faire le maximum pour sa famille. Dieu seul sait comment il a réussi à survivre entre la mort de sa première femme et sa rencontre avec ma mère. À l'époque, un père seul n'avait droit à aucun soutien. Je crois qu'il n'avait que ma grand-mère pour l'aider.

Enzo traversa la pièce et s'assit sur le bord d'un fauteuil, le dos courbé, les bras sur les cuisses, les yeux rivés au sol, comme si ce dernier pouvait lui offrir une fenêtre plus transparente sur son passé. C'était si étrange de parler de sa famille au bout de tant d'années.

– Les parents de ma mère possédaient un café. Il y avait beaucoup d'Italiens à Glasgow en ce temps-là. Beaucoup avaient été internés pendant la guerre ; et, après, ils y étaient restés. Presque tous ouvraient des cafés ou des restaurants. On appelait ces cafés les *Tallys*. Personne ne faisait une crème glacée aussi bonne que les Italiens. Ma mère travaillait au café, mon père au chantier naval ; à eux deux, ils gagnaient de quoi mener une vie relativement confortable. À l'époque, le crédit n'existait pas. On achetait ce qu'on pouvait s'offrir avec l'argent qu'on avait. Mais je ne me rappelle pas avoir manqué de quoi que ce soit. Ni moi, ni Jack. Tes grands-parents étaient de très braves gens.

Levant les yeux, il vit que Sophie l'observait attentivement, transportée dans le passé vers des origines dont son père ne lui avait jamais parlé, vers un lieu et un temps où les graines de son propre avenir avaient été semées.

– En fait, mon père était très ambitieux. Tous les deux l'étaient, mais pas pour eux. Pour nous. Pour Jack et moi. Ils avaient un seul but : nous offrir une vie meilleure que celle qu'ils avaient connue. Et cela signifiait une meilleure éducation. Mon père était obsédé par l'idée que l'unique façon d'échapper à la pauvreté passait par l'éducation. Nous menions donc une existence austère afin que chaque penny économisé alimente un compte d'épargne destiné à payer nos études.

Sophie fronça les sourcils.

– L'enseignement public n'existait pas en Écosse ?

– Si. Aux dix-neuvième et vingtième siècles, le système éducatif écossais avait même la réputation d'être le meilleur du monde. Tout le monde y avait accès. Riches et pauvres. Pourquoi crois-tu que tant d'inventions de l'ère industrielle sont attribuées à des Écossais ?

– Oh, s'il te plaît, papa, tu ne vas pas recommencer ! soupira Sophie, presque tentée de se joindre à lui dans la récitation de la litanie qu'elle avait entendue tant de fois.

– Alexander Graham Bell, le téléphone. John Logie Baird, la télévision. John Boyd Dunlop, le pneumatique. John McAdam, le macadam.

– D'accord, d'accord… et les anesthésiants, la bicyclette, la photo couleur, la virgule, le radar, le scanner à ultrasons.

Enzo se mit à rire.

– Peter Pan. Sherlock Holmes. Même le concept du capitalisme a été inventé par un Écossais, merde ! Et tout ça grâce à la qualité du système éducatif écossais. Tu comprends pourquoi mon père avait une telle confiance en lui. Mais l'enseignement public n'était pas encore assez bon pour ses fils. Il voulait nous envoyer dans une école privée.

Sophie siffla entre ses dents.

– Ça devait coûter une fortune.

– Ça les a presque ruinés. Jack avait sept ans de plus que moi. Il est donc parti le premier. À Hutcheson, surnommé Hutchie, un établissement privé pour garçons dans un quartier snob du sud de la ville. Jack entamait sa dernière année de lycée quand je suis entré en primaire. L'année suivante, il devait aller à l'université. C'était déjà décidé.

Enzo se souvenait de cette première journée à Hutchie avec autant de précision que Marc Fraysse se rappelait son arrivée au Lion d'Or. Traînant les pieds sur Beaton Road par un matin humide de septembre dans son uniforme tout neuf. La casquette obligatoire. Le blazer. La culotte courte réglementaire qu'il devrait porter jusqu'en troisième et dont le tissu irritait les cuisses jusqu'au sang quand il était mouillé. Les chaussettes grises montant jusqu'au genou, avec une bande bleue en haut. Le gigantesque imperméable bleu marine à ceinture qui transformait le petit Enzo de neuf ans en une caricature ridicule de détective privé. Son sentiment d'être perdu sans ses amis, restés à l'école publique. Il se souvenait encore à quel point il se sentait misérable.

– Bref, Jack était déjà un ancien. Délégué de classe, pilier de l'équipe de rugby, aussi bon en cours que sur le terrain de sport. Je pensais qu'il me prendrait sous son aile, me montrerait les ficelles, comme Jacques Blanc a demandé à Guy de le faire. Mais j'ignorais, alors, que la vie scolaire de Jack était un vaste mensonge.

Étonnée, Sophie pencha la tête sur le côté.

– Comment ça ?

– Eh bien, il s'était inventé une histoire sans le moindre rapport avec la réalité. Les garçons qui fréquentaient Hutchie venaient des quatre coins de Glasgow. Ils n'avaient donc pas l'habitude de se rendre les uns chez les autres après les cours. Tous, presque sans exception, appartenaient à des familles bourgeoises aisées des quartiers chics. L'exception, bien entendu, étant Jack. Il ne pouvait pas supporter d'avouer à ses camarades que son père était soudeur et sa belle-mère italienne. Il avait honte de ses origines. Honte de nous. Alors, il s'est inventé une maison et une famille, et je suppose qu'au fil des années ses mensonges ont pris une telle ampleur qu'ils ont fini par le dépasser.

– Oh, la la. Et voilà son frère qui débarque, et ses mensonges qui risquent de lui retomber sur la tête !

– Oui. Un petit frère prénommé Enzo. Il redoutait sûrement le jour où j'entrerais à mon tour à Hutchie. Mais il ne m'en a jamais soufflé un mot à la maison. Il avait peut-être peur que je le dénonce à papa. Il se réservait pour mon premier jour d'école. Il n'avait plus qu'une année à y passer, tu comprends. Après, il irait à l'université. Il serait libre. Personne ne découvrirait ses mensonges.

– Qu'est-ce qu'il a fait ?

– J'avais à peine franchi les grilles qu'il m'a attrapé par le bras et entraîné au gymnase. Là, il m'a plaqué contre un espalier et expliqué que je devais la fermer. Nous n'étions *pas* frères. Il n'existait *aucun* lien de parenté entre nous. Et pour bien me faire comprendre ce que je risquais si jamais je commettais le moindre faux pas, il avait pris soin de m'organiser un petit comité d'accueil. Un bizutage. Avec une bande de copains de sa classe, ils m'ont chopé juste à la fin de la première récréation, et ils m'ont porté dans une grande cour rectangulaire au milieu duquel il y avait une mare.

Enzo revoyait exactement l'endroit, la colonnade sous le gymnase, la cafeteria au rez-de-chaussée, avec le labo de sciences et les salles d'art plastique au-dessus, les salles d'études classiques à l'ouest, où on enseignait le latin et le grec. Et au centre de ce grand quadrilatère baptisé le *quad*, la mare. Deux bassins d'eau trouble où des nénuphars poussaient entre les détritus. Une bizarrerie pour une école de garçons, sans doute pondue par un architecte plein d'illusions.

– Non ! Ils n'ont pas fait ça ! s'étrangla Sophie.

Enzo hocha la tête sans pouvoir s'empêcher de sourire.

– Si. J'ai disparu sous l'eau. Je me suis à moitié noyé. Ils se sont sauvés, et m'ont laissé mariner jusqu'à ce que mon nouveau professeur principal, qui croyait que je m'étais perdu, vienne me repêcher. On m'a renvoyé à la maison, bien sûr, tout honteux. Un élève stupide qui tombe dans la mare le premier jour. On n'avait jamais vu ça.

Il surprit une esquisse de sourire sur les lèvres de Sophie.

– Oh, papa, je suis sûre que ça a dû être affreux pour toi à l'époque. Mais, franchement, en y repensant, tu dois reconnaître que c'est un petit peu comique, non ?

Enzo sourit, mais sa brouille avec son demi-frère l'empêchait d'apprécier pleinement la plaisanterie.

– Bien sûr, dit-il. Je ne l'ai jamais mouchardé. Personne n'a jamais su la vérité.

– C'est pour ça que tu ne lui parles plus depuis trente ans ?

– Non.

Enzo se leva et enfonça de nouveau les poings dans ses poches.

– La dernière fois que nous nous sommes parlé, c'était à l'enterrement de ton grand-père, mais notre brouille datait d'avant. Et elle n'avait aucun rapport avec cette première journée à Hutchie.

– Quelle raison, alors ?

– Je te le répète, c'est une longue histoire.

– Je veux la connaître.

– Et si, moi, je ne veux pas la raconter ?

– Je ne te lâcherai pas. Tu le sais. Tu en entendras parler jusqu'à ce que tu capitules.

Enzo ferma les yeux, prit une profonde inspiration, et fut sauvé lorsqu'on frappa à la porte. Trois coups discrets. Il se figea sur place en échangeant avec Sophie un regard paniqué.

– Qu'est-ce qu'on fait ? murmura-t-elle.

– File dans la salle de bains, n'en bouge pas. Je vais voir qui c'est et je m'en débarrasse.

Sophie glissa du canapé et traversa vivement la pièce pendant que son père retapait les coussins sur lesquels elle s'était affalée. Lorsqu'Enzo entrebâilla la porte sur le couloir sombre, il vit Guy, un air de conspirateur sur le visage, une bouteille et deux verres dans les mains. Essayant alors de paraître naturellement surpris, il ouvrit en grand :

– Guy ?

– J'espère que vous n'étiez pas couché. Visiblement, non. Pardonnez-moi de vous déranger ainsi, Enzo, mais j'ai là une mirabelle que je ne partage pas avec n'importe qui. Et je suis sûr que vous aimeriez la goûter.

Non seulement Enzo ne voyait pas comment refuser l'invitation sans paraître grossier, mais il avait besoin de garder Guy comme allié s'il voulait avancer dans son enquête. Il se força donc à sourire :

– D'accord, mais juste un petit verre, alors. Je suis vraiment fatigué.

Se rappelant qu'il avait laissé son portable ouvert sur la table basse, il se dépêcha de refermer la porte et d'aller en rabattre le couvercle pour cacher l'écran.

– Vous étiez en train de travailler ?

– Non, non, je relevais juste mon courrier, et je recopiais quelques notes.

– Élisabeth m'a dit que vous aviez examiné le vieux Mac de mon frère aujourd'hui. Vous avez trouvé des choses intéressantes ?

Enzo se demanda pourquoi il lui posait cette question puisqu'Élisabeth avait déjà dû lui faire part de sa réponse.

– Non, rien. J'ai jeté un coup d'œil à ses vieux e-mails. J'ai voulu ouvrir deux ou trois fichiers, mais ils étaient verrouillés.

Guy hocha la tête d'un air grave.

– Marc avait un côté très cachottier. Il ne laissait personne le percer complètement à jour. Pas même Élisabeth. Je crois qu'il partageait plus de secrets avec son foutu ordinateur qu'avec sa famille.

– Si c'est le cas, il ne permettait à personne d'autre que lui d'y accéder.

Bien qu'il dît la vérité, Enzo avait le sentiment de tromper Guy, et cela le mettait mal à l'aise. Il préféra changer de sujet :

– Alors, cette mirabelle, qu'a-t-elle donc de spécial ?

– Une vraie merveille. Produite par un vieux fermier du village. Son secret de fabrication disparaîtra avec lui puisque le droit de distiller n'est plus transmissible par héritage.

Il posa les verres sur la table basse, déboucha la bouteille et versa dans chacun deux doigts d'un liquide clair comme de l'eau de roche. Le parfum de la mirabelle embauma aussitôt l'air.

– Elle fait 80°. Alors, allez-y doucement, Enzo. Elle est raide. Mais quel arôme d'enfer !

Les deux hommes trinquèrent avant de déguster une gorgée en silence. Le goût de la prune emplit la bouche d'Enzo puis l'alcool lui brûla l'œsophage jusqu'à l'estomac. Sentant ses yeux se remplir de larmes, il battit plusieurs fois des paupières.

– Ouah !

– Je vous avais dit que c'était de la bonne, s'esclaffa Guy en se laissant tomber dans le canapé, à la place que Sophie venait de quitter cinq minutes plus tôt.

– Asseyez-vous donc, mon vieux, ajouta-t-il en désignant un fauteuil à Enzo. Élisabeth m'a dit que vous vouliez connaître un maximum de choses sur Marc. Eh bien, des histoires, j'en ai quelques-unes à vous raconter, croyez-moi.

À contrecœur, Enzo s'installa en face de lui dans un fauteuil. Il ne pouvait pas se défiler. Et Guy semblait décidé à rester un bon moment.

***

Sophie avait abandonné depuis longtemps l'espoir que Guy s'en aille vite. Il s'était lancé dans le récit de ses aventures avec Marc pendant leur apprentissage chez les Blanc. Debout dos au mur, elle n'écoutait même plus ; elle se laissa lentement glisser à terre, en attendant de pouvoir sortir de la salle de bains et regagner son lit. Puis, elle ferma les yeux et poussa un profond soupir.

– Le problème, c'est que Marc ne s'entendait pas du tout avec Jacques Blanc, racontait Guy. Jacques détestait Marc, et Marc avait une peur bleue de Jacques. Dès qu'il a commencé à trouver ses marques en cuisine, mon frère s'est mis à faire le malin. Jacques lui reprochait de vouloir « péter plus haut que son cul » - c'était l'insulte favorite qu'il réservait aux apprentis. Les Blanc exerçaient sur nous un contrôle total. On devait leur obéir au doigt et à l'œil. Quand ils nous demandaient de faire quelque chose, ils nous collaient aux basques pour nous surveiller. Croyez-moi, sous la menace de leur regard d'aigle, on faisait facilement tout foirer.

Enzo hocha la tête. Il savait à quel point il était dur de se concentrer dans ce genre de situation.

– Une fois… alors que Marc était en train de charger le foyer en charbon – juste avant le service du dîner – Jacques lui a demandé d'ajouter un ingrédient à un jus qui réduisait depuis deux heures. Il a aboyé son ordre en assénant une grande claque sur le plan de travail, juste à côté du fourneau. Paniqué, Marc s'est redressé et a pris l'ingrédient – j'ai oublié ce que c'était. Puis il est resté figé sur place avec l'ingrédient dans une main et le seau à charbon dans l'autre. *Eh bien, qu'est-ce que tu attends !* a crié Jacques. Alors, dans un moment de confusion totale, Marc a vidé le charbon dans la casserole !

Guy hurla de rire en se souvenant de cet épisode.

– Je crois que je n'ai jamais vu Jacques Blanc aussi furax ! Une réduction de deux heures complètement foutue. Inexplicablement. Qu'est-ce qui avait bien pu pousser Marc à faire ça ? Mystère. Sous le coup de la colère, Jacques a balancé la casserole par terre. Il y avait du jus partout. Coup de bol que personne n'ait été brûlé. En tout cas, il a refusé que quelqu'un nettoie ; le liquide a séché sur le sol et les plans de travail, et brûlé sur le fourneau. À la fin du service, il a tendu une brosse à dents à Marc en lui disant : *Nettoie avec ça mon gars. Jusqu'à la dernière goutte. Même si ça te prend toute la nuit. Si demain matin je vois une seule tache, tu dégages, et tu vas balayer les rues, ça te conviendrait mieux.* Marc ne s'est pas couché de la nuit. Jacques s'est levé plusieurs fois pour voir où il en était. Au matin, il n'y avait plus une trace de jus nulle part. Je crois que Jacques a été très déçu. Il loupait un bon prétexte pour se débarrasser de mon frère.

Guy se pencha en avant, remplit les verres vides avant qu'Enzo ait pu l'arrêter et leva le sien dont il but une gorgée. Enzo l'imita, sans enthousiasme.

– Mais Marc a eu sa revanche, poursuivit Guy. Environ un mois plus tard, on a profité de deux jours de congé pour aller à Paris. C'était la première fois de notre vie. On a pris le train. On a visité les catacombes. Ça flanque la chair de poule tous ces os empilés du sol au plafond.

Enzo hocha la tête. Il ne connaissait que trop bien les catacombes.[1]

– Marc a réussi à faucher un crâne et à le sortir en douce. Une semaine plus tard, au Lion d'Or, Jacques a mis une grande quantité de bouillon à réduire sur le

---

1 Voir *Le mort aux quatre tombeaux* (Éditions du Rouergue, 2013)

fourneau. Pendant que personne ne regardait, Marc a plongé le crâne dans la casserole. Vous imaginez la réaction de Jacques en allant vérifier sa réduction une demi-heure plus tard et en découvrant un corps étranger dedans ! Et l'horreur qu'il a éprouvée en repêchant le crâne ! Personne n'osait le regarder. Au bord de la crise d'apoplexie, il a exigé de connaître le nom du coupable. On n'a rien dit, bien sûr, et il n'a jamais pu prouver que c'était Marc l'auteur de ce mauvais coup, mais il le savait, j'en suis certain.

Il vida son verre avant de poursuivre :

– Ce soir-là, il a dû nous entendre rigoler comme des baleines dans le grenier. Et il a certainement maudit le jour où il avait engagé les frères Fraysse. Un autre verre ?

– Non, non merci. Je ne pourrai pas dormir sinon, répondit Enzo en espérant que Guy comprendrait l'allusion.

Mais, plongé dans ses souvenirs, Guy reprit en secouant la tête :

– On aurait pu penser que Marc laisserait tomber, et pas moi. Mon problème, c'était le manque de talent. Marc, lui, détestait la cuisine. Sérieux, il détestait ça. Jusqu'à ce fameux matin. Où tout a changé.

Curieux de connaître la suite malgré la présence de Sophie coincée dans la salle de bains, Enzo demanda :

– Que s'est-il passé ?

– Je crois qu'on n'avait pas encore vu les frères Blanc sourire une seule fois. Or, ce matin-là, ils ressemblaient tous les deux au chat du Cheshire. Tout le monde, dans la maison, avait laissé tomber ses tâches respectives pour se réunir dans la cuisine et ouvrir des bouteilles de champagne. Bon sang, même les apprentis y avaient droit ! Incroyable. Du jamais vu.

Les yeux de Guy brillaient en se remémorant cet instant.

– Le directeur du Guide Michelin venait de les appeler pour leur annoncer qu'ils auraient une troisième étoile dans la prochaine édition. Du coup, le téléphone n'arrêtait pas de sonner. Plein de gens défilaient dans la cuisine. C'était fabuleux, c'était la gloire. Ces deux bourrus mal embouchés devenaient tout à coup des stars grâce à leurs plats magiques. Quand Marc a vu ça, il a tout de suite su quel serait le but de sa vie. Lui aussi deviendrait une superstar. Et cela a tout changé.

Plongé dans ses souvenirs, Guy resta un moment immobile, puis il se tapa sur les cuisses et se leva.

– Juste un petit pipi et je vous laisse vous coucher, dit-il en se dirigeant vers la porte de la salle de bains, sans laisser à Enzo le temps de trouver un prétexte quelconque pour l'en empêcher.

Enzo se mit debout lentement, prêt à affronter la suite des évènements. Mais il n'entendit rien d'autre que le bruit d'un jet d'urine suivi de celui de la chasse d'eau et d'un robinet du lavabo. Deux minutes plus tard, Guy ressortait de la salle de bains.

– Écoutez, Enzo, dit-il en ramassant la bouteille et les verres, demain, je veux que vous déjeuniez dans la salle à manger. C'est moi qui vous invite. Vous aurez droit au menu trois étoiles, dans le vrai style Fraysse.

Enzo en fut à la fois surpris et ravi. Il savait que le menu gastronomique avoisinait les 200 euros. C'était un privilège rare de pouvoir y goûter ; peu importait que la note soit réglée par quelqu'un d'autre.

– C'est très généreux de votre part, Guy.

Avec un grand sourire, ce dernier lui souhaita une bonne nuit et s'en alla.

Une fois la porte refermée, Enzo se précipita dans la salle de bains. Aucun signe de Sophie. Où était-elle passée ?

Le bruit du rideau de douche brusquement tiré le fit sursauter, et il vit apparaître sa fille, qui lui lança :

– Tu ne pouvais pas te débarrasser de lui plus tôt, non ?

– J'ai essayé, Sophie.

– Sans trop d'effort, marmonna-t-elle entre ses dents. Tu préférais siffler sa foutue mirabelle. Tu empestes l'alcool.

Elle descendit de la baignoire et, suivi de son père, passa dans la chambre.

– La prochaine fois qu'on frappe à la porte et que je suis là, fais semblant de dormir, d'accord ?

Sophie entrebâilla alors la porte, jeta un coup d'œil dans le couloir, puis ajouta à voix basse avant de disparaître dans les ténèbres :

– Ne crois surtout pas que je vais oublier ce que tu m'as raconté sur ton frère Jack. Je veux connaître toute la vérité, papa. L'histoire intégrale.

Chapitre 12

Avant d'aller se coucher, Enzo se lava la figure et les dents dans la salle de bains. Il se sentait un peu étourdi, à la fois par la mirabelle et par l'émotion qui l'avait gagné en parlant de Jack à Sophie. Jamais il n'aurait imaginé dévoiler un jour ce secret ; maintenant que c'était fait, il comprenait mal comment il avait pu le dissimuler aussi longtemps à sa fille.

Il repensait aussi à Marc Fraysse. À ce qui, d'une certaine façon, les rapprochait. Un frère aîné dominant et, au départ, une absence d'ambition personnelle ou de but précis dans la vie.

Si Marc avait fini par trouver sa *raison d'être* dans la longue quête des trois étoiles du Michelin, Enzo avait trouvé la sienne dans une démarche plus négative. Celle de vouloir à tout prix faire mieux que son frère. Le dépasser en tout. Études scolaires, universitaires, diplômes, carrière, mariage. Il lui avait fallu des années, et l'indifférence totale de Jack, avant de comprendre qu'il était vain de vouloir se mesurer ainsi aux autres. Mais certaines leçons s'apprennent trop tard pour qu'on puisse réparer les erreurs commises.

Dans la chambre, il se déshabilla et se glissa entre les draps frais du lit. Mais, malgré sa fatigue, il ne parvenait pas à trouver le sommeil et n'arrêtait pas de se retourner d'un côté à l'autre. Il resta finalement allongé sur le dos, les yeux grand ouverts, en maudissant les pensées qui l'agitaient et l'empêchaient de s'endormir. Au bout d'un moment, il se releva pour aller chercher son ordinateur au salon.

De retour dans son lit, le dos calé contre les oreillers, il posa le Mac sur ses cuisses et l'ouvrit. L'écran illumina son visage et projeta une étrange lueur bleue dans la chambre obscure. Rouvrant le dossier des souvenirs parcellaires de Marc Fraysse, il fit défiler le texte, à la recherche de… de quoi ? Il n'en avait pas la moindre idée.

Soudain, il interrompit le défilement ; quelque chose venait d'attirer son attention. Le prénom « Élisabeth ». À la lecture du paragraphe affiché en haut de l'écran, il comprit que Marc racontait leur première rencontre.

C'était pendant l'un de ces repas secrets au bord du lac dont elle avait parlé, ceux que les apprentis cuisiniers du Lion d'Or concoctaient pour les élèves infirmières. Organisés par l'un des apprentis les plus âgés, avec l'aide de tous les autres chargés d'effectuer le raid nocturne dans la cuisine, emprunter le matériel nécessaire et piquer la nourriture.

Je me souviens de la première fois où je l'ai vue, écrivait Marc. *Nous étions tous assis autour du feu dans le hangar à bateaux. Son visage était éclairé par la lumière des flammes. Une lumière jaune, douce, chaude, vacillante. Je n'avais jamais rien vu d'aussi beau. Je ne pouvais pas me douter que cette rencontre fortuite sèmerait la zizanie entre Guy et moi, une guerre de haine et d'usure qui durerait vingt ans.*

Stupéfait par cette révélation inattendue, Enzo se redressa. Rien dans ce que lui avait dit la famille ne laissait penser qu'une querelle quelconque avait opposé les deux frères. Il passa les dix minutes suivantes à parcourir les notes et les anecdotes dans l'espoir de trouver comment, ou pourquoi, Élisabeth avait provoqué cette rupture.

Puis, sentant les bras accueillants du sommeil l'attirer dans leur douce étreinte, il referma l'ordinateur, le posa par terre, et s'allongea de nouveau dans le noir. Au moment où il glissait enfin dans l'oubli, une ultime pensée lui traversa l'esprit : il existait une similitude supplémentaire entre Marc et lui. Il y avait aussi une femme à l'origine de la rupture entre Jack et Enzo. Mais, si les frères Fraysse avaient fini par se réconcilier, les frères Macleod, eux, étaient restés fâchés.

Chapitre 13

Un vent glacé du nord-ouest soulevait les feuilles et les détritus dans les rues étroites, et balayait la ville sous un ciel de plomb qui annonçait l'hiver. Il y avait même une odeur de neige dans l'air, bien que ce fût encore tôt dans la saison.

Assis derrière la vitre du Café Central, non loin de la gendarmerie, Enzo et Dominique regardaient passer les bus, les camions, les voitures, les piétons courbés contre le vent, emmitouflés dans leurs manteaux et leurs écharpes. Au-delà, l'ombre des promontoires volcaniques dominant Thiers rapetissait les maisons pastel accrochées à leurs pentes.

Dominique n'était pas de service. Sans son uniforme, elle paraissait plus petite, mais élégante et très féminine avec ses cheveux épais lâchés sur ses fines épaules. Son maquillage, un peu plus accentué, mettait en valeur ses lèvres pleines et la chaleur de ses yeux. Elle portait un gros pull à col roulé sur un jean étroit rentré dans des bottes en daim. Enzo remarqua la petitesse de ses mains, jointes devant elle sur la table, la netteté de ses ongles courts au vernis rose pâle. Elle avait accroché son anorak jaune au dossier de sa chaise et sirotait un café en l'écoutant attentivement raconter ce qu'il avait découvert dans l'ordinateur de Marc Fraysse.

– Vous étiez au courant d'une querelle entre les frères Fraysse ?

Elle secoua la tête.

– Non. Je savais que Guy vivait à Paris et qu'il n'était pas revenu à l'auberge avant que Marc décroche sa troisième étoile. Mais on ne sentait pas la moindre trace d'animosité entre eux. Rien d'apparent, du moins. Et cela n'a jamais été évoqué au cours de l'enquête.

Enzo hocha la tête.

– Vous saviez que Marc pariait sur les courses de chevaux ?

– Oui. Il se rendait en ville presque tous les matins, sauf quand il devait s'absenter pour une interview. Il achetait le journal des courses à la Maison de la Presse et venait s'asseoir ici pour l'étudier en buvant un café avant d'aller placer ses paris au PMU.

– Où se trouve le PMU ?

– Au Sulky, un bar en bas de la rue.

– Pourquoi ne prenait-il pas son café là-bas ?

Elle haussa les épaules.

– Qui sait ? Il y en a qui préfèrent séparer les affaires et le plaisir.

– On peut aller y jeter un coup d'œil ?

– Bien sûr.

Elle recula sa chaise, se leva et enfila son anorak. Enzo laissa tomber quelques pièces sur la table.

Dehors, le vent leur piqua le visage. Dominique se rapprocha d'Enzo comme si elle voulait profiter de sa chaleur et, tête baissée, ils se hâtèrent de descendre la rue bordée de vitrines exposant des couteaux fabriqués à Thiers et à Laguiole.

Le Sulky se trouvait à côté d'une boutique d'ustensiles de cuisine, au coin d'une rue étroite qui remontait en zigzaguant vers le centre historique de la vieille ville. Il avait l'allure glauque de la plupart des PMU fréquentés par des joueurs et des poivrots. Quelques années plus tôt, l'intérieur devait disparaître sous un épais brouillard de fumée de cigarette. Maintenant que les fumeurs étaient obligés de rester dehors, dans le froid, il sentait surtout l'alcool éventé et le marc de café.

Derrière le comptoir se tenait un homme aux cheveux longs jusqu'aux épaules, au visage émacié et fébrile de fumeur. Il y avait peu de clients à cette heure matinale. Au-dessus de sa tête, un écran de télévision était allumé, son coupé. Reconnaissant aussitôt Dominique, il se tint sur ses gardes. Un gendarme, même hors service, n'est jamais le bienvenu ; mais il leur adressa tout de même un sourire forcé.

– Salut, Fred, lança Dominique.

– Bonjour mademoiselle, monsieur. Que puis-je pour vous ? demanda-t-il sur un ton beaucoup plus formel.

– Une petite information.

Le sourire de Fred s'effaça lentement. Il jeta un coup d'œil nerveux aux quelques visages qui se tournaient vers eux avec curiosité.

– Je ne vends pas d'informations, mademoiselle Chazal, vous le savez. De la bière, de l'alcool, du café et des paris sur les courses. Mais des informations ? Non, ce n'est pas mon truc.

– Je veux juste vous demander quelque chose, Fred. Vous préférez que je vous interroge ici ou à la gendarmerie ?

Fred pâlit. Ses yeux inquiets se portèrent de nouveau sur Enzo.

– Qu'est-ce que vous voulez savoir ?

– Nous voulons que vous nous parliez des habitudes de Marc Fraysse.

Fred fronça les sourcils. Visiblement, il ne s'attendait pas à ça. Son visage se détendit un peu.

– L'affaire est enterrée depuis longtemps, non ?

– Non. Marc Fraysse est enterré depuis longtemps. Mais l'affaire n'est pas classée.

Dominique regarda alors Enzo, qui prit alors la parole :

– Fraysse venait ici presque tous les matins, n'est-ce pas ?

– Oui.

– Pour miser sur des chevaux.

– En général, les gens viennent ici pour ça.

– Il ne consommait jamais ? Ni café, ni bière ?

Fred souffla entre ses lèvres.

– Pas son genre. Oh, il était sympa, mais il venait juste pour parier, pas pour consommer.

– Combien de paris plaçait-il par jour ?

– J'sais pas, répondit Fred en haussant les épaules. Ça variait. Trois, quatre. Il venait quelquefois pour un triplé.

– Et combien misait-il ?

– Je ne m'en souviens pas.

– Oh, allez, Fred, fit Dominique.

Fred posa les mains à plat sur le bar.

– Hé ! Ce type est mort depuis quoi, sept ans ? Des centaines de gens passent ici chaque semaine. Comment je pourrais me rappeler ce que Fraysse misait sur ses chevaux ?

D'une voix très calme, Enzo rétorqua :

– Exactement comme vous vous rappelez qu'il plaçait trois ou quatre paris et qu'il venait parfois pour un triplé.

– Si vous voulez jouer à ce petit jeu, Fred, reprit Dominique, je peux envoyer les contrôleurs vérifier vos registres des dix dernières années.

La pâleur de Fred vira au gris. Il haussa de nouveau les épaules.

– Je sais pas, moi. Cinquante, cent euros sur un cheval ?

– C'est une réponse ou une question ? s'impatienta Dominique.

Enzo se rendit compte que Fred commençait à se fermer. S'il savait quelque chose, il ne voulait pas le dire, surtout devant Dominique.

– Bon, merci beaucoup, lança Enzo, vous nous avez été très utile.

Puis, se tournant vers sa compagne :

– Si vous alliez au Café Central pour nous commander deux cafés ? J'ai envie de placer une petite mise, à mon tour.

Et joignant le geste à la parole, il sortit son portefeuille de sa sacoche.

Le visage de Dominique s'assombrit de colère. Enzo se débarrassait d'elle, elle le savait. Mais, sans protester, elle tourna les talons et lança :

– Très bien.

Une fois la porte refermée derrière elle, Enzo glissa un billet de cent euros sur le comptoir.

– Tout ce que vous me direz restera entre nous, Fred. OK ?

Fred regarda les doigts d'Enzo posés sur le billet, puis ses yeux dans l'espoir d'y trouver une illumination. Mais son hésitation fut de courte durée.

– Pas ici. Pas maintenant, dit-il à voix basse.

– Où, alors, et quand ?

– Ce soir. Je finis à 19 h. Je vous retrouverai un peu après devant les grilles du vieux château de Puymule, sur la route de Saint-Pierre. Vous connaissez ?

Enzo hocha la tête. Il était passé devant à plusieurs reprises et l'avait repéré sur la droite, en montant chez Fraysse. Une impressionnante bâtisse ouverte au public pendant la saison touristique. Fermée pour le moment. Fred fixait le billet. Enzo souleva les doigts. Le billet disparut en un clin d'œil.

***

Il l'aperçut à travers la vitre, les mains croisées sur la table. Dans ce café désert, elle semblait bien seule sous la lumière crue des néons. Lorsque la porte s'ouvrit, elle leva la tête et son visage se rembrunit. Il n'y avait pas de tasses devant elle.

Enzo la rejoignit mais ne parvint pas tout de suite à croiser son regard. Quand elle tourna enfin les yeux vers lui, toute chaleur en avait disparu.

– Ne me refaites plus jamais un coup pareil, dit-elle d'une voix basse, posée, mais chargée de colère.

Il se sentit rougir.

– Il n'aurait pas parlé en votre présence.

– Vous n'aviez qu'à retourner le voir plus tard. J'habite ici, Enzo. Vous avez complètement sapé mon autorité devant lui. Vous m'avez fait passer pour une cruche qu'on peut éjecter d'un revers de la main.

Enzo prit une profonde inspiration.

– Je suis certain qu'il n'a pas pensé cela.

– Et moi, je suis persuadée du contraire.

– Je suis vraiment désolé, dit-il en lui prenant la main.

Elle la retira promptement.

– N'en rajoutez pas. Je ne suis pas idiote, vous ne m'aurez pas comme ça.

– D'accord, dit-il en enfonçant ses mains dans ses poches. Alors, soyons clairs. Je suis ici pour enquêter sur un meurtre. Je n'ai que quelques jours devant moi. La semaine prochaine, quand l'hôtel fermera, tout le monde s'en ira. Je ne vais pas risquer de perdre le peu de temps dont je dispose en ménageant les petites sensibilités de chacun. Je regrette sincèrement d'avoir empiété sur vos plates-bandes. Ce n'était pas mon intention. Ça ne se reproduira plus.

– Ça vaudrait mieux.

La tension entre eux grésillait comme s'il y avait de l'électricité en l'air. Puis, brusquement, elle se dissipa lorsque Dominique demanda :

– Qu'est-ce qu'il vous a dit ?

– Rien. Pour le moment.

– J'ai été franche avec vous, Enzo. Je vous ai livré tout ce que je savais.

– Moi aussi, j'ai été franc avec vous. Il ne voulait pas parler dans le bar. Je le revois ce soir. Je vous raconterai tout.

– Vous le lui avez dit ?

– Non. Je lui ai dit que personne n'en saurait rien. Mais en lui donnant cent euros… j'ai acheté le droit de mentir un peu.

Il sourit, et vit un peu de chaleur revenir dans les yeux de Dominique tandis que ses lèvres esquissaient un léger sourire. Il lui demanda alors :

– Qu'est-ce que vous faites pour le déjeuner ?

Elle haussa les épaules.

– Je ne sais pas. Je vais probablement m'ouvrir une boîte de soupe.

– Personne pour vous préparer un repas ?

– Ni pour le partager.

– Je trouve ça incroyable, lança Enzo en secouant la tête. Une femme aussi séduisante que vous.

Elle surprit le coup d'œil d'Enzo à sa main gauche.

– Oh, j'ai été mariée. À un fonctionnaire de la mairie. On avait un petit appartement en dehors de la gendarmerie. Mais nos horaires ne concordaient pas. Il a fini par trouver quelqu'un d'autre avec qui partager son temps libre.

Enzo la contempla d'un air songeur.

– Pas la peine de me plaindre, ajouta-t-elle. Je ne regrette rien.

– Je ne vous plaignais pas. Je pensais juste à quel point c'était dommage. Et si je vous proposais un déjeuner plus attrayant qu'une boîte de soupe ?

Elle se mit à rire :

– Ne me dites pas que vous cuisinez aussi.

– Si. Mais ce n'est pas à ça que je pensais. Aujourd'hui, je déjeune chez Fraysse. Pourquoi ne vous joindriez-vous pas à moi puisque c'est votre jour de congé ?

Stupéfaite, elle ouvrit la bouche, et la referma très vite, dès qu'elle en prit conscience.

– On ne vous a jamais invitée là-bas, n'est-ce pas ? Eh bien, vous pourrez enfin dire que vous avez rencontré un homme heureux de dépenser cette somme pour vous.

Elle le regarda avec un air incrédule, puis son visage s'épanouit.

– Oh, mon Dieu, comment je vais m'habiller ?

Chapitre 14

Le personnel prenait ses repas dans une longue pièce, à l'arrière de la cuisine. Tables et chaises style cantine étaient installées sur deux rangées. Au fond se trouvaient les vestiaires et les toilettes.

Le repas de la vingtaine de cuisiniers et d'employés de l'hôtel commençait à 11 h et devait se terminer à 11 h 30 de façon que la cuisine soit opérationnelle à partir de midi pour le service du déjeuner. La plupart des chefs étaient à leur poste de travail depuis 8 h du matin.

Lorsqu'Enzo entra, la pièce se remplissait. De grands plats avaient été posés sur les tables : andouillettes, pâtes, salades, pommes de terre, lentilles, ainsi que des bouteilles d'eau et d'un vin de pays bon marché auquel personne ne touchait. Les couverts étaient à la disposition de chacun en bout de table, mais Enzo remarqua que la plupart des cuisiniers possédaient leur propre thiers ou laguiole.

Il remarqua aussi les hommes qu'il avait vus planter des piquets de neige le long de la route le jour de son arrivée. Le grand type aux yeux farouches le regarda ; il n'était pas rasé et ses longs cheveux gras pendaient sur le col du gilet jaune fluo qu'il portait par-dessus son bleu de travail. Enzo hocha la tête en souriant. L'homme ne réagit pas. Il baissa la tête vers son assiette et enfourna sa nourriture.

Enzo se glissa le long des tables tout en observant les visages. Il remarqua que Sophie évitait soigneusement de croiser son regard. Elle était au milieu d'un groupe de jeunes stagiaires qui riaient et plaisantaient tout en se servant.

Puis ses yeux tombèrent sur la personne qu'il cherchait.

Georges Crozes, assis au fond, seul. Des chaises vides le séparaient des autres, comme s'il ne désirait pas de compagnie, ou comme si personne n'avait envie de s'installer à côté du patron.

Enzo alla s'asseoir en face de lui et refusa d'un geste l'assiette tendue par l'un des chefs de partie ; il n'était pas là pour manger. L'expression de Crozes lui fit tout de suite comprendre qu'il venait d'envahir son espace privé.

– Est-ce que ça vous ennuierait qu'on bavarde cinq minutes pendant que vous déjeunez ? demanda-t-il.

Crozes haussa les épaules.

– J'ai le choix ?

– À vous de voir.

Le chef coupa un bout d'andouillette avec son laguiole à manche nacré ; l'odeur qui s'en échappa révulsa Enzo.

– De quoi voulez-vous *bavarder* ?

– De Marc Fraysse.

– Ah bon ?

– Depuis combien de temps travailliez-vous avec lui quand il est mort ?

– Je suis arrivé quand il a eu sa deuxième étoile.

– Donc, environ… sept ans.

– Ça doit être ça.

– Vous deviez être très proches, dit Enzo.

L'autre le dévisagea comme s'il soupçonnait un sous-entendu dans sa question.

– Professionnellement, oui. Personnellement, non.

– Vous passiez pourtant dix à douze heures par jour ensemble ?

– Sans doute.

– Quand on passe chaque jour autant de temps avec quelqu'un, on doit quand même finir par bien le connaître.

Crozes soupira, enfourna un morceau d'andouillette, puis une fourchetée de lentilles.

– Cet homme était un génie. Je n'ai jamais travaillé avec quelqu'un d'aussi doué. L'attention qu'il portait aux détails était extraordinaire, et il m'a permis de comprendre à quel point ceux-ci sont importants. C'est lui qui m'a fait, monsieur Macleod. Il m'a façonné à son image. Et je savais qu'il le faisait uniquement parce qu'il se voyait lui-même en moi. Il voyait ce que je pouvais devenir. Et il s'est assuré que j'exploitais au maximum mon potentiel.

– Vous l'aimiez bien, alors ?

– Non. Je ne l'aimais pas, monsieur. Je l'adorais. Pour moi il était à la fois un père, un frère, un mentor, un ami. Mais uniquement en cuisine. C'est le seul endroit où nous passions du temps ensemble. Je ne connaissais rien de sa vie privée. Ni lui de la mienne. C'était superflu. Une seule chose importait, ce qu'on mettait dans les assiettes.

Enzo avait du mal à concevoir qu'une amitié professionnelle aussi intense n'ait pas débordé sur la vie personnelle. Pourtant, quelque chose dans le ton de Crozes, dans le choix de ses mots, poussait Enzo à le croire. La vie de ces deux hommes se limitait sans doute essentiellement à la cuisine. Ce qui l'amena à la question qui lui brûlait la langue depuis le début. À cet instant, il jeta un coup d'œil à la tablée et surprit, fixé sur lui, le regard hostile d'un jeune homme en tenue de chef qui détourna aussitôt la tête. Enzo eut cependant le temps de saisir dans ses yeux une lueur qui le mit incontestablement mal à l'aise.

Baissant alors la voix, il dit :

– Une rumeur prétend que Marc Fraysse et votre femme avaient une liaison.

Et il observa la réaction de Crozes.

Celui-ci mâcha en silence un autre morceau d'andouillette sans quitter son assiette des yeux. Puis il releva lentement la tête et regarda Enzo :

– Si vous répétez ça à quelqu'un, monsieur, je vous casse la gueule.

Enzo le crut sur parole ; étant donné que Crozes avait dix ans de moins que lui, il n'aurait peut-être aucun mal à tenir sa promesse.

– Cela signifie que c'est vrai ?

– Non, absolument pas, répliqua le chef avec colère. J'ignore d'où ça sort et j'ignore qui vous l'a répété, mais c'est un mensonge.

Penché en avant, il lança d'une voix menaçante :

– Il paraît que vous déjeunez au restaurant aujourd'hui.

Enzo hocha la tête.

– Alors, prenez garde, monsieur. Il ne faut jamais contrarier le chef avant un repas. On ne sait pas ce qu'il peut glisser dans votre assiette.

Sur ce, il essuya la lame de son laguiole sur sa manche, replia le couteau puis, abandonnant son déjeuner inachevé, se leva brusquement et s'en alla.

Un grand silence se fit dans la pièce. Sentant tous les yeux tournés vers lui, Enzo attendit deux minutes que les conversations reprennent tant bien que mal avant de se lever à son tour pour sortir.

Dans son dos s'éleva le bourdonnement des spéculations sur la friction qui venait de se produire entre le patron et l'Écossais.

***

Du jardin, Enzo se rendit dans la salle à manger ouest encore vide. Les tables étaient dressées. Sur les nappes blanches amidonnées, les couverts à manche en os, simples mais élégants, venaient de Thiers. Les porte-condiments étaient en corne. Les serveurs mettaient la touche finale à la présentation. L'hôtel, Enzo le savait, était complet. Les tables des deux salles à manger étaient réservées pour le déjeuner et le dîner, comme chaque jour. Soixante-quinze couverts. On demandait aux clients de choisir leur menu pendant l'apéritif au salon afin de transmettre les commandes à l'avance en cuisine. Certains clients, peu nombreux, préféraient la carte aux menus.

Enzo attira un ou deux regards en traversant la salle à manger, le salon et la réception. Apercevant l'imposante silhouette de Guy Fraysse émerger de la cave, il se précipita vers lui.

– Guy…

Celui-ci s'arrêta et un immense sourire éclaira son visage quand il reconnut Enzo.

– Comment va, aujourd'hui, mon vieux ? s'exclama-t-il en lui donnant une poignée de main vigoureuse. La mirabelle vous a aidé à dormir ?

– Je ne sais pas si c'est la mirabelle ou l'air pur du plateau, peut-être un mélange des deux, en tout cas j'ai dormi comme un loir, merci.

– Formidable. Vous vous êtes mis en appétit pour le déjeuner ?

– Oui. Euh… À propos… Je voulais vous demander si je pourrais inviter quelqu'un. Je paierai sa note, bien entendu.

Guy hocha la tête.

– Eh bien, puisque j'ai réservé une table spécialement pour vous, on peut ajouter un couvert sans problème.

– Génial.

– Qui est votre invité ?

– Dominique Chazal. La gendarme de Thiers.

Surpris, Guy haussa les sourcils.

– Ah, dans ce cas, je l'invite.

– Oh, non. Je ne peux pas accepter.

– Si, si, si. C'est moi le patron. J'ai le privilège de faire ce que je veux.

Enzo secoua la tête.

– C'est incroyablement généreux de votre part.

– Quelques légumes, un morceau de viande ou de poisson… pas de quoi ruiner la maison.

Un instant, Enzo fut distrait par l'apparition de la femme de Georges Crozes, Anne, à la réception. Elle venait de la boutique de l'hôtel et ouvrait un dossier dans un meuble classeur en acajou quand elle surprit son regard. Il aurait juré qu'elle rougissait.

Guy passa un bras amical autour des épaules d'Enzo avant de l'entraîner vers les portes en verre de la cuisine, et, à voix basse, sur un ton confidentiel, un tantinet théâtral, souffla :

– Dites-moi, Enzo… qu'est-ce qui peut pousser un type comme vous à vouloir dépenser autant d'argent pour une jeune gendarme qu'il connaît à peine ? Hein ? Est-ce que je détecte une odeur de testostérone dans l'air ?

Enzo ne savait pas trop quoi répondre. L'espace d'un instant il se demanda pourquoi il avait invité Dominique à déjeuner. Par pitié ? Pour essayer de se racheter après le coup du PMU ? Ou bien Guy avait-il raison ? Était-il, comme cela lui était si souvent arrivé dans le passé, victime de sa propre libido ? Finalement, il se contenta de sourire. Le regard lubrique de Guy le renseigna amplement sur la manière dont son silence était interprété.

Quand les portes coulissantes s'écartèrent devant eux, Guy retira son bras des épaules d'Enzo et dit :

– Je vous rejoindrai peut-être pour boire un verre ou deux en votre compagnie pendant le déjeuner, si ça ne vous ennuie pas. En attendant, j'ai quelques fournisseurs impayés à calmer. On se voit plus tard.

Enzo se hâta de retourner à la réception, mais Anne Crozes était partie. Il entendit un moteur démarrer sur le parking et sortit juste à temps pour la voir s'éloigner au volant de son Scénic, prendre le virage, puis disparaître entre les arbres.

Il était décidé à lui parler, en dépit des avertissements de son mari. Peut-être avait-elle anticipé cette entrevue et préféré l'éviter. De toute façon, il la retrouverait plus tard. Enfin, comme l'avait dit Georges Crozes, il valait peut-être mieux ne pas contrarier le chef avant de déguster sa cuisine.

Chapitre 15

La transformation de Dominique était spectaculaire. La belle jeune femme assise en face de lui dans le salon n'avait plus rien de commun avec la jeune gendarme assez banale rencontrée l'avant-veille. Pour elle, ce déjeuner chez Fraysse serait une expérience unique et, visiblement, elle s'y était préparée avec le plus grand soin.

Elle portait une simple chemise en soie blanche avec un pantalon couleur chocolat et d'élégantes chaussures à petit talon assorties. Une broche garnie de perles maintenait en place une écharpe de mousseline rose pâle négligemment jetée autour du cou. Ses cheveux châtains retombaient en boucles gracieuses sur ses épaules. Une touche de rose et de brun approfondissait ses yeux, et le rouge cerise de ses lèvres faisait ressortir la blancheur éclatante de ses dents parfaites lorsqu'elle souriait. Et elle ne pouvait pas s'empêcher de sourire.

Enzo, qui s'était pourtant changé, se sentait miteux à côté d'elle. Il se félicitait d'avoir pris le temps de se raser.

– J'espère que vous avez faim, dit-il.

– Je suis affamée. Je ne sais vraiment pas comment je pourrai vous remercier.

– Ne me remerciez pas. Remerciez Guy. Quand je lui ai dit que vous veniez déjeuner avec moi, il a insisté pour vous inviter. Il nous invite tous les deux.

Le sourire de Dominique s'effaça.

– Oh ! Est-ce bien raisonnable ?

– Je n'ai jamais eu l'impression de me compromettre en acceptant l'hospitalité de quelqu'un. Je suis un adepte du vieux proverbe « à cheval donné, on ne regarde pas les dents ».

Elle se mit à rire.

– Que désirez-vous en apéritif ?

Sans lui laisser le temps de répondre, un serveur tout en noir arriva avec deux verres de champagne sur un plateau d'argent.

– De la part de monsieur Fraysse, dit-il en les posant devant eux avant de tendre à chacun un menu. Il viendra lui-même prendre votre commande.

Enzo et Dominique entrechoquèrent leurs verres qui émirent un son cristallin, et burent une gorgée de champagne au goût citronné dont les bulles d'une finesse extrême explosaient au bord des lèvres.

– Mmmm, merveilleux, apprécia Dominique en s'enfonçant dans le fauteuil en cuir. Si seulement toutes les enquêtes ressemblaient à celle-ci.

Puis, jetant un coup d'œil au menu :

– Lequel doit-on choisir ? Quand on m'invite, je me sens toujours obligée de choisir le moins cher.

– Eh bien, ici, c'est interdit !

Ils se retournèrent ensemble et découvrirent Guy derrière eux.

– Non, ne vous levez pas, ajouta-t-il en se penchant pour embrasser Dominique sur les joues. Prenez celui à deux cents, c'est un ordre. Et si vous me permettez de choisir à votre place, je vous garantis cent pour cent de satisfaction.

– Nous nous en remettrons donc entièrement à vous, répondit Enzo.

Guy tira une chaise, s'assit et les débarrassa des menus.

– Que pensez-vous de ce champagne ?

– Délicieux, dit Dominique.

Ravi, Guy se tourna vers Enzo :

– Qu'y sentez-vous ?

Enzo but une autre gorgée et se concentra sur les arômes qui lui emplissaient la bouche.

– Vanille. Gingembre. Noix de muscade. Agrume…

– Bravo ! C'est un Krug brut 1992, blanc de blanc, Clos du Mesnil.

Enzo faillit s'étouffer. Le Krug Clos du Mesnil 1992 était l'un des meilleurs millésimes et devait coûter autour de mille euros la bouteille. Le double dans un restaurant. Guy l'observait attentivement.

– Extraordinaire, Guy.

– Parfait. Alors, j'espère que vous me permettrez de choisir les vins qui accompagneront votre repas.

– Ne craignez rien, on ne se disputera certainement pas avec vous sur ce point, s'esclaffa Enzo.

Les yeux brillant de gourmandise, Dominique demanda :

– Que nous recommandez-vous ?

Un petit sourire mystérieux aux lèvres, Guy agita un doigt devant elle :

– Une surprise à chaque plat, mademoiselle. Cependant, en entrée, je vous suggère les cuisses de grenouille.

Enzo détecta un soupçon de déception dans le sourire de sa compagne, que Guy se hâtait déjà de rassurer :

– Ce ne sont pas des cuisses de grenouille ordinaires. C'est un plat inventé par l'incomparable Bernard Loiseau. Marc a emprunté le concept auquel il a ajouté une touche personnelle. Bien sûr, on ne cuisine que les cuisses de grenouille les plus charnues et les plus juteuses, servies avec une purée d'ail et de pousses d'épinard. Respectant la tradition, Loiseau utilisait du persil plat, mais Marc le trouvait un peu trop astringent. Comme lui, il faisait bouillir les têtes d'ail, en changeant l'eau plusieurs fois afin d'enlever les impuretés et adoucir leur attaque. La purée est affinée avec un peu de lait. Et la présentation, naturellement, compte beaucoup. Vous verrez.

Puis, se levant, il lança :

– À tout à l'heure, dans la salle à manger !

Leurs amuse-bouches arrivèrent alors : des œufs à la coque dans des coquetiers en étain, parfaitement découpés, remplis d'un mélange de sauce hollandaise, vinaigre balsamique et fines herbes, à déguster avec des mouillettes de pain grillé préalablement arrosé d'un filet d'huile d'olive.

La première bouchée transporta Dominique.

– Oh, mon Dieu, s'exclama-t-elle, quelle merveille !

Enzo pensait exactement la même chose. Le pain croustillant fondait dans la bouche et le mélange avait un goût très délicat. Savourant chaque bouchée, ils les dégustèrent en silence.

Enzo se rinça le palais avec du champagne, regarda autour de lui et baissa la voix. Le brouhaha des conversations qui remplissait le salon lui assurait maintenant une plus grande discrétion :

– Je voulais vous demander ce que vous saviez sur Anne Crozes.

Surprise, Dominique pencha la tête sur le côté.

– La femme du chef ?

– Oui.

– Pas grand-chose. Si ce n'est qu'ils sont mariés depuis des années et vivent en dehors de Saint-Pierre. Elle est réceptionniste ici, n'est-ce pas ?

– Oui. Vous n'avez pas eu vent d'une éventuelle liaison entre elle et Marc Fraysse ?

– Non. C'est vrai ?

– C'est ce que j'ai entendu dire.

– Et où avez-vous entendu dire ça ? demanda-t-elle en fronçant les sourcils.

Avec un léger haussement d'épaules, Enzo répondit :

– Disons que j'ai eu accès à certaines informations internes.

Elle le dévisagea un bon moment avant de lancer :

– Je croyais que nous partagions tout.

– Eh bien, n'est-ce pas ce que je fais ? Je vous répète ce que j'ai entendu dire.

– Oui. Mais pas qui vous l'a dit.

– Une source que je ne suis pas encore prêt à révéler. Je le ferai en temps voulu.

Il se pencha en avant pour ajouter :

– Si vous aviez été au courant d'une liaison entre Marc Fraysse et Anne Crozes, cela aurait certainement influencé votre enquête ?

– Bien sûr. Cela aurait eu pour effet immédiat de désigner trois suspects possibles.

– Élisabeth, Georges et Anne.

– Exactement.

– Or vous n'avez jamais trouvé un seul suspect.

– Non. Ni mobile, ni suspect. Mais… avaient-ils réellement une liaison ? Marc et Anne.

Enzo soupira.

– Je ne sais pas. Quand j'ai confronté Georges à cette rumeur, ce matin, il a réagi plutôt violemment. Il l'a démentie, bien sûr, et m'a menacé de me casser la figure si je la colportais.

– Et Anne ?

– Je ne lui ai pas encore parlé. Mais j'ai la vague impression qu'elle essaye de m'éviter.

– Il n'existe aucune preuve de cette liaison, de toute façon.

– Non, aucune.

– C'est juste un ragot colporté par votre *source*.

– Vous savez, Dominique, les adages deviennent des adages parce que ce sont des vérités universelles souvent répétées. En voici un que je prends toujours au sérieux : Il n'y a pas de fumée sans feu. Un hôtel-restaurant comme Chez Fraysse est un univers étroit, étriqué. J'imagine mal qu'il puisse s'y passer quelque chose sans que tout le monde soit au courant. Si Marc et Anne avaient réellement une liaison, c'était forcément un secret de polichinelle.

– Un secret de polichinelle dont personne n'aurait parlé à la police ?

– Pourquoi l'auraient-ils fait ? Les policiers sont des étrangers. Et si personne n'a pensé que cela avait un rapport avec le meurtre, je comprends que tout le monde ait gardé le silence.

Le serveur vint annoncer que leur table était prête, et les guida vers la véranda sud. Enzo fut déçu de voir que la lumière plombée du jour gommait la profondeur du paysage qui s'étalait à leurs pieds.

Une fois qu'ils furent installés, une serviette en lin blanc étalée sur les genoux, le sommelier ouvrit une bouteille de Muscadet Granite de Clisson 2005, Domaine de la Pépière, qu'il plaça dans un seau à glace à côté de leur table.

– Monsieur Fraysse vous rejoindra dans un instant, dit-il.

Moins d'une minute après, Guy arrivait en souriant. Il sortit la bouteille de la glace, l'essuya, et en versa un doigt dans le verre d'Enzo.

– C'est beaucoup plus modeste que le Krug, mais soyez certains que je ne vous le servirais pas si je ne le trouvais pas un peu spécial. Marc Olivier, le vigneron, est un homme adorable, un vrai personnage biblique. Il a récemment opté pour le bio. Le terroir est granitique, et cette cuvée particulière a vieilli sur lie pendant deux ans. Ce n'est pas un muscadet classique, mais un blanc de Loire classique. Crémeux, aromatique, herbacé, avec une acidité merveilleusement complexe. Il accompagnera superbement les cuisses de grenouille.

Enzo le fit lentement rouler dans sa bouche.

– Ouah ! Miel et crème. Pierre mouillée. Citron vert, estragon. Un soupçon de fumée et de poivre.

Les yeux de Guy brillaient de joie.

– Mon cher Enzo, vous avez vraiment un palais formidable.

Il remplit les deux verres et replaça la bouteille dans la glace.

Les entrées étaient présentées sur de grandes assiettes blanches où s'étalaient en éventail les cuisses de grenouille enrobées d'une pâte ultrafine autour de petits lacs de purée d'épinard ornés en leur centre d'un rond de crème d'ail.

– Ça se mange avec les doigts, précisa Guy. Les mollets ont été retirés pour laisser à nu l'os qui vous permet de les tenir. Trempez-les dans la purée d'épinard, puis dans l'ail et dégustez. Comme des sucettes. Bon appétit.

Enzo et Dominique se regardèrent de part et d'autre de la table en souriant, anticipant avec gourmandise ce voyage au paradis des trois étoiles. Enzo ferma les yeux ; la chair tendre des cuisses fondait sur la langue, les épinards étaient à la fois doux et acides, l'ail crémeux à souhait ; tous les parfums se combinaient de façon exquise. Quand il les rouvrit, voyant que Dominique le regardait, il haussa un sourcil interrogateur.

– Ça se passe de tout commentaire, je crois, dit-elle en riant.

– Effectivement.

Ils continuèrent à savourer en silence la création géniale du chef défunt.

Enzo essuya le reste de purée d'épinard et d'ail avec un morceau de pain croustillant fraîchement cuit en cuisine, et rinça le tout avec une gorgée de vin blanc.

– Vous êtes née à Thiers, Dominique ? demanda-t-il.

– Oui. Une vraie fille de la campagne. Pas très raffinée et certainement pas habituée à manger dans un restaurant trois étoiles. Mon père était fermier. La cuisine que nous préparait ma mère vous paraîtrait à coup sûr grossière. Et pire encore aux frères Fraysse

– Ne vous rabaissez pas, Dominique. Les frères Fraysse eux aussi étaient de la campagne. Ils ont appris à cuisiner avec leur mère. Pour joindre les deux bouts, la famille avait besoin du salaire que gagnait le père comme voyageur de commerce.

Il but une autre gorgée de vin et poursuivit :

– Quant à moi, je viens d'une famille ouvrière de Glasgow. Je ne suis pas né avec une cuiller en argent dans la bouche. Je ne me suis jamais considéré mieux que quiconque, ni moins bien. On sort tous du même moule.

– Ça sent son socialiste, plaisanta-t-elle.

– Pas vraiment. Je m'inspire d'un poète écossais, Robert Burns, et d'un merveilleux poème intitulé *A Man's a Man For a' That*, un homme est un homme après tout. Je vais juste vous réciter deux vers de la première strophe : *The rank is but the guinea's stamp, The man's the gowd for a' that.*

– C'est-à-dire ?

– *Le rang n'est que l'empreinte de la guinée, L'homme en est l'or, après tout.* Burns veut dire que si le sceau frappé sur une pièce d'or indique qu'elle vaut une livre et un shilling, c'est l'or dont elle est faite qui lui donne sa véritable valeur. De même que, quelle que soit sa position, sa réputation ou sa famille, la vraie valeur de l'homme est en lui. Ou pas.

Dominique réfléchit un instant avant de hocher lentement la tête.

– Ça me plaît. Je ne savais pas que vous étiez écossais. Les journaux parlent juste de vous comme d'un Britannique. Enzo, c'est un nom écossais ?

– Non, italien. Le diminutif de Lorenzo. Ma mère était italienne.

Levant la main vers ses cheveux, elle demanda :

– Et la mèche… c'est par coquetterie ?

– Non, c'est un syndrome.

– Oh ! Rien de grave, j'espère.

– Je n'en suis pas encore mort.

Elle sourit sans conviction.

– Vous étiez expert médico-légal.

– Oui.

– Pourquoi avez-vous arrêté ?

– Je suis tombé amoureux d'une Française.

– Oh ! Et les deux n'étaient pas compatibles ?

– Quand je suis arrivé en France, je ne parlais pas assez bien français pour poursuivre une carrière dans la médecine légale. J'ai fini par donner des cours de biologie à l'université Paul Sabatier de Toulouse.

– Où vous avez ouvert un département de sciences médico-légales.

Elle avait manifestement étudié sa biographie.

– Exact. Grâce à la publicité obtenue en résolvant plusieurs affaires.

– Et votre femme… car j'imagine que vous l'avez épousée ?

– En effet.

– Elle aussi travaille dans le domaine de la médecine légale ?

– Elle y travaillait.

– Et maintenant ?

– Elle… est morte.

Dominique rougit.

– Je suis désolée.

– Ne le soyez pas. Cela fait longtemps. Elle est morte en donnant naissance à ma fille Sophie, qui a maintenant vingt-quatre ans.

– Et vous ne vous êtes jamais remarié ?

– Non.

– Et vous n'avez personne dans votre vie ?

– Eh bien… si, en quelque sorte. Mais pas vraiment. C'est un peu spécial.

– C'est triste.

– Je me remonte le moral avec du bon vin, de la bonne chère, plaisanta-t-il. Et surtout la compagnie d'une jolie femme.

Dominique rougit de nouveau.

– Tous les Écossais sont aussi flatteurs ?

– Oui. C'est dans nos gènes. Les trois F : flatterie, flirt et frivolité. Mais parlons de vous. Comment êtes-vous devenue gendarme ?

Elle haussa les épaules.

– Le chômage. Quand il n'y a pas de travail, le service militaire est une bonne option. Je n'étais pas taillée pour l'université. Et, à dix-huit ans, le mariage est un projet encore lointain. Ce n'était pas par vocation, vous voyez. Mais ça me plaît.

– À quel âge vous êtes-vous mariée ?

– Vingt-cinq ans. J'aurais mieux fait d'attendre. On dit qu'on est plus mûrs à trente. C'est vrai. Quand j'ai fêté mes trente ans, j'étais en effet plus mûre, et déjà divorcée.

– Et personne d'autre dans votre vie pour l'instant ?

– Juste ma chienne. Tasha. Mais pas d'homme.

– Pas d'enfant ?

– Non, Dieu merci ! C'est déjà assez compliqué comme ça.

– Oui, les enfants compliquent indéfiniment la vie.

– Vous en avez plusieurs ?

Un petit rire amer s'échappa des lèvres d'Enzo.

– J'en ai trop et pas assez.

Curieuse, Dominique allait lui demander ce qu'il voulait dire quand Guy Fraysse s'approcha d'eux.

– Alors ? C'était comment ?

– Absolument fabuleux ! s'exclama-t-elle. J'avais déjà mangé des cuisses de grenouille, mais leur goût n'avait rien de comparable.

– Parfait.

L'air content de lui, il posa sur la table une bouteille de vin rouge qu'il ouvrit avec précaution.

– Bourgogne. Domaine Michel Gros. Vosne-Romanée 1er cru Aux Brûlées, 2005. Qui, comme vous le savez, Enzo, est considéré comme la cuvée du siècle. Je vais le laisser respirer un moment. Il ira très bien avec le veau. En attendant, vous pourrez finir le muscadet avec votre poisson. À moins que vous ne décidiez de vous abstenir car il est servi dans une sauce au vin rouge.

– Du poisson dans une sauce au vin rouge ? s'étonna Enzo.

– Un autre hommage à l'incomparable monsieur Loiseau. Il aimait servir le sandre avec une réduction de vin rouge. Marc faisait de même pour ses filets de rouget légèrement sautés, avec des rondelles de poireau à la vapeur. La sauce en elle-même est tout à fait extraordinaire. Sept litres de vin corsé du sud réduits à un seul, épais comme du sang, et agrémenté d'une noix de beurre.

Présentés sur des assiettes de porcelaine blanche, les petits filets de rouget, trois par personne, avaient une peau craquante presque caramélisée. Le tourbillon artistique de sauce d'un étonnant rouge foncé avait, en effet, la consistance du sang. Le tout était parsemé de délicates rondelles de poireau et d'une demi-douzaine de grains de poivre vert.

Suivant les conseils de Guy, ils s'abstinrent de boire du vin afin de se concentrer sur la chair délicate du poisson, le croustillant de la peau, le velouté de la sauce, relevé par la touche piquante du poireau et du poivre vert. La conversation, une fois de plus, fut reléguée au second plan, laissant toute la place à la dégustation. Dominique attendit qu'ils aient tous les deux terminé pour revenir au sujet qui l'avait intriguée avant que Guy ne vienne les interrompre.

– Mais, combien d'enfants avez-vous ?

Enzo se tamponna les lèvres avec sa serviette en se demandant ce qu'il devait dévoiler de lui-même. Finalement, il répondit :

– J'ai trois enfants. Une fille de mon premier mariage, une autre de ma femme française… et un fils que je n'ai jamais vu.

Dominique ouvrit de grands yeux :

– Quel âge a-t-il ?

– Environ six mois.

– Et vous ne l'avez jamais vu !?

– Je ne sais même pas comment il s'appelle.

– Vous plaisantez !

– Sa mère ne veut pas qu'il sache qui est son père.

– Mais ce n'est pas juste ! Ni pour lui, ni pour vous.

– C'est le marché qu'on a conclu, dit Enzo, les yeux baissés sur son assiette.

– Le marché ?

Il releva la tête et expliqua :

– Quand elle a su qu'elle était enceinte, elle m'a posé un ultimatum. Ou j'acceptais de rester en dehors de sa vie, ou elle se faisait avorter. Que faire, alors ? Je ne pouvais pas choisir de tuer mon enfant.

Dominique secoua la tête, l'air horrifié.

– Mais pourquoi vous a-t-elle dit qu'elle était enceinte ?

– Sans doute parce qu'elle savait que je finirais par l'apprendre.

– Qui est-ce ?

– Une psychologue. Elle s'appelle Charlotte, et vit à Paris. Je l'ai rencontrée pendant mon enquête sur la première affaire du livre de Roger Raffin. Elle était son ex-maîtresse.

– Mon Dieu, quelle vie compliquée que la vôtre ! Vous connaissiez Raffin ?

– Non, pas avant de commencer ces enquêtes sur les affaires classées. Je me suis lancé dans cette aventure à cause d'un pari stupide avec le chef de la police de Cahors et le préfet du Lot.

Il fit tourner entre ses doigts sa cuiller à dessert dont l'argent poli reflétait les lumières de toute la pièce, et ajouta :

– Et maintenant, Raffin a une histoire avec ma fille aînée.

– Une histoire ? Vous voulez dire une liaison ?

– Oui, ils couchent ensemble, dit-il comme si ça lui faisait mal de prononcer ces mots.

– Ça n'a pas l'air de vous réjouir.

– Non. Je n'aime pas Raffin. Je ne l'ai jamais aimé. Au début, j'avais de la peine pour lui. S'il a écrit ce livre, c'est parce que sa femme a été assassinée et que le meurtre n'a jamais été résolu. Mais son côté froid, reptilien, me met mal à l'aise.

Il soupira, reposa sa cuiller, puis ajouta :

– D'un autre côté, Kirsty est assez grande pour faire ce qu'elle veut. Elle a plus de trente ans.

Impressionnée par l'existence si complexe et exotique de son compagnon, Dominique posa les coudes sur la table et, le menton calé entre ses paumes, le dévisagea.

– Vous avez vos parents, des frères et sœurs ?

Enzo hésita encore et décida de mentir cette fois.

– Non. Mes parents sont morts tous les deux.

Puis, impatient de changer de sujet, il s'empressa de l'interroger à son tour :

– Et vous, Dominique ?

– J'ai un frère et deux sœurs. Tous plus vieux que moi, et installés dans d'autres régions. On se voit à Noël. Ma mère vit toujours, mais depuis que mon père est mort, elle est retournée vivre dans sa famille, dans le nord-est de la France.

– Alors, vous êtes seule ici.

Elle sourit.

– Oui. Avec Tasha. Ce n'est pas plus mal quand on fait un travail aussi accaparant.

À ce moment, Guy revint vers eux pour faire goûter le vin rouge à Enzo.

– Dites-moi ce que vous pensez de ce Vosne Romanée premier cru.

Enzo aspira une gorgée et fronça les sourcils de plaisir.

– Épices. Café. Cerise pure, concentrée. Un vin extraordinaire, Guy. Proprement stupéfiant.

– Bien. Il faut un vin stupéfiant avec une humble côtelette de veau. Marc découpait toujours les côtelettes lui-même. Une belle pièce de viande sur l'os. Et il avait mis au point un double déglaçage afin d'obtenir le jus le plus concentré et le plus merveilleux, épaissi au foie gras.

Ce veau se révéla en effet le meilleur qu'Enzo ait jamais mangé. Son parfum était tellement riche, sa chair tellement tendre, qu'il pensa immédiatement aux substances dont se nourrissaient les dieux de la mythologie grecque. Si le veau était de l'ambroisie, le vin était du nectar. C'était comme si les dieux eux-mêmes les avaient créés dans le but de les savourer ensemble. Son assiette une fois vide, il leva les yeux vers Dominique et lut sur son visage le même regret que cette expérience soit terminée.

Ils finirent le vin rouge avec une sélection de délicieux fromages de montagne, puis achevèrent leur repas par une délicate tarte à la citrouille nappée d'une sauce chocolat-café et accompagnée d'une glace à la noisette.

Les yeux brillants, les joues colorées par l'alcool, Dominique se cala contre le dossier de sa chaise :

– C'est la première fois que je fais un tel repas, dit-elle. Et probablement la dernière. Merci pour cette expérience, Enzo. C'était vraiment fabuleux. Je peux me mettre au régime pendant un mois, maintenant.

Puis elle se mit à rire :

– Heureusement que je suis venue en taxi.

Chapitre 16

Après avoir bu le café, agrémenté de quelques petits fours, servi au salon, Dominique et Enzo traversèrent le hall en direction de l'entrée principale. Il n'y avait toujours personne à la réception.

Le vent froid qui soufflait de la montagne les saisit dès qu'ils eurent franchi la porte à tambour. D'un geste naturel, Dominique glissa son bras sous celui d'Enzo, puis, se rendant soudain compte de ce qu'elle venait de faire, le retira vivement en rougissant.

– Oh, pardon ! Ce doit être le vin. J'oubliais avec qui j'étais.

– Vous pouvez me prendre le bras quand vous voulez, Dominique, dit Enzo en souriant.

Elle lui lança un regard interrogateur.

– Je ne dois pas être beaucoup plus âgée que votre fille aînée.

– Effectivement.

– Et vous pensez probablement que je suis beaucoup trop jeune et rustique pour un homme comme vous.

Sans réfléchir, Enzo tendit la main pour écarter les cheveux que le vent avait rabattus devant les yeux de la jeune femme.

– Absolument pas, Dominique. Vous êtes intelligente, séduisante et célibataire. Trois qualités qui vous rendent très attirante. Surtout aux yeux d'un vieux barbon comme moi.

Il gloussa de rire et ajouta :

– La seule chose que je pourrais objecter, c'est que je suis beaucoup trop âgé pour vous. Vous rêvez probablement d'un homme jeune qui a tout l'avenir devant lui.

– Je rêve d'un homme pour lequel j'éprouverais quelque chose. Peu importe son âge.

Elle le regarda dans les yeux et son sourire laissa place à une expression plus intense. Enzo sentit son ventre se nouer.

– J'aimerais vous faire la cuisine un jour, dit-elle.

Puis, brisant la tension, elle ajouta en riant :

– Je n'ai pas la prétention de pouvoir égaler le déjeuner d'aujourd'hui. Mais ce serait sympathique. Rien que nous deux.

– Et Tasha.

Elle rit de nouveau, sans retenue :

– Oui, et Tasha.

– Ça me plairait beaucoup.

Un coup de klaxon les fit se retourner. Le taxi commandé par Dominique arrivait devant l'hôtel. Elle se hissa sur la pointe des pieds et déposa un léger baiser sur les lèvres d'Enzo avant de dévaler les marches, puis elle s'engouffra à l'arrière de la voiture qui disparut bientôt dans un nuage de fumée en faisant crisser les graviers sous ses pneus.

Soudain, Enzo prit conscience d'une présence à ses côtés. C'était Guy.

– Jolie femme. Je ne m'en étais pas rendu compte à la voir toujours en uniforme.

– Beaucoup trop jeune pour moi, fit Enzo en secouant la tête.

– Pour moi aussi. Une femme aussi jeune ? Rien de tel pour se retrouver prématurément au cimetière.

Il se mit à rire.

– Enfin, j'espère que le déjeuner vous a plu.

– Oh, oui ! Énormément. C'était une expérience extraordinaire, Guy.

Ce dernier se gratta le menton :

– Vous avez peut-être envie de faire la sieste maintenant. Cependant, je me disais qu'une petite promenade ne serait pas une mauvaise idée. J'allais vous proposer de descendre visiter le potager et de remonter ensuite jusqu'au sommet de la colline, histoire de vous dégourdir les jambes. Il vaut mieux éliminer en marchant plutôt qu'en dormant.

– Bonne idée. Comme ça, on pourra bavarder. Il y a deux ou trois choses que j'aimerais vous demander.

Le bruit d'une voiture montant la côte détourna alors son attention. Le Scénic d'Anne Crozes apparut au détour du virage, passa devant eux sans ralentir et tourna le coin de l'hôtel pour aller s'arrêter sous les platanes.

– Je viens vous prendre dans une demi-heure, dit Enzo à Guy avant de s'éloigner en direction du parking.

***

Anne Crozes claquait sa portière lorsqu'elle le vit approcher. Au bord de la panique, elle regarda autour d'elle, en quête d'une échappatoire. Mais le parking n'ayant qu'une seule issue, elle ne pouvait éviter Enzo. Ses épaules s'affaissèrent ; Enzo comprit qu'elle se résignait. Elle lui offrait à présent une image très différente.

Le premier jour, il avait vu derrière le bureau de la réception une femme mince et séduisante d'une petite quarantaine d'années. Maintenant, sous la lumière implacable de cette fin d'octobre, avec son teint pâle, sa peau pincée par le froid, elle paraissait plus âgée. Elle avait certainement été belle dans sa jeunesse, cela se voyait. Mais, en la regardant de plus près, il nota que sa coupe démodée à la Jeanne d'Arc, ses cheveux teints en châtain, les rides autour de ses yeux et de sa bouche, ainsi que la minceur de son visage faisaient ressortir une certaine dureté. Anne Crozes donnait l'impression d'être une femme amère, désenchantée, usée par la vie.

– Puis-je vous dire deux mots, madame Crozes ?

Elle lui jeta un regard froid et inquiet.

– Il faut que j'aille travailler, lança-t-elle en essayant de le contourner.

– Je n'en ai pas pour longtemps.

– Pas longtemps pour quoi ? Pour gâcher ma vie ?

– Excusez-moi, mais je crois que c'est déjà fait.

Un éclair de douleur traversa ses yeux gris, presque aussitôt remplacé par de la colère.

– Qu'est-ce que vous en savez ?

– J'espérais que vous m'en parleriez.

– Je ne veux pas vous parler, monsieur Macleod, répondit-elle en avançant la mâchoire.

– Ou plutôt, vous ne voulez pas qu'on vous voie en train de me parler. En fait, madame, vous avez le choix. Me parler ici, tout de suite. Ou plus tard, dans les locaux de la gendarmerie.

Elle soupira et croisa les bras sur la poitrine.

– Que voulez-vous savoir ?

– Je veux savoir si vous aviez une liaison avec Marc Fraysse.

– Oui, dit-elle en le regardant droit dans les yeux.

Surpris par sa franchise, Enzo en resta un instant décontenancé. Un petit sourire étira les lèvres d'Anne :

– Inutile de mentir, tout le monde était au courant.

– Même madame Fraysse ?

– Bien sûr.

– Et Georges ?

– C'était un secret de polichinelle, monsieur. Tout le monde le savait, mais personne n'en parlait. Cette liaison est morte en même temps que Marc ; il ne restait plus aux survivants qu'à continuer.

– Continuer quoi ?

– À vivre. À travailler.

Enzo fronça les sourcils :

– Je suis surpris que madame Fraysse vous ait gardée ici. Pourquoi ne vous a-t-elle pas tout simplement renvoyée ?

– Parce qu'elle avait besoin de Georges. Il était le seul chef capable de conserver les trois étoiles de Marc.

– Il serait parti si vous aviez été licenciée ?

– Si madame Fraysse levait le petit doigt contre moi, cela revenait à admettre cette liaison secrète. Tant qu'elle sauvait les apparences en prétendant tout ignorer, personne ne perdait la face. Élisabeth Fraysse a beau être toujours mon employeuse, elle ne m'a pas adressé la parole depuis sept ans.

– Et Georges ?

– Georges est faible et veule. Marc était littéralement son seigneur et maître. Georges aurait fait n'importe quoi pour lui, y compris sacrifier son mariage. Ce qui vous montre à quel point il se souciait de moi.

Sa bouche se plissa de colère :

– À l'époque, il a fermé les yeux et, depuis, il n'y a pas fait allusion une seule fois.

Jetant alors un coup d'œil à sa montre, elle ajouta :

– Maintenant, si vous voulez bien m'excuser, je suis en retard. Pas question de donner à madame Fraysse le moindre motif de renvoi au bout de toutes ces années.

Anne fit un pas de côté pour contourner Enzo et s'éloigna rapidement entre les platanes, en direction de l'hôtel. L'Écossais suivit des yeux sa silhouette menue, presque frêle, jusqu'à ce qu'elle disparaisse à l'angle de l'aile est.

Chapitre 17

Placé en contrebas de l'auberge, exposé au sud et protégé par un haut mur de pierre, le potager de Marc Fraysse s'étendait à flanc de coteau sur plus de la moitié d'un hectare. Il se présentait sous la forme de terrasses reliées les unes aux autres par des marches couvertes de mousse et de lichen. Une partie était plantée en arbres fruitiers : pommiers, poiriers, cerisiers, pruniers. Ailleurs, des rocailles offraient un vaste refuge aux herbes aromatiques et aux fleurs sauvages que le chef utilisait pour parfumer ses plats. Installée tout en haut afin de profiter d'un ensoleillement maximal, une grande serre servait à faire germer les graines et cultiver les plantes qui seraient repiquées au printemps.

La terre avait été retournée en de nombreux endroits ; on voyait surtout, pour l'instant, des bâches en plastique transparent tendues au-dessus des légumes d'hiver. Contre le mur le plus éloigné, d'énormes citrouilles orange trônaient au milieu de leurs grosses feuilles vertes.

Lorsque Guy ouvrit la grille pour le faire entrer, Enzo aperçut tout en bas du jardin le brun au visage farouche, celui qui plantait des piquets à neige au bord de la route le jour de son arrivée, et qui, le matin même, à la cantine, avait tourné vers lui des yeux totalement dénués d'expression. Coiffé d'une casquette en tissu, il maniait une fourche aux dents très longues.

– Évidemment, le jardin ne suffit pas à tous nos besoins, disait Guy. Nous allons chercher des légumes frais au marché de Clermont trois fois par semaine et nous achetons beaucoup de produits aux fermiers du coin.

Il gloussa avant d'ajouter :

– En général, ils se présentent d'eux-mêmes à la porte de la cuisine avec ce qu'ils viennent juste de ramasser. Marc envoyait toujours le sous-chef vérifier la qualité et discuter les prix. Mais on les paie bien. Marc s'est toujours efforcé de soutenir les gens d'ici. La plupart de nos employés sont nés à moins de dix kilomètres de l'auberge.

Il commença à descendre les marches, Enzo le suivit.

– Presque toutes les herbes aromatiques et les fleurs sauvages viennent de ce jardin. Marc a conçu lui-même ces terrasses. Un vrai travail d'amour. C'était au début. À partir du moment où il a connu le succès, il n'a plus eu une minute à lui consacrer ; il a chargé Lucqui de le faire à sa place.

L'homme occupé à retourner la terre leva les yeux à leur approche.

– Enzo, je vous présente Lucqui. Lucqui, voici Enzo.

Lucqui lança un regard noir à Enzo et lui broya la main. S'efforçant de ne pas tressaillir, Enzo le salua d'un signe de tête.

– Comme il n'y a pas assez de travail pour occuper Lucqui toute l'année au jardin, précisa Guy, on le charge d'effectuer différentes tâches dans la propriété. Il remplit également les fonctions de garde-chasse et de garde-pêche.

– Ah, fit Enzo. La flore en été, la faune en hiver.

Guy sourit, mais pas Lucqui.

– Il y a pas mal de poissons dans la rivière, et pas mal de chevreuils et de sangliers dans les bois. Et aussi pas mal de braconniers. Un problème qui a fait sortir Lucqui de son lit plusieurs nuits de suite récemment. Sans succès, je crois ?

Lucqui secoua la tête.

Guy se retourna vers le potager en jachère :

– Autrefois, Marc et Lucqui y passaient un temps fou ensemble. Dieu sait de quoi ils pouvaient bien se parler pendant toutes ces heures. J'ai toujours pensé que Lucqui connaissait mieux Marc que moi. Pas vrai, Lucqui ?

Lucqui leva le menton en signe d'acquiescement.

– Bon, poursuivit Guy en assénant une claque sur l'épaule d'Enzo, on ferait bien de monter maintenant pour profiter de cette belle lumière.

Lucqui retourna à sa tâche tandis que Guy et Enzo gravissaient les marches moussues jusqu'à la grille.

– Pas bavard, remarqua Enzo.

– Pardon ?

– Lucqui. Il ne dit jamais un mot.

– Il est comme ça. Je l'appelle Lucqui le loquace. Marc disait toujours qu'il savait tout sur la manière de faire pousser les choses. Un vrai terrien. Avec mon frère, il ne paraissait pas manquer de conversation ; mais depuis sept ans, il n'ouvre plus la bouche.

Enzo jeta un coup d'œil vers les terrasses et le vit concentré sur la terre noire volcanique qu'il continuait à retourner et à briser avec sa fourche ; il les avait sûrement déjà chassés de ses pensées.

***

En haut de la colline, le vent soufflait avec une telle violence qu'il faillit les renverser. On l'entendait siffler à travers les touffes d'herbes sèches. Sur ce versant dénudé, exposé à l'ouest, on avait l'impression de frôler le ciel. C'était vraiment le toit du monde.

Enzo admira, au loin, les monts d'Auvergne rapetissés par la distance alors que leurs sommets culminaient à une altitude bien supérieure à celle de la colline où ils se trouvaient. Le paysage ressemblait à une mosaïque irrégulière de verts, de bruns, avec ses parcelles de terre divisées et sous-divisées au fil des générations. En regardant vers le sud, il aperçut, en contrebas, le plateau où le corps de Marc avait été découvert dans le buron en ruine.

– Vous savez, dit Guy en agrippant son béret à deux mains pour l'empêcher de s'envoler, dans toute l'histoire de l'humanité, seule une poignée de gens se seront tenus à cet endroit précis et auront vu ce que nous voyons en ce moment. Pour moi, c'est un privilège immense. Plus précieux que celui que peuvent procurer l'argent ou la réussite sociale.

En contemplant le monde étalé à ses pieds, Enzo comprit ce que le survivant des frères Fraysse voulait dire. Brusquement, il se tourna vers lui et demanda de but en blanc :

– Pourquoi vous étiez-vous disputé avec Marc ?

C'était une technique d'interrogatoire qu'il pratiquait depuis longtemps : toujours débuter par une question dont on connaît la réponse.

Cette question sortie de nulle part eut l'air de surprendre le Français :

– Comment le savez-vous ? Peu de gens sont au courant.

Enzo haussa les épaules.

– C'est mon boulot. À ce que j'ai compris, vous ne vous êtes pas parlé pendant presque vingt ans.

Toute jovialité disparut du visage de Guy.

– Oui… à cause d'une femme, bien sûr.

– Élisabeth ?

Il hocha la tête avec un petit sourire triste.

– Que s'est-il passé ?

– On l'a rencontrée en même temps. Pendant notre apprentissage chez les frères Blanc. Je crois qu'on est tombés amoureux d'elle dès le premier jour. Mais c'est Marc qui l'a invitée le premier à sortir avec lui. Dieu seul sait où il en a trouvé le courage parce qu'il était très timide à l'époque. Celui qui savait faire du gringue aux filles, c'était moi. Je lui aurais botté le cul, à ce gringalet, pour avoir osé me devancer.

Il enfonça les mains dans ses poches, baissa la tête et se mit en marche le long de la crête. Enzo le suivit, tendant l'oreille pour capter ses paroles au milieu des gémissements du vent.

– Ils se sont fréquentés un moment, puis elle a paru se désintéresser de lui. Enfin, de mon point de vue. Ça ne ressemblait pas à une histoire sérieuse. En apprenant qu'elle avait refusé de sortir avec lui à deux ou trois reprises, j'ai tenté ma chance. Elle n'a pas refusé. Je n'ai pas jugé utile d'avertir Marc. De toute façon, il ne m'avait jamais parlé d'elle. Puis on a commencé à se fréquenter assez régulièrement. Elle disait qu'elle ne le voyait plus, mais je crois qu'ils sortaient encore ensemble de temps en temps.

Il s'arrêta et se retourna pour faire face à Enzo. Au même moment, une rafale arracha son béret, qu'il tenta de rattraper, mais trop tard. Le peu de cheveux qui lui restaient sur la tête se dressèrent aussitôt en l'air comme une anémone de mer, et il grogna :

– Bon Dieu !

Mais, souriant presque aussitôt, il ajouta :

– Sûrement le fantôme de Marc qui revient se venger.

Même si, à une époque, il y avait eu de l'animosité entre les deux frères, on sentait que Guy avait sincèrement aimé son cadet.

– Que s'est-il passé, alors ? insista Enzo.

– Un soir, Marc est parti jouer à la pétanque au boulodrome. Il adorait ça. Et il était doué. Il avait l'habitude de parier la moitié de son salaire qu'il pouvait faire tomber ses boules en plein sur le cochonnet.

Ce souvenir lui arracha un sourire.

– Bref, comme je savais qu'il ne rentrerait pas avant plusieurs heures, j'ai persuadé Élisabeth de venir au Lion d'Or. Je pouvais la faire entrer en douce par l'arrière de l'hôtel et l'emmener dans ma chambre. Malheureusement, ce soir-là, Marc n'a pas eu de chance à la pétanque. Il est rentré plus tôt que prévu. Et nous a trouvés au lit. Fin.

– Fin de quoi ?

– De notre relation. Entre Marc et moi, je veux dire. Ça l'a rendu fou. Il ne voulait plus me parler. Il ne voulait plus partager la même chambre que moi. Il a réussi à me faire passer pour un traître aux yeux de tous les autres apprentis. Il me ridiculisait en cuisine. Alors, je suis parti. Et merde ! De toute façon je n'étais pas fait pour ça. Du coup, je me suis engouffré dans la première école qui a bien voulu m'accepter.

Guy se mit à rire :

– Une école de comptabilité ! Jamais je ne me serais douté que je deviendrais comptable ! Mais vous savez le plus beau ? Eh bien, j'étais doué pour les chiffres. Et je n'en savais rien.

– Et Élisabeth ?

– Oh, j'ai continué à la voir. Quand elle a terminé ses études, on a pris un petit appartement ensemble. Elle gagnait sa vie, j'avais trouvé un boulot pour l'été. On avait un peu d'argent, c'était le nirvana. Au début. On mangeait pour trois fois rien dans des petits bistros pas chers, on se baladait dans le parc, on faisait l'amour dès que l'envie nous en prenait. On passait la journée au lit quand elle travaillait de nuit. Je croyais avoir découvert le paradis sur terre.

– Mais ?

– Oui, dit-il avec un sourire teinté de tristesse. Oui. Il y a toujours un mais, n'est-ce pas ? Mais ça n'a pas duré. Ça s'est terminé au moment où j'ai entamé ma deuxième année d'école. La magie avait disparu ; on l'avait épuisée. Elle s'est envolée. Comme Élisabeth. Tout ce qui me restait, c'était un frère qui croyait que je l'avais trahi. Un frère qui ne m'a pas parlé pendant… oui, vous avez raison… près de vingt ans.

Ils se remirent en marche, en suivant la crête qui plongeait devant eux vers la ligne des arbres et le vieux buron en ruine.

– Après mes études, poursuivit Guy, je suis parti à Paris. Quelques années plus tard, j'ai appris qu'Élisabeth et Marc s'étaient remis ensemble. On ne m'a pas invité au mariage, bien sûr. Nous nous sommes revus une seule fois, lorsque nos parents sont morts dans un accident de voiture et qu'il a fallu régler le problème de l'héritage. Marc voulait continuer à s'occuper de l'auberge et tenter de se faire un nom avec le restaurant. Je n'y voyais pas d'objection. Les avocats ont établi un contrat par lequel je lui louais ma moitié de la propriété et le laissais faire ce qu'il voulait en échange. À ce moment-là, j'ai essayé de lui parler, mais il a refusé. Tout s'est passé par l'intermédiaire de nos avocats et de nos comptables. Vraiment triste.

– Comment s'est opéré le revirement de situation ?

– Grâce à Marc. Brusquement, sans crier gare. Je suivais de loin ses progrès. Les premières critiques. Sa première étoile au Michelin. La deuxième. Son nouveau statut de star. Vous savez, Enzo, c'est drôle, mais à une époque, les chefs étaient des domestiques au service des gens riches, ou engagés par des hôteliers et des restaurateurs. Aujourd'hui, les grands chefs sont des stars, et les gens qui les employaient autrefois leur font des courbettes. Quelle ironie, j'adore !

Ils escaladèrent quelques rochers puis traversèrent une étendue marécageuse dans laquelle les chaussures s'enfonçaient.

– Bref, un jour, il m'a appelé. Je n'en croyais pas mes oreilles quand j'ai entendu sa voix au téléphone. J'entendais un brouhaha en fond, comme s'il y avait une réception ; j'ai pensé qu'il avait peut-être trop bu. Il venait juste d'apprendre qu'il avait obtenu sa troisième étoile. Ce n'était pas encore rendu public. Ça m'a fait penser au jour où les frères Blanc avaient gagné la leur, lorsque même les apprentis avaient eu le droit de boire du champagne. Il m'a annoncé qu'il avait besoin d'un partenaire, pas d'un simple associé passif. Il lui fallait quelqu'un capable de diriger un restaurant trois étoiles. Si j'étais prêt à oublier le passé, lui aussi.

Enzo regarda attentivement le visage de Guy lorsqu'ils s'arrêtèrent devant le buron :

– Et qu'en avez-vous pensé alors ?

– Je moisissais à Paris, Enzo. Avec un avenir terne pour tout horizon. J'ai sauté sur l'occasion. Et, vous savez, c'était logique. Dans ce genre de business, on ne fait pas appel à des étrangers. On risque de se faire plumer. Marc avait besoin de quelqu'un de confiance. J'étais de la famille. Alors, on a enterré la hache de guerre et bâti ensemble l'empire Fraysse. Une marque qui a résisté à tout.

Jetant un regard grave au buron, il ajouta :

– Même si Marc n'a pas survécu.

– Et Élisabeth et vous ?

– Comment ça, Élisabeth et moi ?

– Ça n'a pas été trop difficile, avec votre histoire ?

Guy secoua la tête tristement.

– Ce que nous avions vécu était très spécial. Très intense. Mais, vous savez Enzo, la lumière qui brille deux fois plus dure deux fois moins longtemps. Elle s'était éteinte depuis si longtemps qu'à mon retour à Saint-Pierre nous étions désormais deux étrangers. Et nous le sommes restés sous bien des aspects. Nous dirigeons l'affaire ensemble, mais jamais nos vies privées ne se mélangent.

Chapitre 18

À deux kilomètres de Saint-Pierre, environ, se dressait au détour d'un virage le château de Puymule – monument historique du quatorzième siècle élevé sur un tertre rocheux et entouré d'une poignée de maisons médiévales. Les échauguettes complétant chaque angle donnaient à ce grand édifice carré une allure un tantinet disneyenne. Tout autour, arbres et jardins de rocaille escaladaient les pentes derrière de hautes grilles en fer forgé. De l'entrée, un sentier montait en serpentant vers une arche percée sous une tour carrée coiffée d'un toit pointu.

Lorsque Enzo s'arrêta au pied du tertre, la nuit tombait. Il ne faisait pas encore assez sombre pour déclencher l'allumage des projecteurs qui illumineraient l'édifice et le découperaient sur le ciel une fois la nuit tombée, mais c'était déjà le genre de crépuscule, entre chien et loup, qui prive le monde de clarté et crée des ombres floues.

Il n'y avait aucune lumière dans les maisons ; seul l'aboiement d'un chien et l'odeur d'un feu de bois témoignaient que le hameau était habité.

Enzo regarda sa montre. Ayant surestimé le temps nécessaire à couvrir la distance, il arrivait un peu trop tôt pour son rendez-vous avec Fred. Histoire de passer le temps, il gravit le chemin pavé menant à l'entrée de la propriété. La chaîne cadenassée censée la bloquer pendait sur un côté ; le battant droit était légèrement entrouvert. Cela le surprit car un panneau signalait que le château, fermé au public du 1er octobre au 30 avril, se visitait du 1er mai au 30 septembre, entre 14h30 à 17h30. Il essaya de distinguer quelque chose de l'autre côté, dans l'ombre du bâtiment. Peut-être était-il habité toute l'année ? De nombreux propriétaires de monuments historiques les faisaient visiter à certaines périodes, juste de quoi gagner l'argent nécessaire à leur entretien.

Le vent sifflait entre les arbres et détachait les dernières feuilles qui s'étaient obstinées à rester accrochées aux branches. Enzo resserra son blouson autour de lui en tapant des pieds pour se réchauffer. Il faisait un froid de canard. Soudain, sur un coup de tête, il décida de pousser la grille au lieu d'attendre patiemment ; piqué par la curiosité, il s'engagea sur le sentier qui montait au château.

Le fond des anciennes douves asséchées aux murs tapissés de lichen était recouvert d'un mélange d'herbes, de broussailles et de jeunes pousses de sorbier. Un pont de pierre les enjambait, aboutissant à l'arche de la tour carrée fermée par une double porte en bois massif. Un gros anneau noir en fer forgé pendait sur le battant droit. Enzo le saisit à deux mains pour voir s'il bougeait. À sa grande surprise, l'anneau tourna dans le sens des aiguilles d'une montre et leva une lourde clenche qui débloqua la porte. Le bruit du métal heurtant le métal résonna dans l'obscurité.

– Hello ? cria Enzo, persuadé qu'il y avait quelqu'un à l'intérieur.

Seul l'écho de sa propre voix lui répondit avant d'être étouffé par la nuit. Avançant à pas prudents sur des dalles usées par les siècles, il sentit le froid glacé de la pierre traverser ses semelles. Quelque part, devant lui, brillait une faible lumière. Suffisante, du moins, pour le guider au milieu des ténèbres. Il comprit qu'il se trouvait dans un vaste hall avec, à sa droite, un escalier en spirale et, en face, une porte cintrée entrebâillée derrière laquelle tremblotait une lueur jaune orangé.

– Hello ! cria-t-il de nouveau.

Toujours pas de réponse. Il poussa un peu le battant de la porte et découvrit une grande salle éclairée par les flammes dansant dans le foyer d'une immense cheminée au manteau orné jusqu'au plafond de panneaux de chêne sculpté. Sur une longue table, une vingtaine de couverts étaient dressés comme pour un banquet médiéval. L'air humide tiédi par la flambée lui procura une sensation de moiteur. Il n'y avait personne dans la pièce. Mais un raclement de semelle sur les dalles du hall le fit soudain se sentir très bête, et surtout horriblement gêné de s'être introduit de cette façon dans une résidence privée.

Dès qu'il recula dans le hall, l'obscurité l'enveloppa comme un gant. Mais, captant un mouvement à la périphérie de son champ de vision, il se retourna juste à temps pour voir un poing jaillir du noir. La blancheur des articulations, l'éclat d'une bague. Instinctivement, il se baissa, si bien que le poing l'atteignit sur le côté de la tête – assez fort malgré tout pour lui faire un mal de chien et voir trente-six chandelles. À moitié groggy, il tomba sur un genou et sentit plus qu'il ne vit son agresseur revenir à la charge. Il se repoussa alors du sol, tête baissée, épaule en avant – une technique apprise en jouant au rugby à Hutchie –, et percuta un obstacle de chair tendre et d'os dur. Une haleine nauséabonde chargée d'ail lui explosa en pleine face, accompagnée d'un grognement sourd. Profitant de son avantage, il propulsa l'inconnu contre le mur ; l'impact du crâne de ce dernier sur la pierre résonna presque aussi fort qu'un coup de feu.

Cette fois, l'homme hurla de douleur. Enzo, qui le retenait de la main droite par sa veste, lui balança son poing gauche en pleine cage thoracique. Le choc de l'os contre l'os lui déclencha une douleur si intense le long du bras qu'il relâcha sa prise. L'autre en profita pour se dégager et filer en titubant vers la porte d'entrée. Aussitôt Enzo se lança à sa poursuite. Pas question de le laisser s'échapper. Dehors, sur le vieux pont de pierre soudain éclairé par la lune, il le repéra juste devant lui – grand, brun, vêtu d'une courte veste en polaire et d'un jean. Puis l'obscurité retombant aussi brusquement, il ne vit plus qu'une ombre. Il eut le temps toutefois de se rendre compte que, sans doute blessé, son agresseur ne se déplaçait pas très vite. Alors, sans hésiter, il gonfla ses poumons, bondit littéralement en avant pour le plaquer au sol – comme au rugby – et se retrouva allongé sur son dos. Sans perdre une seconde, il se redressa sur les genoux, le chevaucha, lui agrippa l'épaule et le retourna au moment où la lune émergeait à nouveau des nuages, lui révélant le visage du jeune chef qui, le matin même à la cantine lui avait lancé un regard assassin. Du sang coulait d'une entaille sur son front.

– Qu'est-ce qui vous a pris, putain, vous êtes cinglé ? hurla Enzo.

À sa grande surprise, il entendit le jeune homme hurler à son tour :

– Ne vous approchez pas d'elle !

Enzo l'attrapa par sa veste :

– Mais qu'est-ce que vous racontez, bon Dieu ?

– Espèce de vieux cochon incapable d'empêcher ses sales pattes de traîner partout !

Enzo n'en revenait pas :

– Quoi !?

– C'est *ma* copine, OK ?

– Qui ?

– Sophie !

Enzo demeura une seconde interloqué avant que la rage ne le submerge comme un raz-de-marée. Il souleva le jeune chef par les épaules avant de le rabattre brusquement sur le sol. De toutes ses forces.

– Espèce de petit connard ! Tu t'appelles Philippe, hein ? Sophie m'a parlé de toi. Je ne sais pas ce qu'elle est pour toi et je m'en fous. Mais, sache que c'est ma fille, pauvre imbécile !

Le visage de Philippe se figea en une expression d'incrédulité. Son regard vacillant s'emplit de confusion tandis qu'il essayait d'assimiler l'information.

– C'est toi qui nous espionnais dans le couloir, l'autre soir, hein ?

– Je… heu… je… ne savais pas. Je n'avais pas compris…

– Non, bien sûr que non. Et tu n'as surtout pas essayé de comprendre, ni de te poser des questions.

Enzo le lâcha et se releva tant bien que mal tout en frottant les traces de boue et de mousse sur son pantalon et ses manches. Puis il passa une main sur son visage pour tâter sa pommette enflée. Philippe s'appuya sur un coude, les yeux levés vers la silhouette qui le dominait.

– Ne t'approche plus de ma fille, compris ? le menaça Enzo. Et pas un mot aux autres sur Sophie et moi ou je raconte à son véritable petit ami qu'un cuistot rachitique rôde autour d'elle comme un chien en chaleur. Non seulement Bertrand est culturiste, mais en plus il est jaloux comme un tigre et doté d'un aussi mauvais caractère. Je n'aimerais pas être à ta place le jour où il viendra te chercher des noises.

Le jeune homme se remit péniblement sur ses pieds en se tenant les côtes, là où le poing d'Enzo les avait meurtries, peut-être cassées, puis il s'éloigna d'une démarche incertaine et disparut dans la nuit. Le souffle court, Enzo le suivit des yeux, rempli d'un étrange sentiment d'euphorie. Il ne s'était pas si mal défendu pour un vieux. Ce blanc-bec, qui n'avait même pas la moitié de son âge, s'était pris une belle raclée.

Cette bouffée d'orgueil fut cependant de courte durée car, soudain, les projecteurs illuminèrent le château et une voix bourrue cria :

– Qu'est-ce que vous foutez là ?

En se retournant, il vit un homme costaud, en salopette et chemise aux manches retroussées sur des avant-bras musclés, venir vers lui à grandes enjambées ; plus il avançait, plus son ombre projetée sur le mur du château devenait gigantesque.

– Je suis désolé, dit Enzo. Vous êtes le propriétaire ?

– Non, le gardien. Qui êtes-vous ?

Il s'arrêta pour dévisager l'intrus d'un air menaçant.

Enzo sentit son assurance faiblir un peu.

– En voyant la porte ouverte, j'ai pensé que le château se visitait encore.

– Vous êtes aveugle, ou quoi ? Il y a un panneau sur la porte. On est fermé depuis un mois. Maintenant, foutez le camp avant que j'appelle les gendarmes ou je vous fais arrêter pour violation de propriété !

Enzo leva la main en signe de paix :

– D'accord, d'accord, je m'en vais. Ne vous énervez pas.

Si jamais l'altercation tournait à la bagarre, il ne donnait pas cher de sa peau. Se battre à son âge était complètement ridicule, pensa-t-il en redescendant le sentier d'une démarche raide ; il avait mal partout.

Au moment où il refermait la grille derrière lui, il vit la voiture garée à côté de la sienne, phares allumés, moteur tournant au ralenti. Arrivé à sa hauteur, il regarda par la vitre et reconnut Fred assis au volant. Quand il ouvrit la portière du passager pour se glisser sur le siège, Fred lui jeta un regard irrité et méfiant.

– Vous êtes en retard.

– En fait, j'étais en avance. Mais je me suis laissé distraire.

– Vous êtes seul ?

– Oui, pourquoi ?

– J'ai vu un type descendre le chemin en courant et filer sur une moto.

– Rien à voir avec moi, mentit Enzo, qui se sentit rougir.

Les yeux de Fred se plissèrent en s'attardant sur le visage, le blouson et le pantalon de l'Écossais.

– On dirait que vous vous êtes battu.

– Je suis tombé, se dépêcha de le contredire Enzo tout en sachant que l'autre ne le croirait pas. De toute façon on n'est pas là pour parler de mes aventures dans le noir, mais des paris que Marc Fraysse avait l'habitude de passer.

Obligé de se recentrer sur l'objet de leur rendez-vous, Fred rentra de nouveau dans sa coquille.

– Comment je peux être sûr que vous ne le répéterez pas ?

– Vous ne le pouvez pas. Mais, à votre place, entre un contrôle officiel et une conversation officieuse, je n'hésiterais pas.

Enzo respira à fond et sentit l'haleine alcoolisée de Fred à laquelle se mélangeait une odeur désagréable de tabac froid.

– Allez ! Qu'est-ce que vous cachez ?

– On avait un petit arrangement, Marc et moi.

Avant de continuer, Fred jeta un coup d'œil nerveux à Enzo puis, les deux mains posées sur le volant, fixa l'obscurité au-delà du pare-brise.

– Il y avait l'argent qu'il jouait normalement, au PMU. Et il y avait celui que je misais pour lui par… bref, disons par l'intermédiaire de gens de ma connaissance.

– Des paris illégaux, en somme.

Enzo vit les articulations de Fred blanchir sur le volant.

– Juste quelques paris en indépendant.

– Sur lesquels vous preniez un pourcentage ?

– Je ne suis pas une œuvre de bienfaisance.

– Quel genre de sommes étaient en jeu ?

Fred hésita.

– Des grosses.

– Mais encore ?

Il haussa les épaules.

– Je ne sais pas exactement.

– Oh, allez !

– En gros… peut-être deux ou trois cent mille.

Enzo n'en revenait pas.

– Vous voulez dire que c'est ce qu'il misait ?

– Non, ce qu'il perdait. Il misait beaucoup plus. Parfois, il gagnait.

– Bon sang.

Soudain, Marc Fraysse lui apparaissait sous un jour totalement nouveau. Il se souvint alors de ce que lui avait raconté Guy, quelques heures plus tôt, à propos de la prédilection de Marc pour la pétanque pendant leur séjour à Clermont-Ferrand. *Il avait l'habitude de parier la moitié de son salaire qu'il pouvait faire tomber ses boules en plein sur le cochonnet.*

– C'était une obsession. Vous savez, au début, ça m'a paru un moyen facile de me faire un petit extra. Mais ça a dérapé, si vous voyez ce que je veux dire. Je ne pouvais plus m'en sortir. Il refusait d'arrêter.

Enzo plongea la main dans sa poche pour en sortir les messages qu'il avait trouvés sur l'ordinateur, et imprimés. C'était l'intuition, plus que l'instinct ou la déduction logique qui l'avait incité à s'en munir. Il les tendit à Fred. Celui-ci les posa sur ses genoux, baissa sa vitre et alluma une cigarette avant d'éclairer l'intérieur de l'habitacle. Enzo aperçut les traces de nicotine sur ses doigts quand il leva la feuille à la lumière.

– Qu'est-ce que c'est ?

– À vous de me le dire.

Après l'avoir scrutée un instant, il écarquilla les yeux.

– Nom de Dieu ! Je ne savais pas qu'il s'était aussi fourré là-dedans !

– Expliquez-vous.

Fred pointa l'index sur l'adresse de l'expéditeur :

– Jean Ransou. Le bookmaker des stars.

Enzo fronça les sourcils.

– Légal ?

– Oh, non, pas du tout. Dans ce pays, les paris avoisinent les trente milliards par an, le gouvernement en prélève vingt-cinq pour cent. Ça vous donne une idée du fric qu'on peut se faire au noir. Si vous êtes une star de cinéma, de la chanson, ou un chef célèbre… ou même un caïd du milieu… et que vous voulez parier gros sans partager vos gains, ou payer des impôts, vous vous adressez à Jean Ransou.

– Qui se sucre au passage, bien sûr.

– Évidemment.

– Et les pouvoirs publics ne sont pas au courant ?

– Vous parlez ! s'esclaffa Fred. Ils ne l'ont jamais chopé. Peut-être qu'ils n'en ont pas envie. Si ça se trouve, des tas d'hommes politiques, de juges et de gros pontes de la police ont recours à ses services. Je ne sais pas comment il fait. Il arrive à blanchir l'argent d'une façon ou d'une autre. Il a plein d'affaires légales. Est-ce qu'elles lui rapportent du fric ou est-ce que ce sont simplement des couvertures ? Mystère. En tout cas, il se démerde bien.

– C'est vous qui avez présenté Fraysse à Ransou ?

Cette fois, Fred partit d'un rire moqueur.

– Vous plaisantez ! Un type comme moi approcher un Ransou ?

– Alors, que signifie tout ça ? demanda Enzo en désignant la feuille.

– Juste des dates, des courses, des chevaux, et les mises.

Désignant la première ligne, en haut de la feuille :

PV : 18/12 : 3e : 14 : 150 ; 7e : 4 : 130 ; 9e : 5,9,10 : 200, il expliqua :

– PV, c'est l'hippodrome de Paris Vincennes ; 18/12, la date. Pour la 3ème course, sur le cheval numéro 14. Mise, 150 euros. Et ainsi de suite.

– Les initiales désignent donc des champs de course ?

– Oui. Paris Vincennes, Deauville, Longchamp, Paris Auteuil, Marseille Borely. On a beaucoup d'hippodromes en France.

Enzo fit un rapide calcul à partir des messages qu'il avait lus.

– Fraysse misait plus de mille euros par jour sur ces chevaux !

Fred hocha la tête.

– On dirait bien. En plus de ce qu'il misait avec moi, au grand jour et sous la table.

Enzo souffla entre ses lèvres.

– C'était un véritable addict.

– Oui.

Enzo comprit alors que les pertes de Marc Fraysse avaient dû être colossales.

Chapitre 19

Le service du dîner battait son plein lorsque Enzo revint à l'auberge. Il n'y avait personne dans le hall, juste le sommelier qui lui jeta un regard bizarre en sortant de la cave avec une bouteille de Beaune. Quand il aperçut son propre reflet dans une vitre, Enzo comprit l'effet qu'il pouvait produire avec ses cheveux en bataille tombant sur les épaules, ses vêtements maculés de boue séchée et de traces vertes. Pas étonnant que Fred l'ait dévisagé d'un air aussi méfiant. Il se dépêcha de monter à sa chambre avant de croiser quelqu'un d'autre.

Après avoir changé de chemise et de pantalon, il se lava la figure et les mains, puis se recoiffa tout en examinant son visage dans la glace : sa pommette droite était enflée et commençait à bleuir. Furieux, il maudit Philippe. Et aussi Sophie qui, sûrement flattée de se sentir admirée, l'avait encouragé.

Ensuite, il décrocha le téléphone du salon, composa le numéro privé d'Élisabeth et laissa sonner un bon moment avant de raccrocher et de sortir dans le couloir. L'ancien bureau de Marc se trouvait trois portes plus loin. Il s'y rendit en toute hâte, hésita une seconde, l'oreille tendue, mais n'entendit que le brouhaha en provenance de la salle à manger au rez-de-chaussée. Il tourna alors la poignée tout en redoutant de la trouver bloquée, et fut heureusement surpris de la sentir céder. Il se glissa vite à l'intérieur de la pièce obscure, referma derrière lui, et décida d'allumer la lumière ; il n'avait pas le choix.

Avoir été surpris la veille l'avait beaucoup gêné. Si jamais cela se reproduisait aujourd'hui, ce serait encore pire. Élisabeth lui ordonnerait sans doute de quitter l'hôtel ; elle lui avait clairement fait comprendre qu'avant d'examiner quoique ce soit, il devait demander l'autorisation. Or, il voulait surtout éviter d'éveiller l'attention de quiconque sur ses nouvelles recherches.

Osant à peine respirer, il appuya sur l'interrupteur ; une froide lumière jaune se répandit sur les lieux. Sans faire le moindre bruit, il traversa la pièce, ouvrit le secrétaire, et releva le couvercle de l'ordinateur. Le démarrage bruyant de ce dernier lui sembla durer une éternité. Lorsque le bureau apparut enfin sur l'écran, Enzo se dépêcha d'ouvrir l'application mail pour faire une recherche rapide dans les dossiers d'archive. Incrédule, il scruta l'écran, passa en revue les fichiers les uns après les autres… aucun doute possible, le dossier *Cheval* avait disparu. Effacé. Plus une seule trace de la relation entre Marc Fraysse et Jean Ransou, ni des sommes jouées. Tout ce qu'il en restait, c'était les deux feuilles imprimées, dans sa poche.

Enzo s'était bien douté que n'importe quelle personne s'y connaissant un tant soit peu en ordinateur saurait repérer ce qu'il avait cherché, la veille, sur celui de Marc Fraysse. Effacer ces dossiers ne présentait pas de difficulté particulière.

Et, apparemment, la seule personne susceptible de l'avoir fait était Élisabeth Fraysse.

***

De retour dans sa chambre, il se dépouilla de ses vêtements qu'il éparpilla derrière lui tout en marchant vers la salle de bains où il tourna à fond les robinets de la douche. Il laissa l'eau brûlante cascader sur son visage, ses épaules, son dos, son ventre et ses cuisses pendant plusieurs minutes, le temps de sentir la chaleur chasser de ses muscles toute la tension et la raideur dues à cet effort physique inhabituel.

Après s'être frotté avec un épais drap de bain, il se sécha vigoureusement les cheveux, enfila son peignoir en soie noire brodée et retourna au salon. Là, il sortit du frigo une bouteille de single malt dont il se servit un grand verre, y ajouta une goutte d'eau, et s'enfonça avec délice dans les coussins moelleux du canapé.

Enfin, il installa son ordinateur sur ses genoux, vérifia ses mails, et ouvrit le dossier *moi.dssr* qu'il déroula jusqu'au passage qu'il cherchait. Il l'avait déjà parcouru, mais il voulait le relire plus attentivement afin de s'assurer que sa première impression avait été la bonne. Si c'était le cas, il existait alors une contradiction inexplicable entre ce qu'on lui avait raconté et ce qu'il avait lu.

Chapitre 20

Saint-Pierre, Février 1998

L'hiver avait été long et morose. Comme cela arrive souvent ici en hiver; sur le plateau, la neige avait découragé les touristes. Ceux de Paris, et d'ailleurs. Quelques habitués continuaient à venir de Clermont, et il y avait aussi des clients de passage, mais ça ne suffisait pas. Certains jours, la salle à manger (je fermais la véranda ouest pendant les mois d'hiver) restait désespérément vide ; les autres jours, on avait au mieux deux ou trois tables occupées. C'était démoralisant. J'avais deux étoiles au Michelin et même pas deux clients parfois.

Comme toujours, Élisabeth me poussait à fermer pendant l'hiver – on fera des économies de personnel et de chauffage, disait-elle. Les gens ne nous oublieront pas pour autant. Ils reviendront dès le printemps, comme les hirondelles. Je lui rétorquais toujours : comment espérer gagner une troisième étoile au Michelin si on ne travaille qu'à temps partiel ? J'étais convaincu qu'il fallait à tout prix rester ouvert si on voulait avoir une chance de l'obtenir.

Tout l'hiver j'ai guetté la venue d'un inspecteur du Michelin. Chaque client solitaire, homme ou femme, qui s'asseyait dans un coin tranquille était peut-être un espion du Guide ? Je ne savais pas trop pourquoi ça m'obsédait autant. Est-ce que j'aurais traité ce client ou cette cliente différemment ? Non. De toute façon, je savais qu'il était inutile d'essayer d'aborder le sujet. Ça se serait retourné contre moi.

Je voulais juste savoir. Savoir qu'un Michelin était venu, avait vu, mangé, et qu'il me restait au moins une chance que mon classement soit révisé avant la publication du prochain Guide. J'avais passé toute ma vie en cuisine pour ça. Les deux premières étoiles étaient tombées très vite. La troisième tardait de façon exaspérante ; je commençais à craindre qu'elle ne vienne jamais. Les nuages bas, sombres et gris qui planaient au-dessus de nous en ce mois de février et distillaient sur nos têtes un grésil poussé par le vent glacé du nord reflétaient mon humeur à plus d'un titre.

C'est à la fin du mois, par un jour maussade, que l'appel est arrivé. Je m'en souviens, nous avions trois réservations à midi et cinq le soir, même pas assez pour couvrir le salaire d'un seul chef. La pluie balayait le Massif central. C'est Georges qui a décroché le téléphone du bureau ; il a couru dans tout l'hôtel à ma recherche. Monsieur Bernard Nagellen voulait me parler ! Nous savions tous les deux, bien sûr, que Monsieur Bernard Nagellen était le directeur du Guide Michelin. J'ai failli me rompre le cou en me précipitant à la cuisine ; il a fallu que je couvre le combiné avec ma main pendant une bonne minute avant de retrouver une respiration normale. Quand j'ai enfin pu parler, mon cœur battait à tout rompre sous ma tenue blanche de chef.

– Bonjour, monsieur Nagellen. Comment allez-vous ?

Mais les mondanités ne sont pas de mise quand il s'agit des étoiles du Michelin. Sans tourner autour du pot, il m'a dit :

– Monsieur Fraysse, comme vous le savez, l'édition 1998 du Guide Michelin sort le mois prochain. Je vous appelle pour vous annoncer que vous y êtes classé trois étoiles.

Je suppose que tous les directeurs successifs du Guide éprouvent du plaisir à annoncer une telle nouvelle, et je me doute qu'à l'autre bout du fil les réactions sont toujours très différentes. Pour ma part, j'étais si tendu que j'ai répondu :

– Ah ? C'est bien.

J'aurais pu difficilement étouffer davantage les émotions qui bouillonnaient en moi.

Il m'a glissé que, bien entendu, l'information n'étant pas encore rendue publique, je devais la garder pour moi jusqu'à la publication du Guide. Mais, en me disant ça, il devait bien savoir que c'était absolument impossible.

Quand j'ai raccroché le téléphone, je me suis rendu compte que tout le personnel de la cuisine s'était entassé dans mon bureau. Élisabeth était là, elle aussi, les joues roses, les yeux écarquillés ; quelqu'un avait dû la prévenir. On aurait dit qu'ils retenaient tous leur respiration. J'ai mis un petit moment à retrouver ma voix avant de pouvoir annoncer :

– Mesdames, messieurs, bienvenue « Chez Fraysse », le premier et seul restaurant trois étoiles de Saint-Pierre.

Il y a eu une explosion de joie. Jamais je n'ai vu, ni ressenti, une allégresse aussi débridée. Dans ce métier, qu'on soit plongeur ou chef de cuisine, ce genre d'évènement semble être le couronnement d'une vie. Je gardais un souvenir très précis de la fête dans la cuisine des frères Blanc, bien des années auparavant, du champagne qui coulait à flots, et de l'impression que j'avais alors éprouvée de commencer une nouvelle vie. Dès cet instant j'avais su, sans l'ombre d'un doute, que c'était exactement ce que je voulais. Que ce serait le but de ma vie.

Je me rappelle avoir beaucoup pleuré et beaucoup bu. Et déclaré que toute personne ayant réservé ce soir-là dînerait aux frais de la maison, qui tenait absolument à inviter les premiers clients du restaurant trois étoiles « Chez Fraysse ».

Finalement, une fois l'excitation retombée et le dernier client servi, j'ai réussi à me réserver un peu de temps et d'espace. Je me suis enfermé dans mon bureau et assis à ma table. Mon existence était encore encombrée de problèmes en suspens. Des regrets, des chagrins. Depuis un moment, je me disais que si jamais je gagnais ma troisième étoile je remettrais tout en ordre. C'est ce que j'ai fait sur le champ, sans prendre le temps de réfléchir, ni de raviver ma douleur.

Encore enivré par la grande nouvelle, j'ai écrit une lettre aussi longue que décousue à mon frère, devenu pour moi un étranger. Guy. Il est temps, lui disais-je, de tirer un trait sur le passé et de bâtir ensemble un avenir dans ce lieu que nos parents nous ont laissé. Quelque chose qui honore leur mémoire. Quelque chose dont ils auraient été fiers.

Je savais que ma vie allait changer irrévocablement, que je ne pourrais plus mener de front la cuisine et les affaires. Qui pouvait mieux que mon propre frère prendre en charge le côté business ? J'ai posté ma lettre dès le lendemain.

Avant la fin de la semaine, il m'appelait. Ça m'a vraiment fait un effet bizarre d'entendre à nouveau sa voix, après toutes ces années :

– J'ai reçu ta lettre, et je n'ai qu'une chose à te dire.

Je me rappelle avoir retenu ma respiration, pensant qu'il allait refuser. Mais il a ajouté :

– Oui.

D'un seul coup, ma vie a, en quelque sorte, retrouvé sa plénitude.

Guy est arrivé de Paris le lendemain même avec une caisse de champagne. On s'est jetés dans les bras l'un de l'autre en pleurant, puis on s'est soûlés, et j'ai compris à quel point c'était stupide d'avoir perdu tant d'années à se laisser dévorer par une animosité aussi profonde.

Chapitre 21

Enzo rabattit le couvercle de l'ordinateur et s'enfonça dans le canapé. Deux récits totalement différents du même moment. D'après Guy, son frère l'avait appelé le jour même où il avait appris la nouvelle ; derrière lui, des gens faisaient la fête.

D'après Marc, cette conversation téléphonique avait eu lieu quelques jours plus tard. Guy avait déjà reçu sa lettre.

En substance, les deux rapportaient la même information, les mêmes émotions. Seuls les détails changeaient. Or Enzo savait que la mémoire joue souvent des tours. Des évènements successifs peuvent se retrouver condensés en un seul. Plusieurs conversations en une seule. Lorsque Guy disait avoir entendu des gens en train de faire la fête derrière Marc, cela sonnait juste. Ce n'est pas le genre de détail qu'on invente. Peut-être qu'une célébration plus officielle avait été organisée à ce moment-là. Quoi qu'il en soit, rien ne permettait de mettre en doute le récit de Marc, sa lettre à son frère, le coup de fil de ce dernier, leurs retrouvailles émues.

En fait, rien ne permettait de douter de l'un ou l'autre récit. Enzo décida de concentrer plutôt ses réflexions sur l'addiction de Marc au jeu, qui lui paraissait une piste plus prometteuse.

Un léger coup frappé à la porte le fit sursauter. Il regarda sa montre. Onze heures passées. Si c'était encore Guy avec sa mirabelle, il devrait trouver une façon diplomatique de le renvoyer. S'arrachant péniblement au canapé, il traversa la pièce et entrebâilla la porte. Le rai de lumière s'échappant de sa chambre éclaira le visage surexcité de Sophie, debout dans la pénombre du couloir. Aussitôt, il ouvrit en grand pour la laisser entrer. L'air froid du dehors la suivit.

– J'ai du nouveau, papa, lâcha-t-elle, les yeux brillants d'excitation.

– Ah bon, fit Enzo tout en passant devant elle pour récupérer son verre de whisky sur la table basse.

Depuis sa rencontre avec Philippe, il ne se sentait pas vraiment bien disposé envers sa fille.

– Tu n'es pas curieux de savoir ce que c'est ?

– Si.

Il but une gorgée de whisky. Outrée, Sophie protesta :

– Et moi, alors ?

– Sers-toi, dit-il en désignant le frigo avec le menton.

Elle déboucha une bouteille de chablis et remplit un verre avant de s'exclamer avec le même enthousiasme qu'en arrivant :

– Tu ne devineras jamais !

– Non, raconte.

– Tout le monde savait que Marc et Anne Crozes avaient une liaison, d'accord ?

– À ce qu'il paraît.

– Mais ce qui se sait moins, c'est qu'ils ont rompu juste avant la mort de Marc !

Enzo fronça les sourcils :

– Et toi, comment le sais-tu ?

L'air triomphant, légèrement suffisant, elle répondit :

– J'ai cuisiné le maître d'hôtel.

– Patrick ?

– Oui. Je crois qu'il a flashé sur moi.

Les lèvres pincées, Enzo lui jeta un regard sévère :

– Ça devient dangereux de te laisser seule, on dirait.

L'œil pétillant, elle se mit à rire.

– En tout cas, j'ai réussi à lui tirer les vers du nez après déjeuner. Il aime bien boire, Patrick. Et aujourd'hui, il avait peut-être bu un ou deux verres de trop.

– Encouragé par toi, sans doute.

– Il m'a raconté qu'un jour, il a trouvé Anne Crozes en larmes dans le vestiaire. Juste une semaine avant que Marc Fraysse soit assassiné. Elle lui a expliqué que Marc venait de la larguer et qu'elle ne savait pas si elle pourrait tenir le coup. D'après Patrick, elle paraissait vraiment bouleversée.

– Elle lui a dit pourquoi Marc avait rompu ?

Sophie secoua la tête.

– Non. Simplement que ça venait de lui tomber tout d'un coup sur la tête. La surprise totale.

Enzo assimila en silence la nouvelle et fit tourner une gorgée de whisky dans sa bouche. Pourquoi

Marc aurait-il rompu ? Sous la pression d'Élisabeth, qui était manifestement au courant de leur liaison ? Ou simplement parce qu'il sentait que cette histoire avait fait son temps ? Si Élisabeth savait que c'était fini entre eux, elle n'avait plus de mobile pour tuer son mari. Anne Crozes, en revanche, aurait pu y être poussée par le chagrin ou la vengeance.

– Tu n'as pas l'air très content.

Enzo sourit.

– Si. C'est une information capitale, Sophie. Malheureusement, j'ai bien peur que cela ne fasse que semer davantage la confusion. Ce qui me manque, c'est une preuve… n'importe laquelle.

Soudain, Sophie fronça les sourcils, avala un peu de vin et toucha du bout des doigts la joue de son père.

– Qu'est-ce qui t'est arrivé ?

– Ton petit copain, voilà ce qui m'est arrivé.

Enzo sentit sa colère se réveiller tandis que Sophie fronçait les sourcils sans comprendre.

– Philippe, précisa-t-il après avoir avalé une autre gorgée réconfortante de whisky. J'avais rendez-vous avec un contact au château de Puymule, en début de soirée. Ton blanc-bec de soupirant a dû me suivre. Il m'a sauté dessus dans le noir.

– Tu plaisantes ! s'exclama Sophie, incrédule.

– Si seulement ! Cette petite merde m'a pris pour un vieux satyre. Il voulait me faire comprendre que je ne devais plus t'approcher.

Les yeux de Sophie s'écarquillèrent d'étonnement.

– Qu'est-ce que tu lui as dit ?

– Que j'étais ton père et que s'il n'arrêtait pas de te tourner autour, j'appellerais Bertrand.

Humiliée, Sophie devint toute rouge :

– Non ! Tu n'as pas fait ça ?

– Si. Et je l'ai renvoyé balader, en lui cassant deux ou trois côtes pour la peine.

– Mais, papa, il va le dire à tout le monde. Je suis fichue.

Enzo secoua la tête.

– Non, ça m'étonnerait. Je l'ai mis en garde contre ce qui lui arriverait s'il en soufflait un seul mot.

– Quel imbécile ! Qu'est-ce qu'il s'imagine ? Je ne suis pas sa chose. Même pas sa petite amie !

– Il a l'air de penser le contraire.

– Je vais le tuer !

– Certainement pas ! asséna Enzo d'une voix menaçante qui donna à Sophie le sentiment d'être retombée en enfance. Je te conseille de l'éviter autant que possible. Je l'ai prévenu, mais on ne sait pas de quoi il est capable si tu t'en prends à lui. On ne peut pas risquer que les autres découvrent qui tu es.

À peine calmée, Sophie jeta un regard courroucé au visage meurtri de son père :

– Il n'avait pas le droit !

– Non, c'est certain. Mais laissons ça de côté pour le moment, si tu veux bien.

Il se dirigea vers le frigo pour se servir un autre whisky, un peu plus généreux cette fois.

Sophie réfléchit en silence un court instant.

– D'accord. On oublie pour le moment. Mais à une condition : que tu me dises tout sur toi et Oncle Jack.

– Oh, pour l'amour du ciel, Sophie ! Tu n'as pas d'oncle Jack !

– Si. Puisque c'est ton frère…

– Demi-frère.

– Demi-frère… peut-être, mais quand même mon oncle. Je veux savoir pourquoi vous ne vous parlez plus depuis trente ans.

– Je te le répète, c'est une longue histoire. Et je ne suis pas sûr d'avoir envie de la raconter.

– Comme tu veux. Mais je te préviens, je ne partirai pas d'ici avant de l'avoir entendue, déclara-t-elle en se blottissant sur le canapé, les jambes repliées sous elle.

Puis, se servant un autre verre de vin, elle ajouta :

– Je t'écoute.

– Va au diable !

– Non. Raconte.

Sophie dégusta son chablis pendant qu'Enzo, le dos tourné, vidait son verre avant de le remplir de nouveau. Lorsqu'il releva la tête, ses yeux fixèrent son propre reflet sur la vitre. L'espace d'un instant, il eut l'impression que la fenêtre donnait directement sur son passé, qu'il se revoyait tel qu'il était à cette époque. Jeune homme gauche cherchant sa place dans le monde, essayant de se frayer un chemin.

– J'étais encore en primaire lorsque Jack est entré à l'université. Moi, encore un enfant et lui, déjà un jeune homme. Mais un jeune homme qui avait été élevé dans le monde fermé des pensionnats de garçons. Comme beaucoup de ses semblables, il ne savait pas comment nouer des relations avec le sexe opposé.

– Il n'y avait pas de soirées dansantes ?

– Si. Une fois par an. L'occasion pour les garçons d'embrasser des représentantes du sexe opposé aussi ignorantes qu'eux.

Il lui raconta sa propre expérience de ces évènements annuels où les hormones débridées de l'adolescence pulsaient dans les corps frustrés des filles et des garçons qui se lançaient des coups d'œil à travers la salle sans avoir la moindre idée de la manière dont ils devaient se comporter.

– Imagine qu'à l'époque, et même peut-être encore maintenant, tous les rôles féminins des pièces jouées à l'école étaient interprétés par des garçons.

Il sourit et ajouta :

– Une introduction précoce au concept du travestisme.

– Tu as été obligé de passer par là, papa ? s'esclaffa Sophie.

– Une fois, répondit Enzo sans pouvoir s'empêcher de rougir. On m'a habillé en geisha pour jouer une écolière dans *Le Mikado*, une opérette de Gilbert et Sullivan.

– Oh non ! Et je parie que tu n'as pas de photos, hein ?

– Même si j'en avais, je ne te les montrerais pas. J'en entendrais parler jusqu'à la fin de mes jours et je me retrouverais sur Internet avant d'avoir eu le temps de dire ouf.

Avec un petit sourire espiègle, Sophie marmonna :

– Ne pas oublier de fouiller dans les photos de famille de papa, à la recherche d'une preuve à charge.

Comme Enzo lui jetait un regard méchant, elle lui tendit la perche pour qu'il reprenne son récit à l'endroit où il l'avait interrompu.

– OK. Oncle Jack est donc parti à l'université sans rien connaître des femmes…

Un flot de souvenirs déferla sur Enzo, qui hocha la tête.

– Ça lui a posé de gros problèmes. Débordant de testostérone dont il ne savait que faire, il accumulait les échecs. En réalité, je pense qu'il était encore puceau au début de sa deuxième année de fac. Et c'est là qu'il s'est vraiment fourré dans la merde.

– Qu'est-ce qui s'est passé ?

Enzo ne savait pas exactement d'où il tenait tous ces détails. Des choses qu'il avait entendues de la bouche de Jack. Des ragots d'étudiants. Des conversations à mi-voix entre ses parents, surprises derrière des portes entrebâillées.

– Pour le Jour de l'An, un de ses amis organisait chez lui un réveillon. Il habitait une de ces grosses maisons de ville en grès rouge de Highburgh Road, dans les quartiers ouest. Son père était un grand manitou du barreau, qui avait divorcé depuis peu et déménagé ailleurs. Sa mère, Rita, était une… une espèce de créature diaphane. Presque un elfe. Belle à couper le souffle. Aussi délicate qu'un dessin d'Arthur Rackham. Elle était seule et triste, mais pleine d'expérience sur le plan sexuel. Elle a flashé sur Jack. Le soir même, paraît-il, elle l'emmenait dans son lit et le dépucelait probablement.

Captivée, Sophie ouvrait de grands yeux en essayant de se représenter la scène.

– Cette rencontre fortuite a changé la vie de Jack. Il est tombé amoureux de cette femme. Totalement, éperdument, corps et âme.

– Où est le problème ?

– Rita avait presque trente ans de plus que lui. Elle approchait de la cinquantaine.

– Et alors ? Une femme pleine d'expérience, un jeune homme sans expérience. Pourquoi n'auraient-ils pas dû en profiter ?

– Ils ne se sont pas contentés d'en profiter, Sophie. À partir de ce jour-là, Rita a tellement accaparé Jack qu'il a laissé tomber la fac avant la fin du second semestre et que, six mois plus tard, il se retrouvait marié.

– Ah.

– Oui. Ah.

Enzo se tut un instant. La famille Macleod avait alors connu une période de grande agitation dont Enzo avait été un peu plus qu'un simple spectateur fasciné.

– Mes parents ont fait tout leur possible pour l'en dissuader. Il n'écoutait jamais ma mère, évidemment, mais mon père non plus n'a pas réussi à le faire changer d'avis. Personne n'a réussi. Je suppose que si j'avais été plus âgé, j'aurais essayé moi aussi. À cette époque, je n'étais qu'un gamin à l'arrière-plan, conscient des tensions et des disputes mais toujours laissé en dehors de tout.

– Tu as assisté au mariage ?

– Bien sûr. On y était tous. Un mariage somptueux. Rita avait tout payé. Son divorce lui avait laissé une grande indépendance financière et elle était, en plus, propriétaire de cette grosse maison. Comme il avait abandonné ses études, Jack s'est senti obligé de travailler, autant par amour-propre que pour autre chose. Il a trouvé un boulot dans la fonction publique, bien inférieur à celui qu'il aurait pu obtenir s'il avait passé son diplôme. Pendant deux ans, on l'a à peine vu.

– Pourquoi ?

– Rita ne supportait pas qu'il sorte de la maison. Elle ne supportait pas qu'il la laisse toute seule. Elle s'isolait, déprimait, devenait de plus en plus hypocondriaque. Les rares fois où mes parents voyaient Jack, ils se rendaient bien compte que ça n'allait pas très fort. Rita ne venait jamais chez nous. Chaque fois qu'ils rendaient visite à Jack, elle se sentait *souffrante*, et montait se coucher.

– Ce devait être affreux pour lui. Et très gênant.

– C'était encore pire qu'on ne l'imaginait. En fait, on n'a découvert la vérité que bien plus tard. Il paraît qu'elle s'était mise à boire et à passer toutes ses journées au lit dans une chambre obscure aux rideaux fermés. Toujours fidèle et dévoué, Jack se pliait en quatre pour elle. Il lui montait ses repas dans sa chambre, s'occupait de son linge, payait les services d'une femme de ménage trois fois par semaine. Peu à peu, Rita lui a reproché d'être infidèle, jamais à ses côtés quand il le fallait, et de tout faire de travers. Elle l'engueulait sans arrêt, saisissait le moindre prétexte pour piquer une crise.

Enzo marqua une pause et regarda de nouveau son reflet dans la vitre, éprouvant rétrospectivement une plus grande sympathie pour Jack. À l'époque, il trouvait son demi-frère stupide et égoïste. Avec le recul, il se représentait mieux l'enfer qu'il avait dû vivre. C'était étrange comme le temps et l'expérience changeaient la vision qu'on avait des choses, apportaient une perspicacité nouvelle.

– Bref, un jour, en rentrant de son travail, il l'a trouvée pendue au bout d'une corde dans la cage de l'escalier. Elle lui avait laissé une lettre débordant d'égoïsme et d'apitoiement sur elle-même ; mais elle s'était arrangée pour renverser dessus un flacon de parfum qui avait délavé l'encre et effacé la plupart des mots. Il n'a donc jamais réellement compris les raisons de son suicide. Sinon qu'elle avait l'esprit dérangé. Il s'en est voulu, bien sûr, même s'il s'était toujours dévoué corps et âme pour elle. Rien ne pouvait le consoler.

– J'imagine, dit Sophie, en vidant son verre avant de le remplir à nouveau, prête à écouter la suite.

– Après l'enterrement, tout s'est compliqué. Jack aurait dû hériter de la maison, mais Rita n'avait pas fait de testament. L'ex-mari, qui avait acheté cette maison, ne voyait pas pourquoi il la lui céderait. Il a saisi la justice ; étant avocat lui-même, c'était gagné d'avance. Jack est revenu vivre chez nous.

– Ha ! Tu devais être content.

Enzo demeura silencieux un long moment avant de poursuivre :

– Notre appartement n'avait que deux chambres. Une pour mes parents, l'autre pour Jack. Petit, je dormais dans une alcôve de la cuisine fermée la nuit par un rideau ; quand Jack est parti, j'ai pris sa chambre.

– Et quand il est revenu, on t'a renvoyé dans ton coin ?

Enzo hocha la tête.

– Le coucou était de retour au nid. Enfin, plutôt le fils prodigue. Mes parents l'ont accueilli à bras ouverts. Mon père a tout fait pour lui, sauf tuer le veau gras.

– Et tu lui en as voulu ?

– Oui. J'étais en pleine adolescence. Pas l'âge le plus facile. La cuisine était le lieu où mangeait et vivait la famille. Il y avait toujours quelqu'un dans cette pièce, la plus chaude de la maison avec sa grosse cuisinière à charbon noire. Le salon ne servait que lorsqu'on avait des invités. Je n'avais plus aucune intimité. Et, à cet âge où on commence à se découvrir soi-même, l'intimité est importante.

– Il est resté combien de temps ?

– Jusqu'à mes dix-huit ans.

– Il ne s'est jamais mis avec une autre femme ?

– Pas tant que j'étais à l'école, non.

Aux prises avec ses souvenirs, Enzo se tut un instant.

– Après le lycée, j'ai obtenu une place à l'université de Glasgow. Mes parents m'ont autorisé à fêter ça à la maison avec des amis. J'ai invité une bande de copains de lycée. Et aussi une fille dont j'étais fou amoureux. Fiona. Je l'avais rencontrée à une soirée dansante ; on sortait ensemble depuis un an. Elle était grande, élancée, brune, sensuelle, et me menait par le bout du nez.

– Oh, oh ! Et Jack assistait à la fête.

– Comme il était à la maison, il pouvait difficilement faire autrement. Je crois qu'il impressionnait mes amis. C'était un adulte séduisant. Jeune mais plein d'expérience. Et beau garçon, en plus.

Enzo soupira et sirota son whisky d'un air songeur.

– Six mois plus tard, j'ai découvert que Jack et Fiona avaient une liaison.

– Depuis la fête ?

– Oui.

Il s'interrompit pour se ressaisir, étonné que cela lui fasse encore si mal au bout de tant d'années.

– C'était une double trahison, Sophie. De la part de ma petite amie et de la part de mon frère.

– Ton demi-frère, rectifia Sophie. Et alors ?

– J'ai eu une engueulade terrible avec Jack. J'avais le sentiment qu'il avait toujours foutu la merde dans ma vie et que c'était la goutte d'eau qui faisait déborder le vase. Me voler la première et la seule fille dont je tombais amoureux !

– On ne vole pas les gens, papa, tu le sais. Ma mère ne t'a pas volé, n'est-ce pas ?

– Ça n'a rien à voir ! s'emporta Enzo.

– Vraiment ?

– Oui. Ce qui m'a fait souffrir, ce n'est pas l'attirance que Jack et Fiona éprouvaient l'un pour l'autre. On ne peut rien contre ses sentiments. J'en sais quelque chose. C'est leur trahison. Ils m'ont menti, Sophie. Ensemble. Ils m'ont caché leur liaison. Fiona aurait pu me quitter simplement. Ça m'aurait brisé le cœur, mais la rupture aurait été propre et honnête. Au lieu de ça, elle a continué à jouer la comédie pendant six mois. Et lui aussi. Je n'étais pas seulement blessé, mais humilié.

– Tu ne leur as jamais pardonné, alors ? À aucun des deux ?

Enzo poussa un soupir exaspéré.

– On reste prisonnier de ces choses, Sophie. J'étais jeune. J'étais en colère, j'étais mortifié. Je ne pouvais plus supporter de rester dans la même maison que Jack. Comme je ne devais pas entrer à l'université avant l'automne, j'ai partagé un appartement avec quelques amis, dont la fille qui allait devenir la mère de Kirsty. Voilà comment je l'ai rencontrée, en fait, même si je la connaissais vaguement depuis deux ans. Je suis sorti avec elle pour oublier ma peine. Tout a été trop vite, bien sûr. On s'est mariés avant que j'aie le temps de comprendre que je commettais une grosse erreur.

– Et Jack et Fiona ?

– Ils se marièrent, eurent des enfants et, pour autant que je sache, vécurent heureux. La dernière fois que j'ai vu Jack, c'était à l'enterrement de mon père. Il y a trente ans.

***

Enzo se réveilla brusquement dans le noir. Il ne savait plus où il était ; au bout de plusieurs longues minutes de désorientation totale, Marc Fraysse et le meurtre non élucidé dans le buron en ruine lui revinrent à l'esprit. À la faible lueur de son réveil digital, sa chambre prenait peu à peu forme. Il regarda l'heure. Trois heures. Après le départ de Sophie, vers minuit, il était resté assis dans l'obscurité, à boire du whisky, plus que de raison, ressassant ces souvenirs qu'il avait volontairement ensevelis pendant presque toute sa vie d'adulte.

Il n'avait pas dormi plus d'une heure ou deux, et sentait poindre un léger mal de tête à cause du whisky dont il avait abusé. Quelque chose l'avait réveillé. Un cauchemar perturbant qui s'était envolé avec son sommeil, comme la fumée dans le vent.

Il repensa à Jack, en essayant de préciser le souvenir qu'il en gardait. Et, soudain, il se rappela un incident oublié depuis quarante-cinq ans. Un moment négligé, enseveli sous une avalanche d'autres souvenirs.

Enzo avait neuf ans, alors ; c'était sa première année à Hutchie, et la dernière de Jack. Les menaces et le bain forcé dans le bassin étaient des évènements depuis longtemps enfermés dans les compartiments ténébreux des souvenirs indésirables. En fait, après ça, il n'avait presque plus eu de contact avec Jack et ses amis.

À Hutchie, un groupe d'élèves de 3ème terrorisait les petits. De vraies brutes qui forçaient des garçons beaucoup plus jeunes qu'eux à piquer des bonbons, des jouets, des cigarettes, tout ce dont ils avaient envie.

Un jour, vers la fin de l'été, Enzo eut des ennuis avec eux. Sa tante venait juste de lui donner de l'argent pour son anniversaire. Il décida de le dépenser à la boutique de l'école en chips, chewing-gum et autres bonbons à partager avec ses copains. Ce qui le rendit soudain très populaire auprès des autres élèves de sa classe.

Attirées comme des mouches sur du crottin, les grosses brutes ne tardèrent pas à forcer le cercle de ses admirateurs pour faire main basse sur le butin. Enzo reçut alors sa première leçon sur ce qu'on peut appeler les amis de circonstance. En moins de deux secondes, ces derniers disparurent et le laissèrent se débrouiller seul.

Il ne se distinguait pas encore, physiquement, par la mèche blanche qui devait apparaître plus tard dans ses cheveux, mais il se distinguait déjà, moralement, par une obstination farouche. Devant son refus de se séparer de son trésor, les élèves de 3ème perdirent vite patience ; le meneur de la bande, un dénommé Andy, l'attrapa par le col et le projeta contre le mur ; tous les bonbons tombèrent par terre. C'est alors que, derrière eux, une voix perçante cria :

– Fichez lui la paix !

Andy et sa bande se retournèrent, curieux de voir qui était assez téméraire pour oser se mêler de leurs affaires et, en s'écartant, révélèrent la présence de Jack.

– De quoi je me mêle ? lança Andy.

Jack hésita un instant avant de répondre :

– C'est mon petit frère. Bas les pattes, compris ?

Enzo n'en croyait pas ses oreilles. Andy le regarda d'un air incrédule :

– Quoi ? Le *Rital*, ton frangin ?

Enzo vit Jack tressaillir et nier d'une voix chargée d'une colère presque trop intense :

– Ce n'est pas un *Rital* ! Je te casse la gueule si tu répètes ça une seule fois !

Un horrible rictus de mépris déforma le visage d'Andy.

– Ah ouais ? À toi tout seul ?

Bien qu'un peu plus jeunes que Jack, ces garçons étaient très costauds. Ils appartenaient tous à l'équipe de rugby de l'école. Seul face à eux, Jack ne recula pas. Il ordonna juste à son frère :

– Ramasse tes affaires et va-t'en.

Le voyant hésiter, il cria :

– ALLEZ ! VA-T'EN !

Enzo se dépêcha de récupérer ses friandises éparpillées sur le sol avant de filer vers les salles de classe, sans se retourner. Personne ne fit un geste pour l'arrêter. Tous les regards étaient fixés sur Jack.

Aujourd'hui, il éprouvait un sentiment aigu de culpabilité et de regret en se souvenant du retour de son frère à la maison. Couvert de sang et de bleus, il s'était enfermé dans sa chambre, tel un animal blessé, après avoir simplement dit à ses parents qu'il s'était blessé en jouant au rugby.

Jamais il n'aurait avoué qu'il avait reçu une raclée pour protéger Enzo. Aucun des deux frères n'en reparla, et l'incident ne fut plus jamais mentionné.

Pour une raison inexplicable, allongé dans le noir, l'haleine chargée de whisky et la tête pleine de souvenirs, Enzo sentit ses yeux se remplir de larmes.

Chapitre 22

Le lendemain matin, madame Fraysse semblait avoir les traits un peu tirés, comme si elle n'avait pas fermé l'œil de la nuit. Lorsque, par politesse, Enzo lui demanda si elle avait bien dormi, elle affirma que oui et s'assit à la table du petit-déjeuner avec un sourire qui manquait de naturel.

Elle tournait le dos au paysage comme si le fait d'y avoir été exposée pendant toutes ces années l'avait rendue insensible à sa beauté. Enzo, en revanche, ne pouvait en détacher son regard. Le temps avait encore changé. Le vent du nord avait chassé tous les cumulus chargés de pluie. S'infiltrant à travers le plafond nuageux, élevé et fragmenté, les rayons du soleil dessinaient sur le plateau des motifs mouvants d'or, de vert et de brun. Enzo était fasciné par leur caractère instable et imprévisible, comme celui de madame Fraysse peut-être, même si c'était son côté hermétique qui l'intriguait le plus.

Il la regarda verser son thé dans une élégante tasse en porcelaine, puis l'aspirer avec précaution entre ses lèvres pâles. De la vapeur s'éleva en volutes autour de sa bouche.

– Le jour de mon arrivée, commença-t-il, vous m'avez dit que Marc se rendait souvent à Paris en voiture pour enregistrer des interviews à la radio ou à la télévision.

– C'est exact.

– Et il revenait à temps pour le déjeuner ?

– Parfois, oui.

– C'est un sacré trajet, madame. Environ quatre heures de route, à en croire Google Maps.

– Sans doute. Mais Marc aimait les voitures rapides et il avait l'habitude de les pousser à fond. Je suis persuadée qu'il lui fallait quarante-cinq minutes de moins.

– Quand même… un aller et retour de près de sept heures avant le déjeuner… Où trouvait-il le temps de donner ses interviews ?

Pensant peut-être que l'Écossais mettait sa parole en doute, elle lui jeta un regard interrogateur.

– Il lui arrivait de partir la veille. Juste après avoir lancé le service du dîner. Il passait assez souvent à l'émission de France 2, Télé Matin. En direct. On lui trouvait un créneau entre 7h et 8h. Ensuite, il revenait à la maison. Parfois, mais très rarement, il partait plus tôt pour participer à l'une de ces tables rondes de fin de soirée. Quant aux enregistrements… eh bien, il avait une telle renommée que les animateurs s'adaptaient à ses horaires. Je l'ai vu régler le réveil à 2h du matin pour être à Paris à 6h, et revenir ici avant le déjeuner.

– Pourquoi se sentait-il obligé de participer à ces émissions ?

– Dans le cas où vous vous demanderiez si c'était pour flatter son ego, je vous répondrai oui. Dans une certaine mesure. Mais il y avait aussi une raison très pratique à cela, monsieur Macleod. Marc savait que pour attirer des clients dans un coin aussi perdu du Massif central, il faut se faire constamment voir et entendre. Si vous possédez un restaurant à Paris, ce n'est pas difficile de le remplir, surtout avec trois étoiles. Mais ici…

Elle jeta un regard au paysage avant de poursuivre :

– Quand on est bloqué loin de tout, on a intérêt à convaincre la montagne de venir à soi.

Enzo hocha la tête, en reprenant du café et un croissant.

– Et que faisait-il d'autre à Paris ?

Elle leva des sourcils étonnés, mais il lut dans son regard que sa surprise était feinte.

– Comment ça ?

– Je crois savoir que Marc était amateur de courses de chevaux. Enfin, plus qu'amateur. Il jouait tous les jours.

Toute chaleur disparut des yeux de la veuve, en même temps que le soleil se cachait derrière un nuage. Elle répliqua sur un ton glacial :

– Je ne suis pas certaine de comprendre où vous voulez en venir.

– Je me demandais s'il lui arrivait d'aller aux courses quand il montait à Paris.

– J'ignore où vous avez entendu dire cela. C'est totalement absurde.

– Je n'ai rien entendu, madame. Je posais juste la question.

Le visage de madame Fraysse s'était empourpré. Elle avait du mal à contenir sa colère. Était-elle sincère ou non, Enzo l'ignorait. Il remarqua seulement que, sous ses yeux, les cernes s'étaient assombris.

– Oui, il aimait parier, articula-t-elle d'une voix tendue. Tout le monde le savait. Mais il n'avait absolument aucun problème avec cela. Pas le moindre.

Repoussant sa tasse, elle se leva avec raideur :

– Maintenant, si vous voulez bien m'excuser, j'ai une matinée très chargée qui m'attend.

Enzo la regarda traverser la salle à manger à grandes enjambées, puis il se retourna pour admirer, dehors, le jeu kaléidoscopique des couleurs, si caractéristique du plateau. Et il se demanda pourquoi elle avait parlé de *problème*. S'il y pensait effectivement, il n'en avait rien dit, c'était elle qui avait prononcé le mot.

Chapitre 23

Enzo trouva Guy à la cave. La lumière du petit bureau, situé dans l'angle le plus éloigné, était allumée et se réfléchissait sur les précieuses bouteilles alignées du sol au plafond. Tout en s'avançant entre ces rangées d'or liquide, il prit conscience de la richesse, de la culture et de l'histoire qui l'entouraient.

Dès que sa silhouette massive s'encadra dans l'embrasure de la porte, Guy leva les yeux de son écran et sourit :

– Bonjour, Enzo. Bien dormi, j'espère ?

– Trop de whisky, répondit ce dernier avec une grimace.

– Ça ne vaut rien de boire tout seul, bon Dieu ! Vous auriez dû m'appeler.

Puis, désignant de la main son ordinateur, il ajouta :

– Je mets mes stocks à jour. On m'a livré ce matin un excellent bordeaux 2005. J'aimerais beaucoup en ouvrir une bouteille pour vous le faire goûter, mais l'inventaire doit passer en premier, malheureusement. *Du vin, du vin partout, et pas une goutte à boire !*

Enzo hocha la tête d'un air entendu.

– Vous connaissez vos poètes anglais, on dirait.

Prenant une pose théâtrale, le menton en l'air, Guy récita de mémoire :

– *Et chaque langue, à cause de l'horrible soif,*
Était desséchée jusqu'à la racine ;
Nous ne pouvions pas plus parler que si
On nous eût étouffés avec de la suie[1].

Enzo s'esclaffa :

– *La Complainte du vieux marin* !

– Imaginez un peu, Enzo, mourir de soif au milieu d'une eau qu'on ne peut pas boire. Je remercie le ciel de ne pas être alcoolique, gloussa-t-il. Je ne supporterais pas de posséder une telle cave et de ne pas avoir le droit d'en boire une seule bouteille.

– En l'occurrence, même si vous vivez cent ans, vous ne pourrez en boire qu'une partie.

– D'accord, mais je pourrai choisir à ma guise. C'est là le hic. Et aussi tout le plaisir.

Pivotant dans son fauteuil, il ajouta :

– Ça vous dirait de m'accompagner aux halles, un matin ? Marc se rendait trois fois par semaine à celles de Clermont-Ferrand. Je fais la même chose. Sans être un chef trois étoiles, je sais reconnaître un produit de qualité et je ne veux laisser à personne d'autre le soin de choisir à ma place.

– Ça me plairait bien, en effet.

– Parfait. Après-demain, alors. Au fait, vous vouliez me voir pour une raison précise ?

---

1 *La complainte du vieux marin*, Coleridge (1798), Traduction de Valery Larbaud, Librairie Léon Vanier (1901).

Enzo s'appuya au chambranle de la porte.

– Je voulais vous parler de Jean-Pierre Graulet.

– Le critique gastronomique ?

– Élisabeth a fait allusion à une forte inimitié entre Marc et lui. Je me demandais si vous pouviez m'en dire plus.

Guy éclata de rire en se tapant sur les cuisses.

– Oh, ça oui, je peux, Enzo ! Et comment ! C'est une de mes histoires préférées sur Marc. Bon sang, tant pis s'il est encore tôt ! Cette anecdote mérite qu'on ouvre une bouteille. Prenez un siège.

Sur ce, il disparut dans la pénombre de la cave pendant qu'Enzo s'asseyait dans un fauteuil très dur et gémissait intérieurement – il n'avait pas eu le temps de se remettre de son excès de whisky de la veille. Guy réapparut bientôt avec une bouteille de Château Margaux 2005 et, tout en procédant au rituel du débouchage annonça :

– Seulement huit pour cent de merlot et quatre-vingt-cinq pour cent de cabernet sauvignon. Le merlot avait une teneur en alcool de plus de 14 % à la récolte. Trop riche pour le Margaux. La plus grande partie a été utilisée pour le deuxième vin du château, le Pavillon Rouge.

Il remplit deux petits verres et en tendit un à Enzo, qui lança :

– Allez, *les poils du chien me tueront ou me sauveront.*

– Pardon ? Quels poils de chien ?

Enzo se mit à rire :

– Les Celtes ont bâti toute une culture autour de la nécessité de trouver un remède aux gueules de bois. Cette expression tire son origine d'une vieille croyance selon laquelle, pour éviter d'attraper la rage, il fallait mettre dans la plaie quelques poils du chien qui vous avait mordu.

– Ah, tiens ! Ça vaut le coup d'essayer, alors.

Guy huma le vin, le fit tournoyer dans son verre, le huma encore et en aspira une petite gorgée dont il humecta ses gencives. Son visage prit une expression d'extase.

– Oh ! Goûtez ça. Dites-moi ce que vous en pensez.

À son tour, Enzo aspira un peu d'air en même temps que le vin et sentit les arômes emplir sa tête.

– Sensationnel. Une harmonie merveilleuse.

– Oui, au début, on craignait qu'il soit trop tannique, mais il vieillit bien. Je ne vous dirai pas son prix.

Guy remplit les deux verres et dégusta le sien d'un air songeur.

– Graulet… oui. Un âne prétentieux. Un critique indépendant. Qui écrit pour plusieurs journaux parisiens et tient son propre blog. Juge autoproclamé de la bonne cuisine au nom de la plèbe ignorante. Il s'introduit dans les grands restaurants sous des déguisements variés, prend des photos en douce, parfois des vidéos, et les publie sur son blog. Persuadé que le Michelin symbolise tout ce qui est ennuyeux et démodé en matière de cuisine française, il adore prendre les trois étoiles pour cibles de ses critiques virulentes.

– Je croyais qu'il avait la réputation de *découvrir* ses propres restaurants de prestige.

– Mais oui, c'est ça. Il adore dénicher les génies méconnus œuvrant dans les cuisines d'obscurs bistros parisiens cachés dans des rues perdues, et les révéler au monde, gloussa Guy. J'en ai essayé quelques-uns ; je ne peux pas dire qu'ils m'aient particulièrement impressionné.

– Comment Marc et lui en sont venus à se déclarer la guerre ?

Enzo laissa glisser une gorgée de vin sur sa langue et sentit la chaleur réconfortante de l'alcool apaiser son mal de tête.

Guy se percha sur le bord de son bureau.

– Peu de temps après que Marc eut reçu sa troisième étoile, Graulet est venu tester en personne *le style Fraysse*. Il n'a pas cherché à se camoufler, et bien que tout le monde se soit mis en quatre pour lui plaire, il s'est montré très désagréable. N'ayant jamais été la cible de ses critiques, Marc était prêt à lui accorder le bénéfice du doute. Jusqu'à ce que, bien sûr, un article l'éreintant pour sa cuisine hors de prix, surfaite, mal cuite et dépourvue d'imagination paraisse la semaine suivante.

– Comment Marc a-t-il réagi ?

– Ça l'a d'abord rendu furieux. Puis, blessé. Et enfin déprimé. Pendant un mois, il a eu le moral à zéro. On pouvait lui dire ce qu'on voulait, rien ne réussissait à le sortir de cet état dépressif. Mais, le hasard faisant bien les choses, il devait se rendre à Paris le mois suivant pour s'agenouiller aux pieds des dieux Michelin.

– Que voulez-vous dire ?

Guy prit une autre gorgée de nectar avant d'expliquer :

– Chaque année, une procession de chefs trois-étoiles se présente devant le grand patron pour une sorte de rapport trimestriel. Ils défilent un par un au 46 avenue de Breteuil. Pas un seul ne manque ce pèlerinage. Même pas le grand Paul Bocuse. Marc était invité à se prosterner devant le directeur pour la première fois. Ce n'était plus le même que celui qui lui avait décerné sa troisième étoile. Nagellen avait été remplacé, cette année-là, par un certain Derek Brown. Un Anglais, bon sang ! Vous imaginez ? Un putain de *rosbif* nous apprenant, à nous, *les mangeurs de grenouille*, ce qu'est la bonne cuisine française ! En réalité, c'était un type très bien, ce Brown. Mais que cela reste entre nous.

Enzo sourit.

– Bref, à Paris, Marc a rencontré d'autres chefs trois-étoiles. Notamment deux victimes des attaques au vitriol de Graulet, qui manigançaient un petit complot. Quand ils lui ont proposé de se joindre à eux, Marc s'est empressé d'accepter, trop heureux d'y participer. À cette époque, un jeune chef, qui avait travaillé comme second chez l'un des deux, venait d'ouvrir un petit bistro à Clichy, dans la banlieue de Paris. Et c'est là qu'ils ont choisi de piéger Graulet.

À ce souvenir, Guy ne put s'empêcher de rire :

– Alerté par un informateur bien placé que ce bistro pouvait être une excellente *découverte* pour son blog, Graulet a réservé une table et s'est présenté incognito, sous un de ses déguisements absurdes, accompagné d'un groupe d'amis. Il ignorait bien sûr que chaque plat qu'il commanderait serait préparé spécialement pour lui, dans la cuisine, par l'un des chefs trois-étoiles dont il s'était moqué.

Avant de poursuivre, Guy remplit de nouveau leurs verres.

– Évidemment, son repas a été *sublime*. Et, dans son blog, il a encensé le jeune chef qu'il venait de *découvrir*. Mais, le lendemain, les trois mousquetaires, comme on les a surnommés par la suite, ont révélé aux médias que c'étaient eux qui, en réalité, avaient cuisiné les plats tant appréciés par Graulet.

– Graulet a dû se sentir complètement idiot, s'esclaffa Enzo.

– Complètement humilié, oui ! Il lui a fallu un moment avant de s'en remettre. Je ne sais pas pourquoi, il s'est mis dans la tête que l'idée de ce complot venait de Marc. En tout cas, il ne l'a plus jamais critiqué. D'ailleurs, à ma connaissance, il n'a plus jamais mentionné Marc dans ses articles, ni sur son blog. Jusqu'au jour bien sûr où, le premier, il a fait courir le bruit que Marc Fraysse allait perdre une étoile.

Le visage grave, il plongea son regard dans le liquide rouge foncé du verre qu'il tenait à la main.

– Ce qui, je n'en doute pas, a dû lui procurer le plus grand des plaisirs.

Chapitre 24

L'appartement de Dominique était situé au deuxième étage d'un immeuble bâti à flanc de colline, juste en contrebas du centre médiéval de Thiers. Des portes-fenêtres ouvraient sur un petit balcon qui dominait la basse ville et la vallée.

Il faisait déjà nuit à l'arrivée d'Enzo. Dehors, le scintillement des lumières de toutes ces habitations créait presque l'illusion d'un firmament inversé. Ravie de se faire un nouvel ami, Tasha, magnifique chienne golden retriever au poil soyeux, lui avait immédiatement sauté dessus. Aussitôt, il avait fait semblant de lutter avec elle et l'avait clouée au sol, en essayant surtout d'éviter la langue rose qu'elle tenait à tout prix à lui plaquer sur le nez. Dominique éclata de rire.

– J'ai l'impression que vous lui plaisez !

– Oui, moi aussi. Je possède un pouvoir incroyable sur les femmes. Elles sont incapables de me résister.

Dès qu'il réussit à retourner Tasha sur le dos pour lui frotter le ventre, la chienne se détendit, pattes repliées en l'air.

– Vous voyez ce que je veux dire ?

– Tant que vous n'essayez pas avec moi ! plaisanta Dominique.

Enzo sourit :

– Rabat-joie !

Puis, avisant quelques poils gris sur le museau, autour des moustaches, il ajouta :

– Elle n'est pas toute jeune. Vous devez l'avoir depuis longtemps ?

– Elle a dix ans, mais je ne l'ai que depuis un an. Elle faisait partie de la brigade des chiens renifleurs ; quand on les met à la retraite, on essaye de leur trouver un bon foyer, et j'ai eu la chance de me trouver au bon endroit au bon moment pour la récupérer. J'avais besoin de compagnie.

Allongé par terre à côté de Tasha, appuyé sur un coude, Enzo continuait à caresser doucement le ventre et le poitrail de la chienne.

– Elle est très belle.

– Je ne vous imaginais pas en ami des bêtes, dit Dominique avec un sourire affectueux.

– J'ai toujours adoré les chiens. Mais comme j'habite en ville et que je m'absente souvent, je ne me sens pas vraiment le droit d'en avoir un.

La jeune femme ramassa le bouquet de fleurs tombé à terre lorsque Tasha s'était jetée sur Enzo.

– J'imagine qu'elles sont pour moi ?

– Non, pour Tasha ! Pour vous, j'ai une bouteille de vin.

– Vous êtes un drôle de personnage, monsieur Macleod.

– Enzo.

Il se releva. Prête à poursuivre le jeu, Tasha l'imita. Dominique pointa alors un doigt en l'air et souffla entre ses dents en signe d'avertissement, comme un vrai chef de meute. Tasha s'immobilisa aussitôt et la regarda avec des yeux tristes qui s'écarquillèrent et s'animèrent à la vue de la balle en caoutchouc noir de la taille d'une balle de tennis brandie par sa maîtresse.

– Au lit ! ordonna cette dernière.

Obéissante, la chienne traversa immédiatement le living room au petit trot en direction d'un grand panier doublé de couvertures, calé contre un mur. Dominique la suivit et lui tendit la balle ; Tasha s'empressa de la saisir entre ses pattes pour la mâchouiller avec délice.

– Elle adore cette balle. Je peux lui faire faire à peu près n'importe quoi si je la récompense avec ce jouet.

Enzo brossa ses vêtements avec les mains, resserra sa queue-de-cheval, et dit :

– Normal, elle a été dressée pour.

– Comment ça ?

– Le dressage des chiens renifleurs repose sur la récompense. Et la récompense se mange rarement. C'est presque toujours un jouet favori.

Tout en suivant Dominique dans la cuisine, où elle remplit d'eau un vase avant d'y disposer les fleurs, il ajouta :

– Les chiens n'ont aucun intérêt particulier à trouver de la drogue, des armes ou autre. Seule la récompense les motive. C'est le jeu qui les passionne, avec le jouet en guise de récompense. Certains sont complètement obsédés par leur jouet. Et plus ils sont obsédés, mieux ils font leur travail.

– Je l'ignorais, avoua Dominique. Vous êtes un véritable puits de science !

Enzo se mit à rire.

– J'ai travaillé avec des chiens pendant mes études d'expertise médico-légale, à Londres.

Puis, humant l'air, il s'exclama :

– Mmmm, ça sent bon !

– Le dîner sera prêt dans une minute. J'ai simplement préparé des lasagnes. Rien d'extraordinaire. Nous dînons en famille, ce soir.

– Des pâtes ne peuvent que combler un homme qui s'appelle Enzo.

Dominique sourit :

– Si vous ouvriez la bouteille de vin et que vous nous en serviez un verre ? Vous en trouverez sur la table, près de la fenêtre, dit-elle en indiquant du menton la petite pièce adjacente à la cuisine, où des bougies allumées dessinaient des ombres dansantes sur les murs.

Enzo emporta la bouteille dans la salle à manger. Une table ronde était dressée devant l'une des portes-fenêtres qui donnaient sur le balcon. Les soirs d'été, quand elle était ouverte, ce devait être agréable de dîner quasiment en plein air, ou même de prendre carrément un café ou un digestif dehors. Et d'y admirer les couchers de soleil.

Il regarda la nappe blanche immaculée, les anneaux en onyx autour des serviettes roses. Trois bougies allumées plantées dans des bougeoirs, en onyx eux aussi, jetaient une lueur orange pâle sur les assiettes de présentation dorées encadrées de couverts étincelants. Une petite poignée de feuilles jaunes et rouges ajoutait une note automnale à l'ensemble. Il se sentit à la fois touché et excité par ces préparatifs spécialement effectués à son intention.

L'espace d'un instant, la pensée qu'elle devait être bien seule, privée d'amour, de chaleur et de relations sexuelles, le remplit de tendresse.

– Vous avez servi le vin ?

Surpris, Enzo se retourna, la bouteille à la main, et vit Dominique qui le regardait depuis le seuil de la porte.

– J'allais le faire, répondit-il en remplissant les deux verres. Venez le goûter.

Ils burent en silence une gorgée de côtes-du-rhône.

– Délicieux, approuva-t-elle.

Enzo posa son verre sur la table, prit celui de Dominique pour le poser à côté, et serra les mains de la jeune femme dans les siennes. Devant son air étonné, il dit :

– Je voulais juste vous remercier.

– Pour quoi ? demanda-t-elle en riant.

– Pour tout ça.

Presque sans se rendre compte de ce qu'il faisait, il l'attira contre lui. Aussitôt, il sentit ses bras lui entourer la taille. Alors, du bout des doigts, il écarta une mèche de son front et vit ses yeux de biche se lever vers lui. Mais, tout aussi soudainement, elle se mit à rire et lança :

– Ne le dites pas trop vite. Attendez d'avoir goûté mes lasagnes.

Un peu gênés l'un et l'autre, ils restèrent un instant immobiles jusqu'à ce qu'elle s'écrie :

– Oh, je crois que ça sent le brûlé !

Il la laissa courir à la cuisine, sachant pertinemment que ce n'était pas vrai et qu'elle avait inventé ce prétexte pour fuir une situation que, de son côté, il aurait aimé ne jamais interrompre. Peut-être se sentait-il aussi seul qu'elle, après tout.

En entrée, elle avait prévu du foie gras et des toasts présentés sur une assiette parsemée de fleur de sel et de petites boules de confit de figue. Elle avait également ouvert une bouteille de monbazillac, dont la douceur accompagnait parfaitement la saveur salée du foie.

– Voilà le summum de ma haute cuisine, dit-elle. Et je n'ai rien préparé, à part les toasts grillés. J'ai suivi huit semaines de cours pour apprendre à faire ça.

– En effet, ça exige une sacrée technique. Moi, je fais toujours brûler les miens.

Le rire spontané de Dominique le réjouit. Il capta son regard, le soutint et ajouta :

– J'aimerais beaucoup vous inviter à goûter ma cuisine un jour.

– Mmmm. Des toasts brûlés. Rien de tel pour conquérir le cœur d'une femme.

– C'est bien mon avis.

Elle débarrassa les assiettes avant d'aller sortir les lasagnes du four. Une bonne odeur de fromage fondu, bœuf, tomates et herbes s'échappant de la cuisine rappela à Enzo son enfance et les plats italiens de sa mère, lasagnes, spaghetti à la bolognaise ou à la sauce tomate maison. Il n'en avait jamais goûté de meilleurs depuis. Il se demanda ce que Jack gardait comme souvenir de cette époque, si toutefois il lui arrivait d'y penser. Jack avait eu pour la mère d'Enzo une aversion proche du racisme.

– À quoi pensez-vous ?

Interrompu dans sa rêverie par l'arrivée de Dominique portant un plat fumant qu'elle posa sur la table, il répondit :

– À la cuisine de ma mère, quand nous étions enfants.

– Nous ? Je croyais que vous n'aviez ni frère ni sœur.

Son cœur fit un bond. Comme il était facile de se laisser piéger par ses mensonges.

– Je voulais parler de mes cousins et moi.

Elle servit sur chaque assiette une portion généreuse de lasagnes, disparut de nouveau puis revint avec un saladier. Tout en regardant Enzo en prélever quelques feuilles, elle dit :

– Je pensais…

– C'est parfois dangereux, la coupa-t-il en souriant.

Mais Dominique poursuivit d'un air très sérieux :

– À vous et Charlotte. Ce n'est pas juste, Enzo. Elle n'a pas le droit de vous interdire de voir votre fils.

Peu désireux d'en discuter, il haussa les épaules :

– C'était le marché.

– Au diable le marché ! s'écria-t-elle. Elle a menacé de tuer votre enfant si vous n'acceptiez pas de rester à l'écart. C'était cruel et injuste, vous n'aviez pas le choix. Mais, maintenant, elle ne peut plus vous menacer de le supprimer. Ça change tout. Vous avez toutes les cartes en main pour revendiquer vos droits de père. Vous devez la rencontrer, Enzo, exiger qu'elle vous laisse voir votre fils.

L'emportement de Dominique le laissa sans voix.

– Je ne cesse d'y penser depuis que vous m'en avez parlé, continua-t-elle. Ça m'empêche presque de dormir. Ce n'est pas juste !

Profondément touché par l'indignation de la jeune femme et l'intérêt qu'elle lui manifestait, Enzo lui prit la main et la serra doucement.

– On dirait ma fille, dit-il.

– Laquelle ?

– Eh bien, les deux, en fait. Et je n'ai pas fini d'en entendre parler.

– Elles ont raison. Il n'est pas seulement votre fils, il est leur frère. Ça les concerne aussi.

Enzo hocha lentement la tête. C'était la première fois qu'il envisageait la situation sous cet angle. Ses filles n'avaient jamais évoqué cela, elles s'étaient juste indignées en son nom.

– On verra, dit-il en plongeant sa fourchette dans les lasagnes.

Ils mangèrent en silence pendant quelques minutes.

– Je suis désolée, s'excusa Dominique. Il fallait que ça sorte.

– Ne regrettez rien. Votre sollicitude me touche. Sincèrement.

– Je ne voulais pas gâcher cette soirée.

– Elle ne l'est pas. Ces lasagnes sont délicieuses.

Elle se força à rire :

– Aussi bonnes que celles de votre mère ?

– Vous ne pouvez pas poser cette question à un homme, Dominique. Ce n'est pas juste de lui demander de choisir entre sa mère et une autre femme.

– D'accord, admit-elle en riant plus franchement.

– Disons que mon père serait tombé immédiatement amoureux de vous.

Les joues rouges, elle répliqua :

– Et son fils ?

– Son fils est bien trop vieux pour vous, dit-il en souriant.

Mais aussitôt, Enzo se souvint avec un pincement au cœur de l'argument de l'âge avancé par Charlotte : il était assez vieux pour être le grand-père de l'enfant à naître, et elle ne souhaitait pas cela à son enfant.

– On a déjà abordé le sujet, insista Dominique.

Prisonnier du regard sombre que faisait briller les bougies, il dit simplement :

– En effet.

Puis, portant son verre à ses lèvres pour se rincer le palais après les lasagnes, il lança :

– Vous savez, j'ai repensé à la pochette que Marc Fraysse portait à sa ceinture.

– Ah, fit Dominique avec un petit sourire triste.

Elle se cala contre le dossier de sa chaise et leva son verre à son tour :

– Voilà une façon subtile, ou pas très subtile, de changer de sujet.

– Non, rétorqua-t-il en souriant. Ça m'obsède depuis que je suis arrivé ici.

– Ah bon ? Pourquoi ?

– Tasha.

Dominique fronça les sourcils.

– Je ne comprends pas.

– Vos supérieurs se sont appuyés sur la disparition de cette pochette pour avancer l'idée que le mobile du meurtre pouvait être le vol, exact ?

– Oui.

– Mais il est assez peu probable qu'un jogger emporte sur lui des objets de valeur. Même si l'assassin de Marc avait voulu le dévaliser, un simple coup d'œil à la pochette suffisait à comprendre qu'elle ne présentait aucun intérêt. S'il avait convoité le téléphone, il l'aurait pris, c'est tout.

– Sans doute.

– Pourquoi s'embarrasser de la pochette, alors ?

– Pour faire croire à un vol ? suggéra Dominique.

– Exactement.

– Peut-être qu'il n'a pas regardé son contenu avant de s'être éloigné du lieu du crime ?

– Dans ce cas, il aurait probablement pris le téléphone et jeté le reste. Il n'aurait certainement pas eu envie qu'on la trouve en sa possession.

– Où voulez-vous en venir ?

– Vous m'avez dit que les environs ont été fouillés.

– Oui. Par les techniciens de la police scientifique. Ils n'ont rien trouvé.

– Quel genre de chose Tasha a-t-elle été dressée à détecter ?

Dominique haussa les épaules.

– Je ne sais pas. Tout ce qu'on lui donnait à sentir, je pense.

– Si on lui faisait sentir un objet ayant appartenu à Marc Fraysse, et qu'on la lâche devant le buron, elle détecterait ce qui conserve encore son odeur ?

– Au bout de sept ans ? C'est peu probable, non ?

– Le temps a effacé toutes les traces. Mais les odeurs peuvent persister pendant des années.

Dominique hocha la tête d'un air sceptique.

– Ça vaudrait peut-être la peine d'essayer, en tout cas.

Elle vida son verre et le remplit de nouveau avant d'ajouter :

– Je me souviens d'un foulard hérité de l'une de mes tantes quand j'étais petite ; j'avais beau le porter très souvent, il a gardé son odeur pendant des années.

– Alors, on emmène Tasha là-haut, dès demain matin ?

– D'accord.

– N'oubliez pas d'emporter sa balle. C'est le jeu, vous vous rappelez ?

Puis, nettoyant son assiette avec un morceau de pain, il déclara :

– C'était délicieux. Ma mère vous aurait détestée.

***

Pour le dessert, il y avait de la mangue fraîche coupée en tranches, avec de la glace à la vanille. Après le dîner, ils s'installèrent sur le canapé du salon, à la lueur des dernières braises du foyer, et burent du café et de l'armagnac sous le regard attentif de Tasha. Assise de biais, une jambe repliée sous elle, l'autre relevée jusqu'au menton, les mains croisées sur le tibia, Dominique écoutait Enzo parler de la formation qui l'avait amené à devenir un expert dans l'analyse des meurtres en série, un spécialiste de l'interprétation des traces de sang sur les scènes de crime.

– Quel sujet de conversation génial pour une soirée romantique ! s'esclaffa-t-il soudain.

Elle secoua la tête.

– Qu'est-ce qui a bien pu vous faire abandonner ça ?

– L'amour, répondit-il simplement.

– Elle devait être vraiment exceptionnelle.

– En effet.

– Elle vous manque toujours ?

– Il ne se passe pas un jour sans que je pense à elle. Et je la vois chaque fois que je regarde notre fille, Sophie.

– Vous n'avez jamais songé à nouer une relation sérieuse avec quelqu'un d'autre ?

– Si. Avec Charlotte. Mais ce n'était sérieux que pour moi. Elle tenait trop à son indépendance.

– L'indépendance n'est parfois qu'un synonyme de solitude.

Enzo tourna la tête vers Dominique, qui lui parut très jolie dans cette lumière tamisée, avec son jean étroit, sa chemise blanche aux manches retroussées jusqu'aux coudes, ses pieds nus.

– Vous vous sentez seule, Dominique ?

Elle hésita un long moment avant de répondre :

– Très.

Quand Enzo lui caressa la joue du bout des doigts, elle se déplia pour se rapprocher de lui et emprisonner son visage dans ses mains. Ils étaient si près qu'il sentait son souffle sur sa peau. Leurs lèvres se touchèrent sans que ni l'un ni l'autre eut l'impression d'en avoir pris l'initiative. Un baiser très doux, plein de tendresse.

– Vous pouvez rester si vous voulez, murmura-t-elle en se reculant un peu.

Il sentit son estomac se contracter et un profond désir monter en lui.

– Oui.

Chapitre 25

Le vent était tombé à l'heure où Enzo repartit de Thiers dans l'air froid et curieusement immobile de l'aube. Il voulait regagner sa chambre avant que quiconque s'aperçoive qu'il n'y avait pas passé la nuit. Mais il avait aussi une autre raison de vouloir être de retour avant le petit-déjeuner.

Il gara sa voiture sous les branches dénudées des platanes. Tout en traversant l'épaisse couche de feuilles accumulée devant l'entrée, il sentait rayonner au fond de lui une source de chaleur ; il avait encore le goût de Dominique sur les lèvres, la sensation de son corps entre ses bras, de sa tête sur son épaule, où elle était restée toute la nuit, plongée dans le sommeil.

Bien qu'ayant très peu dormi, Enzo se sentait beaucoup plus détendu qu'il ne l'avait été depuis longtemps. Savourant l'impression de bien-être après l'amour, il avait juste somnolé par intermittence, bercé par des rêves vaguement érotiques qui lui échappaient dès qu'il reprenait conscience. En fait, il avait eu peur, s'il dormait, de ne pas profiter au maximum du contact de cette peau féminine contre la sienne, de la proximité et de la chaleur de cet autre être humain couché à côté de lui.

Anne Crozes avait déjà pris place derrière le comptoir de la réception lorsqu'il franchit la porte à tambour, entraînant avec lui l'air froid du petit matin. Il lui jeta un coup d'œil et remarqua son air interrogateur, comme si elle se demandait ce qu'il pouvait faire dehors à une heure pareille. Mais elle n'allait certainement pas lui poser de question, et il ne lui donnerait aucune explication. La saluant d'un signe de tête, il se dirigea tout droit vers l'escalier.

Une fois dans sa suite, il passa rapidement sous la douche puis s'habilla, sans cesser de vérifier l'heure à sa montre. D'habitude, Élisabeth descendait prendre son petit-déjeuner à huit heures tapantes. Aujourd'hui, il ne voulait surtout pas rater cet instant.

Vers 7 h 55, adossé au mur jouxtant sa porte, il attendit, l'oreille aux aguets. Il y eut deux fausses alertes : un client se rendant à la salle à manger ; une femme de chambre apportant le plateau du petit-déjeuner à un autre.

Finalement, un peu plus tard que les matins précédents, des pas rapides amortis par l'épaisse moquette se firent entendre. Dès qu'ils se furent éloignés, Enzo entrouvrit sa porte et vit Élisabeth s'éloigner vers l'escalier.

Il lui laissa le temps de s'installer dans la salle à manger avant de sortir de sa chambre. Dans le couloir, il s'arrêta devant la porte du bureau de Marc Fraysse, tourna la poignée et fut dépité de constater qu'elle était bloquée. Il se demanda aussitôt si Élisabeth s'était aperçue de son incursion précédente, puis il écarta cette idée. C'était une réaction classique de fermer l'écurie une fois que le cheval s'était échappé. Seulement, cette fois, le cheval revenait et ne pouvait plus entrer.

Il jura entre ses dents. Ça compliquait les choses. Il continua en direction de la suite d'Élisabeth, en espérant, sans trop y croire, qu'elle ne serait pas fermée à clef. À sa grande surprise, la porte s'ouvrit dès qu'il tourna la poignée. Le cœur battant, il se glissa rapidement à l'intérieur de la pièce.

Conscient de dépasser les limites, sans retour possible en arrière s'il était pris, il traversa comme un fantôme le salon glacial avant de pénétrer dans la chambre, plus chaude et imprégnée d'odeurs. Draps et couvertures étaient négligemment rejetés d'un côté du lit ; une chemise de nuit rose gisait en tas sur le sol. Madame Fraysse laissait au personnel le soin de s'occuper de ce genre de choses.

Les vêtements autrefois portés par Marc étaient suspendus dans l'armoire. Chemises, vestes, pantalons. Peu de chance que son odeur ait survécu au lavage en machine ou au nettoyage à sec. Les yeux d'Enzo parcoururent la rangée de chaussures alignées sous les vêtements. Mais, quitter l'hôtel en dissimulant une chaussure risquait de se révéler plus facile en théorie qu'en pratique. L'autre moitié de l'armoire contenait des sous-vêtements – chaussettes, tee-shirts, caleçons repassés, rangés sur des étagères – et, en haut, une pile d'écharpes soigneusement pliées.

Cela lui rappela l'histoire de Dominique et du foulard portant encore l'odeur de sa tante. En général, les foulards sont mis un jour, puis laissés de côté avant d'être utilisés à nouveau, et ainsi de suite. Ce n'est pas le genre de chose qu'on lave très souvent.

Il s'empara d'une écharpe en soie à motif cachemire doublée de laine couleur poil de chameau. En la dépliant, il repéra aussitôt des cheveux du défunt qui s'y étaient accrochés par endroits. Il la leva à hauteur de son nez pour la sentir. Une légère odeur d'humidité s'en dégageait, assez semblable à celle d'un objet entreposé dans une cave. Plus un soupçon de parfum. Peut-être un after-shave. Et quelque chose d'autre aussi, une note légèrement rance d'odeur corporelle. À n'en pas douter, c'était ce qu'il pouvait trouver de mieux.

Le bruit de la porte du salon en train de s'ouvrir lui glaça le cœur. Figé sur place, presque paralysé, il dressa l'oreille. Il entendit Élisabeth se racler la gorge ; il était pris au piège. Son cerveau se mit à cogiter à la vitesse de la lumière, calculant les solutions qui s'offraient à lui. Il y en avait peu. Aussi cela lui prit-il peu de temps.

Il referma l'armoire et s'avança vers la porte du bureau de Marc avec autant de précaution que s'il marchait sur du verre. Si cette porte était verrouillée, il était fichu. À son immense soulagement, la poignée tourna entre ses doigts et le battant s'ouvrit avec un très léger craquement ; dans la tête d'Enzo, il résonna aussi fort qu'une scie coupant du métal. Juste au moment où il la refermait derrière lui, il entendit celle de la chambre s'ouvrir.

Paniqué, il parcourut des yeux la pièce. Aucune cachette possible. Puis il vit la clé dans la serrure. En trois enjambées, il atteignit la porte donnant sur le couloir, tourna la clé et sortit juste au moment où s'ouvrait celle entre la chambre et le bureau.

Il se précipita vers sa suite tout en cherchant fébrilement sa carte magnétique et, une fois à l'abri, s'adossa au mur, haletant, le cœur battant à cent à l'heure contre ses côtes. Si quelqu'un essayait d'ouvrir la porte du couloir, il ou elle s'apercevrait qu'on l'avait déverrouillée de l'intérieur. Mais personne ne l'avait vu, et il n'avait laissé aucune trace. Rien ne pouvait l'accuser. N'importe quel membre du personnel pouvait l'avoir ouverte et oublié de la refermer à clé.

Il baissa les yeux vers l'écharpe serrée dans sa main. C'était la première fois qu'il prenait autant de risques, mais il lui fallait absolument une preuve, une preuve tangible. Un point de départ. Sinon, il le savait, il avait peu de chance, sinon aucune, de découvrir qui avait assassiné le plus célèbre de tous les chefs de France.

Chapitre 26

Enzo retrouva Dominique sur le parking, au pied de la piste menant à travers bois jusqu'au vieux buron. Il gara sa 2CV à côté du fourgon bleu de la gendarmerie et fut affectueusement assailli par Tasha qui, complètement excitée, se mit à danser et sauter autour de lui comme un derviche tourneur devenu fou.

Un moment de gêne étrange s'installa entre Dominique et lui, une sorte de distance créée par l'uniforme. Toute l'intimité de la veille s'était évanouie. S'embrasser aurait paru trop incongru. Comme si, par un accord tacite, ils avaient décidé de faire passer le travail avant le plaisir. Après tout, ils étaient là pour enquêter sur un meurtre.

– Tu as trouvé quelque chose ?

Enzo hocha la tête et tapota la bosse sous son anorak.

– Une écharpe. Avec quelques cheveux dessus.

– Bien. Allons-y.

Ils attaquèrent l'ascension au milieu des arbres. Une légère bruine tombait autour d'eux, trempant tout ce qu'elle touchait. Tasha courait devant, aboyant après des ombres, flairant des odeurs de chevreuil ou de lapin, zigzagant entre les pins.

Lorsque, finalement, ils émergèrent de la forêt, Enzo sentit la pluie s'infiltrer jusqu'au tréfonds de son âme. Son pantalon et le col de sa chemise étaient trempés, ses cheveux plaqués sur son crâne, ses pieds humides. Dominique s'arrêta pour l'attendre et tourna vers lui un visage rose et luisant. Savourant sa liberté, Tasha sautait déjà dans les herbes jaunies, sans se soucier du chemin.

Ils suivirent la piste qui revenait en arrière avant de grimper en pente raide vers le plateau. L'ombre du buron apparut soudain comme un fantôme à l'horizon. Lorsqu'ils l'atteignirent enfin, ils entrèrent se mettre à l'abri, le temps qu'Enzo retrouve son souffle.

Puis Dominique appela Tasha, qui accourut en bondissant et les rejoignit à l'intérieur. Elle ordonna à la chienne de s'asseoir avant de demander à Enzo l'écharpe de Marc Fraysse pour la lui donner à flairer. Tasha enfouit son museau dans la laine, renifla avec beaucoup d'intérêt toutes ces odeurs nouvelles et inattendues, ses millions de minuscules récepteurs enregistrant et traduisant en messages codés les informations envoyées au cerveau.

Dominique la regarda assimiler le parfum laissé dans ce monde par un homme décédé depuis plus de sept ans.

– C'est stupéfiant. Comme si son odorat était plus important que sa vue.

– Il l'est, dit Enzo. Chez le chien, l'odorat crée une sorte d'architecture du monde que le cerveau traduit en image mentale. L'odorat de Tasha est mille fois supérieur au nôtre. Avec ses deux cents millions de récepteurs olfactifs, elle peut détecter des odeurs cent millions de fois plus diluées que celles que nous sommes capables de sentir. Si on le lui demandait, elle pourrait détecter une goutte de sang diluée dans cinq litres d'eau.

Dominique le regarda avec des yeux ronds.

– Tu en sais des choses.

– Eh oui, fit-il en souriant.

Dominique sortit de sa poche la balle noire. Aussitôt, la chienne abandonna l'écharpe pour fixer son attention sur l'objet de son obsession, mais Dominique la cacha vite derrière son dos et lui remit l'écharpe sous le nez.

Tasha avait été bien dressée. Elle se souvint du jeu et, les yeux brillant d'excitation, se mit à aboyer en voyant Dominique lever la balle hors de sa portée et montrer la porte en criant :

– Allez ! Va !

Elle bondit sous la pluie. Enzo et Dominique s'efforcèrent de la suivre tandis qu'elle courait de droite à gauche, la truffe au ras du sol, totalement concentrée sur l'odeur qui, elle le savait, lui ferait gagner sa récompense. Pendant un moment, elle resta sur le chemin, au-dessus de la ligne des arbres, puis fila à toute vitesse entre les rochers du plateau, levant de temps à autre la tête pour humer l'air et les différentes senteurs qu'il transportait.

Au bout d'une quinzaine de minutes, son obsession l'avait entraînée de plus en plus loin du buron, sans succès. Enzo et Dominique avaient du mal à la suivre. Quelque chose dans l'immensité de l'espace sur le plateau, et dans l'épaisseur de la forêt à flanc de coteau, amena Enzo à se demander s'ils avaient le moindre espoir de découvrir un indice. Autant chercher une aiguille dans une botte de foin ; mais même cette expression semblait inadaptée à l'énormité de la tâche confiée à la chienne, et à la probabilité de détecter une chose qui ne s'y trouvait peut-être même pas.

Les mains sur les hanches, Dominique lança :

– Je crois qu'on perd notre temps.

Elle cria le nom de Tasha. Mais sa voix se perdit sous la pluie. L'obstination rendait la chienne sourde, ou du moins insensible aux appels de sa maîtresse. Elle disparut entre les arbres, deux ou trois cents mètres plus loin. Dominique soupira et leva les yeux vers les nuages bas qui semblaient en suspension juste au-dessus de leurs têtes. La pluie s'était transformée en bruine.

– Elle va finir par abandonner, dit Enzo. On ferait mieux de retourner à l'abri. Elle sait où nous trouver.

D'un pas lourd, ils retraversèrent le plateau en direction du vieux buron en ruine. Serrés dans le noir et l'humidité, sous les lauzes encore intactes, ils contemplèrent le paysage lugubre. En contrebas, la vallée avait été avalée par les nuages et la pluie. L'air était si glacial qu'Enzo ne se rappelait pas avoir jamais eu aussi froid. L'air résigné, Dominique leva les mains pour s'appuyer au linteau de pierre fendu.

– Qu'est-ce que tu vas faire quand ce sera terminé, ici ?

– Je retournerai à Cahors, et à l'université de Toulouse. Dans quelques mois, je commencerai à étudier la sixième affaire.

Elle hocha la tête, sachant que cet homme qui était entré d'une manière aussi inattendue dans sa vie en sortirait aussi soudainement. En vingt-quatre heures, tout avait changé, et pourtant rien n'avait changé.

– Ce sera ton premier échec ?

– Je n'ai pas encore renoncé, répondit Enzo avec un petit sourire en coin.

– Mais tu n'as aucune preuve tangible. Rien sur quoi t'appuyer. Et tu en as besoin, non ? En fait, tu n'en sais pas plus qu'avant ?

– J'en sais beaucoup plus sur Marc Fraysse. Je sais que son frère et lui sont restés fâchés pendant près de vingt ans, et qu'Élisabeth était la cause de leur dispute. Je sais que Marc avait un problème avec le jeu. Je le sais par Élisabeth, même si elle a prétendu le contraire. Il souffrait d'une véritable addiction, c'est certain, et devait beaucoup d'argent à quelqu'un. Je sais aussi qu'il avait une liaison avec la femme de son second. Une liaison à laquelle il a brusquement mis fin quelques jours avant d'être assassiné.

Ils avaient déjà tout passé en revue ensemble, la veille, mais en résumant maintenant les faits de cette manière, il se rendait compte qu'il lui manquait peu de choses pour toucher au but. Et il vit dans les yeux de Dominique qu'elle aussi le sentait.

Au loin, Tasha se mit soudain à aboyer. Un aboiement dont l'écho étouffé se répercuta entre les arbres, absorbé par l'humidité, mais répété, insistant.

– Oh, mon Dieu, s'inquiéta Dominique, j'espère qu'elle n'est pas blessée. Je sais que des braconniers sont passés par là récemment. Je suppose qu'ils ont posé des pièges. Je n'avais pas pensé à ça.

À cet instant, les aboiements de Tasha se firent plus rauques, s'étranglant presque en un gémissement. Dominique se rua vers la forêt, suivie par Enzo qui, rempli d'un affreux sentiment de culpabilité, savait qu'il ne se le pardonnerait jamais s'il était arrivé quelque chose à la chienne.

Au fur et à mesure qu'ils approchaient de la ligne des arbres, les aboiements devenaient de plus en plus frénétiques. Dominique s'enfonça tant bien que mal au milieu des broussailles, et, toujours suivie d'Enzo, finit par tomber sur un passage d'animal qui coupait à travers bois. Mais, pendant la nuit, des araignées avaient travaillé et tissé en travers de ce territoire vierge des toiles qui, gorgées d'eau, se collaient à présent sur leur visage.

Ils aperçurent enfin Tasha en contrebas, dans une petite clairière, une zone de fougères aplaties par des animaux, probablement des chevreuils. Des rochers couverts de mousse émergeaient de la pente, dénudés ici et là par des mini coulées de boue. Un arbre déraciné barrait le chemin. Enzo l'escalada tant bien que mal derrière la jeune gendarme. Tasha grattait frénétiquement le sol au pied d'un rocher. Sans cesser d'aboyer et de gémir d'excitation.

Dominique s'accroupit à côté d'elle et reçut en signe de bienvenue un grand coup de langue sur la figure et deux pattes boueuses sur les cuisses. Dès qu'elle lui présenta la balle noire, Tasha la lui arracha des mains puis s'écarta pour la mâchonner en grognant, la laissant parfois tomber pour la rattraper aussitôt. Mission accomplie. Obsession récompensée.

Enzo s'accroupit à son tour près de Dominique :

– Qu'est-ce qu'elle a découvert ?

– Je n'en sais rien. Quelque chose a peut-être été enterré à cet endroit.

Enzo sortit de sa poche une paire de gants en latex qu'il enfila avant de commencer à déblayer la terre et les cailloux déplacés par la chienne. Il tomba vite sur une pierre plate, à quelques centimètres de la surface, et creusa avec ses doigts pour en délimiter les contours et ensuite la soulever.

Sous la pierre, dans une cavité peu profonde, était caché un petit sac étanche d'un violet décoloré toujours fixé à sa ceinture.

L'Écossais et la gendarme échangèrent un regard.

– La pochette de Marc Fraysse.

Enzo s'autorisa un petit sourire ; il avait engagé un pari hasardeux qu'il avait gagné. Fraysse aurait apprécié.

Se débarrassant de ses gants salis et déchirés, il les remplaça par des neufs. Puis, avec précaution, il délivra la pochette emprisonnée pendant sept ans et, les doigts tremblants, fit glisser la fermeture.

– Mon Dieu, murmura Dominique. Le téléphone et le couteau y sont toujours.

***

Le Thiers, le mobile Nokia et la pochette que Marc Fraysse avait autrefois portée à sa ceinture étaient posés sur le bureau de Dominique, rangés dans trois sachets différents en plastique transparent. Ces trois objets seraient soumis à l'examen minutieux de la police scientifique. Mais Enzo savait pertinemment que, même s'il était l'auteur de leur découverte, il n'avait aucun droit sur eux. Ils étaient devenus sur le champ des pièces à conviction dans une enquête qui, désormais, ne pouvait plus être considérée comme une « affaire classée ».

Dominique s'affala dans son fauteuil après avoir suspendu son imperméable dégoulinant d'eau au portemanteau.

– Je vais les envoyer par coursier au labo de la police scientifique de Clermont-Ferrand. On devrait avoir les résultats dans quelques jours.

Frustré, rongé par l'impatience, Enzo observait les affaires du mort.

– Et si on attendait vingt-quatre heures ?

– Pourquoi ? s'étonna-t-elle.

Il haussa les épaules.

– On pourrait éventuellement en tirer quelque chose d'intéressant. Cependant, tout bien pesé, c'est peu probable.

– Quelle différence cela ferait-il d'attendre vingt-quatre heures ?

– Toute la différence du monde, qui sait ? Et que représente une journée au bout de sept années ?

Elle plissa les yeux et pencha la tête de côté :

– Que proposes-tu ?

– Tu pourrais prélever les empreintes ici, n'est-ce pas ?

– Oui. Je pourrais.

– Eh bien, si tu le faisais ? Et si tu me laissais le téléphone jusqu'à demain ?

Elle fronça les sourcils puis s'esclaffa :

– Pourquoi faire ? Tu auras du mal à t'en servir. La batterie est morte depuis des années.

– J'imagine qu'à Clermont on trouve des magasins de téléphonie mobile plus importants qu'ici ?

– Bien sûr. Tous les grands opérateurs y sont. SFR, Bouygues, Orange… D'accord, il était dans un sac étanche, mais tu ne penses quand même pas qu'on peut encore le faire fonctionner ?

– Non, dit-il en s'asseyant en face d'elle. Mais la carte Sim est intacte. Et ça devrait être assez simple d'accéder aux informations qu'elle contient. Adresses, numéros de téléphone. Appels émis. Appels reçus. On sait maintenant avec certitude que le vol n'était pas le mobile du meurtre. La carte Sim devrait pouvoir nous apprendre à qui Marc a parlé en dernier avec ce téléphone. Et ça pourrait être crucial.

Inclinant la tête, il ajouta avec son sourire le plus séduisant :

– Est-ce que cela ne vaut pas la peine d'attendre un jour de plus ? Demain matin, très tôt, je dois aller à Clermont avec Guy Fraysse. À midi, on aurait notre information.

Dominique prit une profonde inspiration :

– Tu abuses de moi.

– Bien sûr.

– Ça pourrait me coûter mon boulot.
Il secoua la tête.
– Ça restera entre nous.

Chapitre 27

Lancé dans la nuit, le Trafic Renault jaune vif dévalait la pente vers l'autoroute. À l'arrière, les caisses vides s'entrechoquaient avec un bruit de ferraille. La main crispée sur la poignée de sa portière, au point d'en avoir les articulations blanches, Enzo se retenait de dire à Guy ce qu'il pensait de sa conduite beaucoup trop rapide sur une chaussée mouillée. Manifestement habitué à parcourir cette route depuis des années par tous les temps, ce dernier la connaissait par cœur ; et il était toujours en vie. Elle devait lui être aussi familière que le réseau de vaisseaux éclatés qu'il voyait chaque matin dans son miroir en se rasant. Et ce matin, comme en témoignait la puissante odeur d'after-shave qui emplissait la cabine, il avait trouvé le temps de se raser avant de partir.

Depuis qu'ils s'étaient retrouvés sur le parking, peu après 5 heures, Guy n'avait presque pas ouvert la bouche. Depuis Thiers, ils roulaient sans parler. Alors qu'ils abordaient la bretelle d'accès à l'A72 en direction de l'ouest, et se mêlaient au flot des autres véhicules, Enzo rompit le silence. En réalité, il fit plus que rompre le silence. Il lâcha une bombe :

– Vous saviez que votre frère avait un problème de jeu, Guy ?

Quelles que fussent les pensées qui préoccupaient ce dernier, la question d'Enzo les dissipa. Il fronça les sourcils :

– Marc aimait miser quelques euros sur les chevaux, c'est certain. Mais de là à avoir un problème ? D'où tenez-vous ça ?

– De sa veuve.

Guy tourna vivement la tête et lança d'un air incrédule :

– Élisabeth vous a dit que Marc avait un problème de jeu ?

– Non. Elle a affirmé qu'il n'avait pas de problème de jeu. Spontanément. Ce qui, d'après mon expérience, signifie qu'il en avait bel et bien un.

– Enfin… il adorait parier, ça je vous l'accorde. Depuis toujours. Mais, autrefois, quand il pariait son salaire sur une partie de pétanque, il misait sur son propre talent.

– Il avait peut-être l'impression de s'y connaître en chevaux.

Guy éclata de rire, mais d'un rire dépourvu d'humour.

– Marc ? Non, je ne crois pas. Personne ne gagne en misant de l'argent sur des chevaux.

Il marqua une pause avant d'ajouter, avec une légère moue qu'Enzo interpréta comme une marque de mépris :

– À part les bookmakers.

***

Arrivé au marché Saint-Pierre, Guy recula son Trafic jusqu'à l'entrée réservée aux professionnels. Le marché couvert était un affreux bâtiment moderne jaune et bleu installé à l'ombre des flèches jumelles de la cathédrale. Le contraste avec l'élégance d'une époque où l'esthétique comptait pour quelque chose aurait pu difficilement être plus frappant. Les portes et les volets étaient couverts de graffiti, mais le vrai vandalisme résidait dans l'architecture elle-même. Elle défigurait cette place entourée de très beaux immeubles du dix-huitième siècle, de boutiques de fleurs et autres magasins aux spécialités diverses.

Enzo suivit Guy à l'intérieur ; les marchands déballaient leurs produits descendus tout droit des hauteurs du Massif central – une exposition sidérante de fruits, légumes, viandes et fromages. Leurs voix puissantes résonnaient dans le froid du petit matin tandis que, tout en soufflant sur leurs doigts gelés et en tapant des pieds par terre pour les réchauffer, ils échangeaient salutations et plaisanteries ; leur respiration s'échappait en tourbillons qui s'enroulaient autour de leur tête. Le sol fraîchement lavé au jet reflétait les lumières comme s'il venait juste d'être peint et n'avait pas encore séché.

Guy avançait à grandes enjambées entre les stands, serrant des mains, lançant des bonjours. Tout le monde le connaissait ; on l'appelait *Monsieur Fraysse*. Même si les gens le tutoyaient, on sentait qu'ils s'adressaient à lui avec un certain respect. Il avait beau être l'un d'eux, il s'était élevé au-dessus d'eux. Et cela méritait certains égards, semblait-il. Un garçon de la campagne qui avait réussi.

– Je prends mes légumes ailleurs, dit-il à Enzo. Je préfère les acheter directement aux producteurs, mais mon boucher n'a pas d'égal.

Il s'arrêta devant la Boucherie Clermontoise, serra la main du patron et plaisanta avec lui pendant quelques minutes avant d'aborder la question sérieuse de l'offre, de la qualité et du prix. Le boucher était un homme presque chauve, au visage rubicond, aux mains gercées rouges de sang. Il montra à Guy plusieurs pièces de viande, encore sur l'os, des carcasses d'agneaux et de porcs, des montagnes de foies. Guy examina la qualité de la viande et celle des volailles – canards, poules, poulets. Il commanda tout en grosses quantités, assez pour nourrir des centaines de bouches pendant plusieurs jours. Les deux hommes discutèrent si âprement les prix qu'ils paraissaient presque sur le point d'en venir aux mains ; puis, la minute d'après, ils échangèrent poignées de main et clins d'œil comme s'il ne s'agissait que d'un jeu. Ce qui était probablement le cas.

Tandis qu'ils se dirigeaient vers la sortie, Guy se tourna vers Enzo :

– Il va emballer ma commande ; je passerai la prendre plus tard. Maintenant, direction la halle du Brézet pour les légumes. Et après, le marché aux poissons.

– Est-ce qu'on pourrait se retrouver là-bas ? J'aimerais profiter de mon passage à Clermont pour faire une course.

Guy parut surpris, et un peu déçu :

– Bien sûr.

Ils descendirent la rampe jusqu'à la place, où Guy avait laissé le camion, moteur au ralenti afin de conserver la chaleur de la cabine.

– Je peux vous aider en quoi que ce soit, Enzo ?

– Il faudrait que je trouve un magasin de téléphonie. J'ai des problèmes avec mon mobile.

– Vous êtes chez qui ?

– SFR.

– Oh, pas de problème, alors. Je crois qu'il y en a un juste au coin, rue des Gras.

Il fit un geste vague vers l'autre bout de la place, puis désigna du menton le Coq Argenté, voisin de la fromagerie.

– Et si on se retrouvait plutôt au café dans une heure pour un petit-déjeuner ?

***

La boutique SFR était située en bas d'une étroite voie piétonne très en pente. Tout en haut, la cathédrale contemplait la ville à ses pieds, imposant au fidèle la punition de gravir la colline pour prier, se confesser et faire pénitence. Il n'y a pas de pardon sans douleur.

Enzo dut piétiner un moment dans le froid en attendant l'ouverture du magasin. Finalement, il fut admis à franchir l'arche de pierre fermée par des portes en verre coulissantes et à s'avancer jusqu'au comptoir où un jeune homme aux cheveux dressés en piques et aux longs doigts agiles examina le vieux mobile de Marc Fraysse avec un haussement d'épaules dédaigneux.

– Une vraie pièce de musée, lâcha-t-il. Qu'est-ce que vous voulez que j'en fasse, exactement ?

– Je me demandais s'il serait possible de transférer les données de sa carte Sim sur une autre, compatible avec un appareil plus récent, dit-il en posant son propre téléphone sur le comptoir.

Enzo fut certain de percevoir une légère moue de mépris sur les lèvres du jeune homme quand celui-ci jeta un rapide coup d'œil à son téléphone, qui avait au moins deux générations de retard. Ni écran tactile, ni vidéo intégrée, ni GPS, ni applications sophistiquées. Juste un téléphone, avec un appareil photo qu'Enzo n'avait même pas désiré.

– Bien sûr. Vous êtes client ?

– Oui.

– Pas de problème, alors. Vous devrez juste payer la carte Sim.

– D'accord.

– Vous voulez garder l'ancienne ?

– Oui, s'il vous plaît.

– OK.

Ses longs doigts osseux ouvrirent le mobile de Marc Fraysse à une vitesse et avec une dextérité stupéfiantes pour en retirer la carte. D'un coup sec, il la glissa ensuite dans une espèce de lecteur de données, transféra son contenu sur un ordinateur, puis de l'ordinateur sur une nouvelle carte Sim. Le tout lui prit moins de deux minutes.

– Et voilà ! lança-t-il en faisant claquer la nouvelle carte sur le comptoir.

***

Plein d'espoir, Enzo retourna place Saint-Pierre par la rue Saint-Barthélémy et, franchissant de nouvelles portes en verre, quitta le froid pour la chaleur moite du Coq Argenté. Là, il se glissa dans un fauteuil noir tubulaire derrière une table au plateau orange, face au bar, et en réponse au haussement de sourcil du barman, commanda un petit café. Il posa ensuite les deux téléphones devant lui, puis détacha soigneusement la nouvelle carte Sim de son support. Avec beaucoup moins de dextérité que le jeune homme du magasin, il ouvrit son propre mobile dont il retira la carte. Ensuite, prenant soin de ne pas toucher la puce dorée, il inséra la neuve à la place de l'ancienne, referma le téléphone et le retourna pour appuyer sur la touche rouge.

Le petit écran clignota, délivra son agaçante mélodie et la page d'accueil apparut : un motif de rouages argentés, un témoin de charge de batterie affichant trois barres, un signal de réception presque au maximum. À l'aide des flèches de navigation verticales et horizontales, Enzo sélectionna le journal des appels dans le menu. Les numéros des derniers appels entrant et sortant y étaient enregistrés : Marc avait appelé Élisabeth et Guy, qui l'avaient eux aussi appelé. Il y avait également un appel de Georges Crozes. D'autres noms et numéros s'étaient affichés, mais Enzo ne les connaissait pas. Retrouver qui était qui et à qui correspondaient les numéros sans nom de contact lui prendrait un certain temps.

Le dernier appel datait du jour de sa mort, à 14 h 15. Un appel vers un numéro ne figurant pas sur la liste des contacts. Il avait dû le donner peu de temps avant de se lancer dans sa dernière course. Sans trop savoir pourquoi, Enzo se sentit déçu ; comme s'il s'était imaginé que le téléphone pouvait d'une façon ou d'une autre répéter les conversations et partager ses secrets. Puis il lui vint à l'esprit qu'il y avait peut-être des messages sur le répondeur.

Il composa le 123 et écouta la sonnerie jusqu'à ce qu'une voix mécanique lui annonce qu'il n'avait pas de nouveaux messages. Il choisit alors l'option d'écouter les messages archivés, mais fut dépité d'apprendre qu'il n'y en avait aucun. Peut-être n'étaient-ils conservés qu'un certain temps. Le compte de Marc Fraysse avait dû expirer moins d'un an après sa mort.

Revenant au menu, il consulta les textos. Tout message texte envoyé ou reçu devait être enregistré dans la mémoire de la carte Sim.

Il y en avait soixante dans la boîte d'envoi. Enzo les parcourut. La plupart étaient des SMS énigmatiques envoyés à un numéro qu'il avait vu gribouillé sur le buvard du bureau de Marc. Celui de Jean Ransou. Le bookmaker des stars, dixit Fred.

Le plus récent avait été envoyé au numéro appelé le jour de sa mort, mais vingt-quatre heures plus tôt. Il disait simplement, *Pardonne-moi, s'il te plaît*. Comme les derniers mots d'un mourant.

Enzo ouvrit ensuite la boîte de réception. Elle contenait quinze messages. Le dernier, reçu le matin du meurtre, provenait du numéro qu'il avait appelé après le déjeuner, et disait : *Rendez-vous au vieux buron à 3 h*. Enzo sentit les poils se hérisser sur sa nuque. Il y avait de fortes chances pour que ce rendez-vous ait été fixé par l'assassin.

Tout en sirotant son café, qui avait refroidi pendant qu'il sondait le téléphone du mort, il s'interrogea sur la signification de tout cela. Marc avait envoyé un texto à quelqu'un la veille de sa mort pour lui demander pardon. Cette même personne avait répondu le lendemain matin en lui proposant de la retrouver dans l'après-midi au vieux buron. Peu après le déjeuner, Marc avait appelé une dernière fois ce même numéro. Pour confirmer le rendez-vous ? Dans ce cas, cette personne était probablement la dernière à l'avoir vu vivant. Et l'avait probablement tué. Enzo savait que s'il arrivait à découvrir l'identité de cette personne, il tiendrait l'assassin.

– Ça a marché ? Ils ont réparé votre téléphone ?

Surpris, il leva la tête ; Guy s'approchait de lui. Il glissa son téléphone dans sa poche et, au dernier moment, se rendit compte que celui de Marc était resté sur la table. Il se dépêcha de le faire disparaître en priant le ciel que Guy ne l'ait pas remarqué, ou du moins reconnu, et répondit avec un grand sourire :

– Oui. Ils m'ont donné une nouvelle carte Sim. Ça semble avoir résolu le problème.

Guy se laissa tomber en face de lui et fit signe au barman :

– Apporte-nous une corbeille de croissants, Jacques. Avec un grand crème.

Il jeta un coup d'œil interrogateur à Enzo, qui lança :

– La même chose pour moi. Vous avez trouvé tout ce que vous vouliez ?

– Plusieurs kilos de rougets congelés sur le quai sitôt débarqués à Sète, et une belle sélection de légumes d'automne. Il ne me reste plus qu'à passer chercher la viande et le fromage après le petit-déjeuner ; ça devrait faire l'affaire jusqu'à la fermeture du restaurant, la semaine prochaine.

Mais Enzo ne l'écoutait déjà plus. Il était à des millions de kilomètres, en train de repenser aux textos et aux appels conservés sur le téléphone de Marc Fraysse.

Chapitre 28

Debout devant la fenêtre, Enzo regardait les écharpes de brume qui, accrochées à la colline, masquaient partiellement les maisons bâties sur son flanc. Dominique parlait à quelqu'un au téléphone. Il entendait sa voix mais ne l'écoutait pas vraiment. Dans sa tête, il essayait de décortiquer le réseau complexe des relations que Marc Fraysse avait tissé autour de lui, en cherchant qui, parmi tous ces gens, pourrait être responsable de sa mort.

Lorsque Dominique raccrocha, elle poussa un soupir de frustration.

– Rien ne peut jamais être simple, hein ?

– Qu'est-ce qu'on t'a dit ? demanda-t-il en se détournant de la fenêtre.

– Le numéro qu'il a appelé et dont il a reçu le texto n'est plus en service. Depuis des années. La compagnie de téléphone n'existe même plus. Elle a été rachetée par France Télécom, devenue Orange. Retrouver le détenteur originel de ce numéro va prendre pas mal de temps.

Enzo hocha pensivement la tête.

– Qu'est-ce que tu entends par *pas mal de temps* ?

– Deux, trois jours… comment savoir ?

– Dans ce cas, je crois que je vais aller passer deux jours à Paris.

– Pourquoi ? s'étonna-t-elle, visiblement déçue.

– Des affaires à régler.

– Charlotte ?

Il haussa les épaules. Il n'avait encore rien décidé.

– Peut-être. En tout cas, j'irai voir Raffin et ma fille. Mon *autre* fille, Kirsty.

– C'est uniquement pour cette raison que tu vas à Paris ?

– Non. J'aimerais parler de Fraysse avec certaines personnes.

– Qui ?

– Quelqu'un de chez Michelin, par exemple. Je suis curieux de savoir si la rumeur sur la perte de sa troisième étoile était fondée ou non.

Il se retourna pour regarder de nouveau par la fenêtre.

– Et aussi Jean-Louis Graulet.

– Le critique gastronomique ?

Enzo hocha la tête.

– Marc et deux autres chefs trois étoiles lui ont joué un sale tour, assez humiliant. Si on cherche un mobile, Graulet en a un, même si Élisabeth affirme qu'il se trouvait à Paris ce jour-là.

Il se retourna. Dominique l'observait attentivement.

– Est-ce que tu as vérifié cela pendant ton enquête ? lui demanda-t-il.

– Non. Je n'étais même pas au courant d'une hostilité quelconque entre Marc et Graulet.

Il hocha de nouveau la tête.

– Et puis il y a cette histoire de paris, et ses relations avec Jean Ransou. Il faut absolument que je parle à ce type.

Dominique fronça les sourcils.

– Fais attention, Enzo. Je me suis renseignée sur Ransou après que tu m'en as parlé. Un homme très dangereux, de l'avis général. Avec des connexions des deux côtés de la frontière de la légalité. Il a été soupçonné de complicité dans plusieurs meurtres, mais s'est toujours tiré d'affaire.

– Raison de plus pour avoir une conversation avec lui, alors.

En se retournant de nouveau vers la fenêtre, il s'aperçut que la lumière baissait. La journée s'était volatilisée. Il avait progressé avec la carte Sim, mais butait sur le numéro de téléphone périmé. Un pas en avant, deux pas frustrants en arrière. Il était temps de vérifier avec soin les autres pistes de l'enquête. Ou peut-être cherchait-il simplement une excuse pour se rendre à Paris ? La requête fervente de Dominique en faveur d'une confrontation avec Charlotte au sujet de leur fils avait fait remonter à la surface le profond sentiment d'injustice qu'il essayait de refouler.

Soudain, il fut conscient de la présence très proche de la jeune femme à côté de lui. Il sentait la chaleur de son corps, entendait sa respiration. Derrière la porte du bureau, résonnait le cliquetis des claviers, les voix des autres gendarmes, la sonnerie des téléphones.

– Viens dîner chez moi, ce soir, souffla-t-elle d'une voix à peine plus forte qu'un murmure.

Il se tourna, vit son visage levé vers lui. Quelque chose dans ses yeux sombres l'émut. Il l'embrassa doucement sur les lèvres et sentit ses bras se glisser sous sa veste, l'entourer, l'attirer.

– Je ne veux pas que tu ailles à Paris. Je viens de te trouver. Je ne veux pas te perdre.

Il la serra contre lui. Il savait que le caprice du destin qui avait fait croiser leurs chemins les ferait certainement diverger tôt ou tard.

– Mais pas de lasagnes, hein ?

– On a mangé les restes hier, avec Tasha, répondit-elle en riant. Je pensais plutôt à… une pizza à emporter ?

Il sourit.

– Encore une délicieuse spécialité italienne. Comment résister ?

Chapitre 29

Enzo serait bien resté. Mais il s'inquiétait pour Sophie, qu'il n'avait pas vue depuis la nuit où il s'était fait attaquer au château de Puymule par son soupirant. Or, il préférait être sur place si jamais elle avait besoin de la présence de son père. Vers minuit, il s'était finalement arraché à contrecœur des bras de Dominique, pour s'habiller et retourner à l'hôtel.

La route était déserte. Des nuages bas coiffaient les collines. L'humidité ambiante troublait la lumière blanche des phares qui, à chaque virage, balayaient des hectares de forêt de pins.

Enfin arrivé à la bifurcation, il tourna à gauche pour remonter la voie privée conduisant à l'auberge ; l'obscurité paraissait encore plus impénétrable. Il enclencha la troisième et appuya à fond sur la pédale d'accélérateur, ce qui fit gémir le moteur de sa vieille 2CV. Bientôt, il dépassa l'aire de parking en terre battue, au pied de la piste menant au buron, puis l'endroit où les hommes plantaient les piquets à neige, le jour de son arrivée ; leurs bandes rouges et blanches réfléchissaient l'éclat de ses phares. Avec le précipice qui bordait la chaussée, sur la droite puis sur la gauche, il comprenait leur importance capitale en cas d'abondante chute de neige.

L'air chaud pulsé par la ventilation sous le tableau de bord commençait à l'endormir ; submergé de fatigue, il se remémora avec délice le goût, l'odeur, la douceur de la femme avec laquelle il était encore couché une demi-heure plus tôt.

À la sortie du virage suivant, une forme sombre surgit brusquement de la nuit. Il écrasa la pédale de frein et s'arrêta en dérapage à quelques centimètres seulement d'un arbre couché en travers de la route. Maudissant sa malchance, il descendit de voiture pour y jeter un coup d'œil, et vit son ombre s'allonger sur le sol quand il passa devant les phares.

À moitié pourri, le vieux pin devait menacer de tomber depuis un certain temps. Enzo enjamba le tronc et se piqua à ses aiguilles en voulant le tirer sur le côté. C'était absolument impossible. Seul un tracteur pourrait en venir à bout.

Remarquant tout à coup que la lumière faiblissait autour de lui, il releva la tête et vit avec horreur ses phares rapetisser : la 2CV commençait à descendre la pente à reculons.

– Hé ! cria-t-il, comme si quelqu'un avait pu l'entendre et la retenir.

Il escalada de nouveau le tronc, sentit des branches cassées déchirer ses vêtements, et s'élança après sa voiture. Pendant un moment, il crut qu'il arriverait à la rattraper, mais voyant qu'elle prenait de plus en plus de vitesse, il comprit qu'il n'avait aucune chance. Il continua pourtant à courir, en effectuant de grands moulinets avec les bras dès qu'il se vit perdre le contrôle de sa course ; il réussit de justesse à éviter la chute en calant les pieds en travers de la pente. Au même moment, la voiture arrivait au virage et disparaissait sans bruit de sa vue, basculant dans le vide, les faisceaux de ses phares pointés vers le ciel.

Du bord de la route où il s'était précipité, Enzo la repéra à moitié enfouie sous des fougères au fond du ravin. Elle gisait dans une position invraisemblable, au milieu d'un entrelacs de branches et de broussailles ; ses lumières ne s'étaient pas éteintes, son moteur tournait toujours.

Il fut tenté d'aller vérifier l'état dans lequel elle se trouvait ; mais la pente n'étant qu'un vaste pierrier, il risquait de se casser le cou en s'aventurant de nuit sur un terrain aussi accidenté. À quoi bon, d'ailleurs ? Il ne réussirait jamais à l'extirper de ce trou. Il pourrait juste couper les phares et le contact, et se plonger par la même occasion dans une obscurité totale.

Le cœur battant, il resta sur place, en s'interrogeant sur ce qui avait bien pu se passer. Il était certain d'avoir serré le frein à main avant de descendre de voiture. Donc, soit le levier avait eu une défaillance, soit le câble s'était rompu.

Il se retourna, leva la tête vers le sommet de la colline et scruta les ténèbres, si denses qu'il lui sembla pouvoir les toucher. Les nuages et le brouillard formaient un écran qui masquait totalement le ciel. La lumière des phares de la 2CV reflétée par ce mur opaque lui permettait juste de voir ses mains. Il se mit en marche en direction de l'auberge. Au bout de quelques pas, toute clarté disparut et la nuit l'engloutit. Ne voyant plus rien du tout, il faillit tomber en percutant le tronc d'arbre qui lui barrait le chemin. Il l'escalada maladroitement, s'écorcha la peau et déchira un peu plus ses vêtements sur les branches cassées.

Il ne lui restait qu'une solution : suivre la route jusqu'au bout à travers la forêt, en espérant entrevoir au plus vite les lumières de l'auberge. Mais il avait beau s'efforcer de percer le voile de l'obscurité, il ne distinguait rien, absolument rien. Pour la première fois de sa vie il comprit ce que devaient éprouver les aveugles. Seuls ses pieds l'informaient qu'il foulait toujours du macadam, et il n'avait que la protection de ses bras tendus devant lui pour empêcher une éventuelle collision avec un obstacle invisible. Il s'était rarement senti aussi désarmé.

Avançant lentement, prudemment, pas à pas, il pensait sans cesse au ravin qui s'ouvrait à sa gauche. Au bout de quelques minutes, le bruit de la cascade aperçue tant de fois en montant cette même route au volant de sa 2CV commença à s'imposer à ses oreilles. Ce qui avait débuté comme un bruit de fond se transformait progressivement en un rugissement. Contrairement à ce qu'il avait espéré, ses yeux ne s'habituaient toujours pas à l'obscurité. Il ne voyait strictement rien.

Soudain, un son provenant des arbres, sur sa droite, le fit s'arrêter net. Il essaya d'écouter plus attentivement, par-dessus le vacarme de l'eau. Le son se fit de nouveau entendre. Un bruissement de branches, d'aiguilles de pins sèches écrasées. Un animal, peut-être. Guy avait parlé de la présence de chevreuils et de sangliers dans les bois. Et de braconniers. La bouche sèche, Enzo sentit les battements de son cœur s'accélérer.

– Ohé ! Il y a quelqu'un ?

La détonation d'un fusil le rendit presque sourd. Il aperçut un éclat de lumière entre les arbres et, presque en même temps, sentit une volée de plombs lui frôler la tête.

– Bon Dieu ! s'écria-t-il instinctivement avant de se mettre à courir pour éviter de servir de cible une deuxième fois.

La panique le poussa à s'écarter dangereusement. Au bout de quelques mètres, il se rendit compte qu'il avait quitté la route. Entendant alors des pas se lancer à sa poursuite, il se demanda comment le tireur pouvait le repérer dans le noir quand lui en était incapable. À peine cette idée venait-elle de traverser son esprit qu'il heurta de la jambe gauche la barrière basse qui marquait le bord de la route et s'affala sur le côté. Une deuxième volée de plombs lui passa au-dessus de la tête. Mais il roulait déjà cul par-dessus tête dans les ténèbres, rebondissant çà et là sur les cailloux avant de s'élancer en vol plané dans le vide. Complètement désorienté, il eut l'impression de flotter. Seul le bruit de la cascade de plus en plus assourdissant lui fit prendre conscience de son propre mouvement avant de sentir des embruns sur son visage et de s'écraser au pied de la chute, avec une violence qui lui coupa le souffle.

Sourd et aveugle, complètement immergé, choqué par le contact brutal avec l'eau glacée, il s'efforça désespérément de retenir sa respiration et de remonter à la surface. Mais lorsqu'il y réussit, la force de la cascade s'abattant sur lui l'empêcha de garder la tête à l'air libre. Tout à coup, il se sentit vidé de son énergie par le froid glacial qui paralysait ses muscles. Et, en un instant de lucidité terrifiante, il réalisa que s'il perdait connaissance, il ne se réveillerait plus jamais. Mais il sentait déjà la vie s'échapper inexorablement – comme le sable glisse entre les doigts ; il vivait ses derniers instants.

***

La plupart des gens ayant vécu ce genre d'expérience parlent d'une lumière aveuglante au bout d'un long tunnel obscur. Enzo voyait cette lumière. Mais elle ne s'éloignait pas de lui ; elle l'aspirait, au contraire, emplissait douloureusement et sans relâche sa tête et son esprit jusqu'à les absorber.

Si c'était la mort, elle ne lui apportait aucun soulagement physique. Il ressentait la douleur du froid et des blessures causées par sa chute. Il tremblait de la tête aux pieds, claquait des dents, entendait un son étrange monter de sa gorge. Comme s'il essayait de parler.

– Eh bien, trente secondes de plus et vous étiez foutu, dit une voix masculine.

La lumière glissa de côté, éclairant l'écume bouillonnante de la cascade. Enzo vit alors le visage de son sauveur penché au-dessus de lui. Un visage dur, inexpressif, aux sourcils noirs qui se rejoignaient sous une casquette enfoncée sur le front. C'était Lucqui, le jardinier. Le canon d'un fusil dépassait de son épaule gauche.

– Vous pouvez vous asseoir ? cria ce dernier par-dessus le rugissement de l'eau, en l'aidant à se redresser. Voyez si vous pouvez bouger les bras et les jambes. Je ne veux pas vous déplacer davantage si vous avez quelque chose de cassé.

Enzo fit bouger ses doigts, ferma les poings, puis plia et tendit chaque bras. Ça faisait mal, mais il était sûr de ne pas avoir de fracture. Ensuite, il ramena les genoux vers la poitrine, les serra contre lui dans une étreinte réconfortante, une vaine tentative pour se réchauffer.

– Bon, on dirait que vous êtes encore entier. Venez, je vais vous aider à vous remettre sur vos pieds.

Deux bras puissants le saisirent et réussirent à le redresser tant bien que mal. Presque aussitôt, il sentit ses genoux se dérober sous lui et dut se retenir à Lucqui pour ne pas tomber. Sa main droite s'accrocha au canon du fusil avant de glisser le long du métal froid. L'arme n'avait pas été utilisée récemment. Ce n'était pas le jardinier qui avait tiré.

Retrouvant enfin sa voix, il coassa :

– On… on… m'a… tiré dessus.

– Je sais. J'ai entendu.

– Mais, qu'est-ce… que vous… fabriquez ici… en pleine nuit ?

– Je guette les braconniers. Heureusement pour vous. J'étais en haut de la colline quand j'ai vu votre voiture tomber dans le ravin. Vous avez dû oublier de serrer le frein à main.

– Certainement pas ! protesta Enzo avec une énergie qui lui parut superflue.

Lucqui n'en croyait rien.

– Vous avez eu du bol de ne pas vous faire exploser la tête. Saletés de braconniers ! Ils tirent sur tout ce qui bouge.

***

À cette heure-ci, le seul éclairage de la cuisine provenait de quelques veilleuses qui, placées à des endroits stratégiques, laissaient des zones entières de la vaste pièce dans l'ombre. Mais il y faisait chaud et les lampes du couloir projetaient de longs rectangles jaunes sur la table en marbre. Emmitouflé dans une couverture, les cheveux retombant en mèches mouillées sur ses épaules, Enzo sirotait un chocolat chaud. Dans quelques minutes, il regagnerait sa chambre, se jetterait sous une douche brûlante et y resterait jusqu'à ce que le froid mortel qui s'était infiltré dans chaque cellule de son corps ne soit plus qu'un mauvais souvenir. Il avait déjà réussi à se réchauffer un peu, à retrouver une partie de son énergie, mais cela s'accompagnait de la sensation douloureuse d'avoir la peau du visage et des mains à vif.

En entendant la porte coulisser, il leva la tête. Guy revenait avec deux petits verres et la bouteille de mirabelle promise qu'il posa entre eux sur la table avant de s'asseoir et de fixer sur Enzo des yeux bleus pleins de sollicitude :

– Vous vous sentez mieux, maintenant ?

– Un peu.

L'hôtelier remplit les verres à ras bord.

– Rien de tel pour vous ravigoter, dit-il en en poussant un vers Enzo, qui le porta à ses lèvres, le vida cul sec et devint aussitôt écarlate.

L'alcool lui brûlait l'œsophage jusqu'à l'estomac et lui coupait presque le souffle.

– Vous voyez ? lança Guy avec un grand sourire.

Avant d'avaler une petite gorgée du sien, il remplit de nouveau le verre de l'Écossais.

– Dites-moi, Guy, demanda ce dernier, pouvez-vous m'expliquer comment on a pu me viser dans le noir alors que je n'y voyais strictement rien ?

Guy haussa les épaules :

– Probablement avec des jumelles de vision nocturne. Lucqui en possède lui-même une paire.

Puis, après avoir bu une autre gorgée de mirabelle, il ajouta :

— Ils ont bien dû s'amuser avec vous. Vous avez eu de la chance, Enzo. Une sacrée chance de ne pas mourir truffé de plomb ou bien noyé. Cet accident aurait pu vous être fatal.

Enzo reposa bruyamment son verre sur la table.

– Ce n'était pas un accident, Guy. On a délibérément tenté de me tuer cette nuit.

Chapitre 30

La bruine les enveloppait d'un léger brouillard. D'une humidité pénétrante. La route, la forêt, la chute au pied de la cascade, tout semblait étrangement surnaturel à la lumière soufrée du matin.

L'arbre avait été enlevé. Seuls quelques débris témoignaient de sa chute en travers de la chaussée.

Le vrombissement d'un puissant moteur diesel perturba le silence lorsque le tracteur commença à hisser péniblement la 2CV le long de l'éboulis. Un peu plus loin, une dépanneuse au gyrophare orange allumé attendait, prête à la remorquer jusqu'au garage de Thiers. Plusieurs autres véhicules étaient garés le long de la route, dont le fourgon bleu de la gendarmerie.

Vêtue d'un blouson imperméable luisant de pluie, Dominique fixait sur Enzo un regard inquiet tandis qu'ils se dirigeaient à pied vers le virage, retraçant le trajet qu'il avait parcouru la nuit précédente. Enzo avait encore la démarche raide, mais il se sentait un peu moins ankylosé et meurtri qu'à son réveil.

– Tu ne penses pas aller à Paris, après ça ? dit-elle.

– Bien sûr que si. Qu'est-ce que je peux faire d'autre ? Rester ici en attendant qu'on essaye à nouveau de me tuer ?

– Tu ne sais pas si on a essayé de te tuer, Enzo.

Les mains dans les poches, il garda pour lui ses pensées et répliqua :

– En tout cas, je n'ai pas perdu mon temps pendant qu'ils déblayaient la route. J'ai passé quelques coups de téléphone. Et arrangé plusieurs rendez-vous.

– Avec Jean Ransou ?

– Entre autres. On déjeune ensemble demain, à l'hippodrome de Vincennes.

– Il a accepté de te rencontrer, comme ça ? s'étonna Dominique.

– Non. Il s'est d'abord montré réticent, bien sûr ; ce qui ne m'a pas étonné. Mais le nom de Marc Fraysse a tout changé.

Elle fronça les sourcils :

– Fais attention à toi, Enzo.

– Oui, oui.

Le temps qu'ils arrivent au virage, la 2CV était déjà sur la chaussée, et le rugissement du tracteur avait faibli. En faisant le tour de sa voiture, Enzo fut heureux de constater que les dégâts étaient moins importants qu'il ne le craignait. La peinture avait souffert, ainsi que les ailes arrière et le capot du coffre. Un mécanicien en bleu de travail était en train de la fixer à un crochet pour la hisser sur le plateau de la dépanneuse.

– Qu'est-ce que vous en pensez ? lui demanda Enzo.

Le garagiste haussa les épaules :

– Ça n'a pas l'air trop méchant. Le moteur a dû caler assez vite. Les phares ont vidé la batterie.

Dominique se pencha à l'intérieur de la 2CV :

– Et le frein à main ?

– Quand je suis allé jeter un coup d'œil en bas, tout à l'heure, le levier du frein à main n'était pas tiré. Celui qui conduisait a fait la connerie d'oublier de le serrer.

– C'est moi qui conduisais, rétorqua Enzo, piqué au vif. Et j'ai serré le frein à main.

– Si vous le dites, grogna le garagiste avant de monter dans son camion pour mettre le treuil en marche.

– C'est impossible, glissa Dominique.

– Mais bon sang ! Regarde l'inclinaison de la route entre l'endroit où l'arbre était couché et le virage ! s'emporta Enzo. Si j'étais descendu de voiture sans serrer le frein, elle aurait reculé immédiatement. Or je me trouvais déjà de l'autre côté du tronc quand elle a commencé à bouger.

– Alors, comment se fait-il que le levier ne soit pas tiré ?

– C'est simple ! Quelqu'un m'a tendu une embuscade et s'est caché dans les bois en attendant que j'arrive. La portière était ouverte. Il lui suffisait de se glisser jusqu'à la voiture, de lâcher le frein à main, puis de me tirer dessus !

– Mais, pourquoi, Enzo ? Qui voudrait te tuer ?

– Celui qui a tué Marc Fraysse. Ce qui veut dire qu'on doit être à deux doigts de le démasquer.

Chapitre 31

Paris, octobre 2010

Enzo ne savait pas du tout à quel genre de personnage il devait s'attendre avant de rencontrer Jean Ransou. Or, celui auquel il se trouva confronté devant les grilles bleues de l'hippodrome de Vincennes semblait sortir tout droit d'un film noir du cinéma français des années cinquante.

C'était un homme imposant, presque aussi large que haut. Il portait un feutre noir légèrement incliné sur le front et un long manteau noir ; une écharpe en soie crème pendait négligemment à son cou. Ses chaussures noires étincelantes de propreté brillaient tellement que, s'il le voulait, il n'avait qu'à baisser la tête pour vérifier l'inclinaison de son chapeau dans leur reflet. Le noir, couleur en vogue à Paris, faisait encore ressortir la pâleur grise de son visage. Un visage sur lequel on ne pouvait manquer de se retourner.

Ce visage large, charnu, à la peau grêlée par l'acné ou la varicelle, était flanqué de deux grosses oreilles en chou-fleur et s'ornait en son milieu d'un nez cassé, écrasé, presque aplati sur un côté, au-dessus de grosses lèvres pâles striées de nombreuses cicatrices ; le tout aurait pu faire penser à un gâteau oublié sous la pluie.

Seuls les yeux trahissaient l'homme derrière le masque. Des yeux gris pâle fixant sur Enzo un regard impérieux, à la fois méfiant et amusé, mais surtout très intelligent. Un léger sourire étira ses lèvres lorsqu'ils se serrèrent la main.

– J'ai été boxeur, dit-il. Vous l'aviez déjà deviné, n'est-ce pas ?

Sortie des profondeurs de sa gorge, sa voix évoquait le bruit d'un caillou raclé sur une râpe à fromage.

– Comme vous pouvez le constater, je n'étais pas très doué. À un moment donné, je me suis rendu compte que les chevaux me convenaient mieux. Pour parier sur eux, pas pour les monter.

Il se mit à rire et ajouta :

– Dommage pour ma belle gueule que je ne l'aie pas compris plus vite !

Manifestement, il avait répété plus d'une fois ce petit numéro d'introduction qui impressionnait sans doute les acteurs et les hommes politiques. Enzo, plus circonspect, se contenta d'esquisser un sourire poli. Ce que Ransou ne manqua pas de remarquer ; tout amusement disparut aussitôt de son regard.

– Je ne vous dirai ceci qu'une seule fois, monsieur Macleod : répétez à la police ou à la justice la moindre bribe de ce que je m'apprête à vous confier aujourd'hui, et votre famille recevra mes condoléances.

– Pourquoi accepter de me rencontrer, alors ?

– Parce que je veux voir le salaud qui a tué Marc Fraysse arrêté et pendu par les couilles.

Retrouvant le sourire, il asséna une claque sur le dos d'Enzo, et le guida vers le tourniquet et l'entrée principale.

– Venez, allons déjeuner. Je ne veux pas manquer les courses.

Un escalator les monta en zigzag d'un étage à l'autre à travers le vaste hall de la tribune, un édifice titanesque de verre et d'acier. Les dernières marches menaient à la porte du restaurant Le Prestige, tout en haut. Un larbin en smoking se plia presque en deux devant l'homme en noir et s'empressa de les conduire à une table installée dans un box avec vue panoramique sur le champ de course.

La piste ovale était couverte de ce qui ressemblait à du gravier noir ou de la cendre ; des tracteurs y tiraient derrière eux des râteaux géants destinés à drainer la surface trempée de pluie. Sur la pelouse qui occupait le centre de cet anneau étaient garés des voitures et des vans. Un écran géant diffusait les images vacillantes d'une course en train de se dérouler à Deauville.

Un serveur en veste blanche leur apporta le menu.

– Pourquoi tenez-vous tant à ce qu'on retrouve l'assassin de Marc ? demanda Enzo.

– Parce que je l'aimais bien. Il avait beau être l'un des hommes les plus célèbres du pays, il ne se la pétait pas. Il descendait d'une lignée de paysans pauvres de la France profonde ; moi, j'ai grandi dans la banlieue de Paris entre un père balayeur des rues et une mère immigrée hongroise. Marc traitait tout le monde avec le même respect, il me faisait rire et sa cuisine était la meilleure que j'aie jamais goûtée.

– Il vous devait aussi beaucoup d'argent, je crois.

Enzo guetta attentivement la réaction de Ransou, qui demeura impassible et se contenta de dire :

– C'est exact.

En bas, sur la piste, plusieurs drivers déjà assis sur leur sulky échauffaient les chevaux en prévision de la prochaine course de trot attelé. Elle se déroulerait sous la pluie, aujourd'hui.

– Marc était une âme en peine, reprit Jean Ransou. Dévoré par la passion du jeu, ravagé par son imprudence et sa prédisposition naturelle à perdre.

– Exactement le genre d'individu qui vous fait vivre, non ?

Les yeux de Ransou devinrent d'un gris d'acier.

– Prenez garde, monsieur Macleod.

Sur ce, il expira lentement par le nez, profondément, comme pour maîtriser une flambée de violence intérieure, avant d'ajouter :

– Marc Fraysse me devait plus d'un million. Mais je ne le lui aurais jamais réclamé.

Enzo n'en revenait pas. Il avait pensé que la dette s'élevait à quelques centaines de milliers d'euros, certainement pas à un million. Des hommes avaient déjà tué pour beaucoup moins.

– Un million ? Pourquoi ne pas le réclamer ?

– Parce que Marc était un ami. On se voyait souvent lorsqu'il venait à Paris. Quant à l'argent qu'il me devait... ? Eh bien, il était virtuel, n'est-ce pas ? Enfin, ce n'était pas de l'argent que je lui avais prêté.

Seulement des gains sur des paris. Je ne l'avais pas sorti de ma poche. En plus, j'avais le restaurant comme garantie. Je n'aurais jamais été perdant.

– Chez Fraysse ? Vous aviez l'auberge comme garantie contre ses pertes ?

– Oui, en quelque sorte. Je possédais le meilleur restaurant de France, même si ce n'était que par procuration.

Cette révélation sidéra Enzo.

À l'autre bout de la piste, la première course avait commencé. Les drivers menaient leurs chevaux en essayant d'occuper la meilleure position dès la sortie du premier virage. Ransou leva ses jumelles pour voir dans quel ordre ils allaient se placer. Enzo, lui, regarda la retransmission télé sur l'écran géant : soulevé par les sabots, le mâchefer mouillé éclaboussait les drivers assis dans leurs sulkys ; ils avaient des lunettes pour se protéger les yeux, mais rien pour empêcher la queue de l'animal de leur fouetter le visage. Il se fit la réflexion que cette profession ne semblait rien avoir de très séduisant.

– Ça vous dirait de parier, monsieur Macleod ?

Enzo se retourna et son air dégoûté fit naître un sourire sur les lèvres de Ransou.

– Non, merci. Je ne suis pas joueur.

– Vraiment ? Ce n'est pas ce que j'ai entendu dire.

Surpris, Enzo jeta un regard interrogateur à l'ex-boxeur :

– Ah bon ? Et qu'avez-vous entendu dire ?

– Vous avez parié que, grâce aux nouvelles techniques scientifiques, vous seriez capable de résoudre les sept affaires criminelles non résolues les plus célèbres de France. Voilà ce que j'ai entendu dire.

– Disons que je ne parie que sur des valeurs sûres.

– Moi aussi, ricana l'autre. Je vous aurais filé des tuyaux sûrs.

– Je parie que oui, dit Enzo en se forçant à sourire.

Le bookmaker agita un doigt dans sa direction :

– Ha ! Vous voyez ? Vous êtes un joueur qui s'ignore.

Enzo ne put s'empêcher de rire. Ransou était un homme dangereux, il le savait. Le genre d'homme qu'il valait mieux éviter de mettre en colère. Mais il possédait néanmoins un côté franchement sympathique.

– Alors… quand Marc est mort, vous avez tiré un trait sur sa dette ?

– Bon Dieu, non ! s'esclaffa Ransou. Je me suis fait payer.

Enzo le regarda bouche bée :

– Mais… par qui ? Qui l'a remboursée ?

– Son frère Guy, bien sûr. Je n'ai eu aucun scrupule à lui soutirer le fric.

La première course se terminait, les drivers fouettaient les chevaux en sueur pour leur faire franchir au plus vite la ligne d'arrivée. Apparemment satisfait du résultat, Ransou prit le menu en main.

– Commandons, si vous le voulez bien. Je meurs de faim, et je viens de gagner mon déjeuner.

Chapitre 32

C'était avec une certaine appréhension qu'Enzo poussait désormais la lourde porte verte de l'immeuble de Raffin. Comme toujours, les bruits de la ville disparurent dès qu'elle se referma derrière lui, et il entendit ses pas résonner entre les murs lorsqu'il traversa la cour aux pavés rendus glissants par la pluie et les feuilles mortes du vieux marronnier.

Le souvenir du coup de feu qui avait failli ôter la vie au journaliste le hantait. Il revoyait ce dernier, blessé, gisant sur le palier, et son sang sur ses mains, au sens propre comme au figuré.

Comme ce soir-là, comme chaque fois qu'il venait ou presque, d'ailleurs, quelqu'un jouait du piano. C'était à présent une interprétation maladroite de Rachmaninov. La lumière du jour faiblissait vite ; sur le sol, les lampes des appartements dessinaient déjà des rectangles ou des carrés. Il poussa la porte vitrée de la cage de l'escalier et gravit sans entrain les marches jusqu'au premier étage. S'il voulait voir sa fille, il ne pouvait éviter Raffin, et cela le contrariait.

Dès leur première rencontre, les deux hommes n'avaient éprouvé aucune sympathie l'un pour l'autre. Seule leur collaboration sur les sept affaires non résolues, pour lesquelles le journaliste s'était soigneusement documenté avant d'écrire son livre, *Assassins sans visage*, les avait maintenus dans une relation courtoise. Or même cette relation menaçait de se dégrader depuis que Kirsty partageait la vie de Roger Raffin.

Ce fut lui qui ouvrit la porte. Ils échangèrent une poignée de main polie mais sans chaleur. Enzo se souvint de sa première visite dans cet appartement, de sa rencontre avec Charlotte, une rencontre fortuite qui avait bouleversé sa vie.

Kirsty se leva de la table lorsque, à la suite de Raffin, il entra dans le salon où trônaient deux gros fauteuils en cuir inconfortables, si bas qu'Enzo éprouvait la plus grande difficulté à s'y asseoir et à s'en extraire. Cela ne semblait pas gêner le couple ; apparemment, ces jeunes gens passaient leur vie perchés sur les chaises encore plus inconfortables qui entouraient la table où ils mangeaient, lisaient, écrivaient, buvaient. Deux grandes fenêtres donnaient sur la cour.

– Papa !

La jeune femme se jeta à son cou et se serra contre lui. Il l'embrassa, puis la tint un instant à bout de bras pour la regarder :

– Tu as l'air en forme, constata-t-il.

En effet, sa pâleur et ses cernes avaient disparu. Son visage était plus plein, plus coloré que lors de leur dernière rencontre, et elle avait les yeux brillants.

Le journaliste les observait en silence, l'air sombre ; Enzo se demanda l'espace d'un instant s'il n'était pas jaloux de leur relation. Après des années de séparation, père et fille s'étaient redécouverts, rapprochés. Et, bizarrement, ce nouveau lien n'avait pas été brisé par la révélation qu'elle était la fille biologique du meilleur ami d'Enzo.

D'un mouvement rapide, elle rejeta ses longs cheveux bruns en arrière, et replia sa silhouette longiligne sur une chaise.

– Assieds-toi. Roger va déboucher quelque chose de bon, dit-elle en jetant un coup d'œil à son ami, qui répondit par un léger hochement de tête et partit chercher ce quelque chose de bon. Alors, comment vas-tu ?

– Je me suis fait tabasser par un soupirant de Sophie jaloux de moi, ensuite j'ai failli laisser ma tête dans le Massif central à cause d'un type qui m'a tiré dessus, mais à part ça tout va très bien, répondit-il en souriant.

Kirsty se demandait s'il était sérieux ou non quand le rire de Roger résonna dans la pièce voisine.

– Toujours prompt à vous fourrer dans le pétrin, à ce que je vois ?

– Hélas.

– Comment ça se passe ? L'enquête Fraysse, je veux dire.

– Elle évolue lentement. Pas grand-chose de nouveau. Mais j'ai récupéré son téléphone et le numéro de quelqu'un qui lui a donné rendez-vous au vieux buron le jour de sa mort.

Raffin apparut soudain sur le seuil de la porte, les yeux brillant de curiosité.

– Vraiment ? Qui ?

– Je cherche encore. Mais j'ai découvert qu'il devait plus d'un million d'euros à un bookmaker parisien, et qu'il avait mis son restaurant en gage.

Raffin émit un petit sifflement.

– Et aussi qu'il avait une liaison avec la femme de son second.

– Bon Dieu, Enzo ! Et vous appelez ça avancer lentement ! s'écria le journaliste en s'approchant de la table avec une bouteille et deux verres.

Enzo sourit.

– C'est peut-être juste l'impression que ça donne là-haut sur le plateau, sous la pluie et le brouillard. Oh ! Dom Pérignon 1995 ! Qu'est-ce qu'on fête ?

– Une visite de mon père est toujours une fête, glissa Kirsty.

Lorsque Roger fit sauter le bouchon, elle parut se tendre et son sourire se crispa un peu. Il la regarda en montrant la bouteille et haussa les sourcils. Elle secoua la tête.

– Non, je reste à l'eau.

Après avoir rempli les deux verres de champagne, il en tendit un à Enzo et leva le sien. Kirsty se resservit de Badoit puis lança le classique toast écossais :

– *Here's tae us, wha's like us ? Damn few, and they're a' deid*[1]

---

1 À nous, qui nous ressemble ? Ils sont bien peu, et déjà tous morts

Mais Enzo ne suivit pas. Les regardant tour à tour, il demanda :

– Qu'est-ce qu'il se passe ?

Le visage de Kirsty s'empourpra. Elle jeta un coup d'œil à Roger, qui répondit :

– Nous allons nous marier.

Le cœur d'Enzo cessa de battre, comme si quelqu'un avait enfoncé une touche pour le mettre sur *pause*. Il fixa sa fille, qui n'osait pas croiser son regard. Elle savait, comme Raffin, que la nouvelle ne le réjouirait pas. Enzo fit un effort colossal pour presser la touche *play*, et son cœur se remit à battre. Levant enfin son verre, il dit avec un sourire forcé :

– Eh bien, félicitations.

Embarrassés, tous trois burent sans rien ajouter de plus.

– Pourquoi ? demanda-t-il enfin. Je veux dire que, de nos jours, ce n'est pas une obligation. Des tas de gens vivent en couple sans se marier.

– Parce que je suis enceinte.

Les paroles de Kirsty tombèrent comme autant de pierres dans le silence de la pièce. Enzo ne savait pas trop pourquoi il était si choqué. Mais il l'était. Il contempla sa fille d'un air incrédule.

– C'est un garçon, précisa-t-elle. Tu vas avoir un petit-fils.

Puis elle plaisanta :

– Ça te donne un coup de vieux, je parie.

– Oui, se contenta-t-il de dire.

Il leva de nouveau son verre pour boire une gorgée de champagne qui l'aida à retrouver ses esprits.

– Eh bien, doubles félicitations, alors.

Malgré l'antipathie qu'il éprouvait pour Raffin, il se leva et lui serra la main en résistant à la tentation de broyer ses doigts délicats. Puis il embrassa sa fille sur le front, glissa une main dans ses cheveux pour l'attirer vers lui jusqu'à ce que leurs deux fronts se touchent, et sentit sa main qui se refermait autour de son poignet et l'étreignait doucement.

Il se rassit sur sa chaise et finit son champagne, le cœur battant, l'esprit en ébullition, submergé par les souvenirs qui remontaient en force à la surface de sa mémoire.

Comment était-ce possible ? Sa petite fille.

– Tu sais, ça me fait réfléchir. De devenir mère à mon tour.

– Réfléchir à quoi ?

– À la famille. Aux parents.

Elle but une gorgée d'eau gazeuse et le regarda droit dans les yeux.

– Tu m'as manqué, papa. Pendant toutes ces années où je grandissais sans toi.

Enzo sentit des larmes de regret et de culpabilité lui piquer les yeux.

– Je ne veux pas de ça pour mon fils, continua-t-elle. Je veux qu'il ait ses deux parents avec lui. Et son grand-père. Toute sa famille.

Elle hésita un moment, détourna les yeux jusqu'à ce qu'elle trouve le courage de croiser à nouveau son regard, et poursuivit :

– Ton propre fils ne devrait pas avoir à souffrir de ça, non plus.

– Kirsty…

– Non. Écoute-moi, papa. On est supposé tirer un enseignement de ses erreurs, n'est-ce pas ?

Enzo se retint de la corriger. Si l'erreur se répétait, ce n'était pas sa faute.

– Il faut que tu parles à Charlotte, papa. Parle-lui. Appelle-la. S'il te plaît.

Elle le fixait intensément, en refermant ses longs doigts fins autour de la main de son père. Les yeux baissés, celui-ci répondit à son étreinte et releva la tête :

– C'est déjà fait. Je la vois ce soir.

Chapitre 33

Les Deux Magots avait été l'un des cafés préférés d'Ernest Hemingway. Au temps de sa jeunesse désargentée à Paris dans les années 1920, l'Américain aimait s'y asseoir devant une tasse de café, une bière ou un verre de vin qui lui durait toute la matinée pendant qu'il écrivait dans son carnet ces histoires qui feraient de lui, plus tard, l'écrivain le plus respecté de sa génération.

Enzo supposait que Charlotte avait choisi cet endroit parce qu'il serait plein de touristes. C'était plus facile, peut-être, d'échanger des paroles chargées de colère dans un endroit anonyme et animé plutôt que dans un établissement moins fréquenté où leur conversation aurait risqué d'attirer des regards curieux.

Il commanda un verre de vin rouge au garçon en long tablier blanc tenant un grand plateau rond en équilibre au-dessus de son épaule gauche. Le café était bondé. Enzo ne cessait de s'étonner de la facilité avec laquelle on pouvait se sentir isolé au milieu d'une foule.

Charlotte avait presque vingt minutes de retard. Quels qu'aient pu être ses sentiments à son égard, il sentit les battements de son cœur s'accélérer dès qu'il la vit se faufiler entre les tables pour le rejoindre. Elle portait un grand manteau noir ouvert sur un pull ras-du-cou et un jean. Ses longs cheveux bruns bouclés étincelaient de gouttes de pluie.

Il lui trouva bonne mine quand elle se pencha vers lui pour l'embrasser sur la joue avant de se laisser tomber sur la chaise opposée. Elle avait le teint rosi par le froid et les yeux brillants – les yeux les plus sombres qu'Enzo ait jamais vus. Deux lacs mystérieux qui l'ensorcelaient et l'hypnotisaient. Un sourire éclairait son visage ; elle paraissait sincèrement heureuse de le voir.

– Comment vas-tu, Enzo ? Toujours en train de traquer des assassins ?

– J'essaye. Et toi ?

– Oh, moi, je n'essaye pas de les attraper. J'essaye seulement de les persuader de changer. Tu le sais.

Enzo savait surtout que ce n'était pas vraiment exact. Son métier de thérapeute avait beau la satisfaire totalement, elle acceptait encore d'aider de temps en temps le Quai des Orfèvres quand on la sollicitait pour résoudre certaines affaires particulièrement opaques car elle avait suivi, aux États-Unis, une formation de psychologue criminologue.

– Qu'est-ce que tu veux boire ?

– Un kir.

Il attira l'attention du garçon auquel il commanda un kir et un autre verre de rouge.

– Alors, qu'est-ce que tu es venu faire à Paris cette fois ?

Hésitant à attaquer directement le vif du sujet, Enzo haussa les épaules.

– Des choses et d'autres.

– Ça doit te prendre un temps fou, plaisanta-t-elle.

Il sourit, et se recula lorsque le garçon posa les consommations sur la table.

– Roger et Kirsty se marient.

– Je sais.

Cela n'aurait pas dû le surprendre. Il n'ignorait pas que Roger et Charlotte se voyaient encore occasionnellement – une relation qu'il n'avait d'ailleurs jamais comprise. Des anciens amants qui avaient rompu dans la douleur et continuaient néanmoins à se fréquenter ?

– Elle est enceinte.

– Ça aussi, je le sais.

– Je suppose que c'est Roger qui te l'a dit.

– Non, c'est Kirsty.

– Tu l'as vue ? demanda-t-il, stupéfait.

– On a déjeuné ensemble, l'autre jour.

Elle sourit et ajouta :

– Ferme la bouche, Enzo. Tu as l'air idiot avec cette mâchoire qui pend.

– J'ignorais que vous vous fréquentiez.

– On ne se fréquente pas. Elle m'a appelé sans crier gare, précisa-t-elle avant de boire une gorgée de kir.

– Pourquoi ?

– Pour me dire que j'étais une garce égoïste et sans cœur.

L'expression du visage d'Enzo la fit franchement rire, mais elle reprit vite son sérieux.

– Oh, pas vis-à-vis de toi, non. Mais vis-à-vis de mon fils. *Notre* fils.

Elle fixait maintenant son verre sans le voir et le faisait tourner dans sa main.

– Elle m'a dit des choses. Sur ce qu'elle a éprouvé lorsque tu es parti. À quel point elle t'avait haï et t'en avait voulu. Sans pourtant jamais cesser de t'aimer, d'avoir besoin de toi. Elle m'a dit qu'elle ne s'était pas sentie accomplie avant le jour où tu l'avais de nouveau serrée dans tes bras en lui disant que tu l'aimais, et qu'elle avait avoué t'aimer, elle aussi.

Enzo sentit ses yeux se remplir de larmes et sa gorge le brûler.

– Elle m'a encore dit…

Levant les yeux, elle fut sidérée de voir couler ses larmes silencieuses et parut un instant elle-même émue.

– Elle m'a appris que tu n'étais pas son vrai père. Enfin, pas son père biologique. Mais que ça n'avait aucune importance. Elle t'aime, elle a besoin de toi, et tu seras toujours son papa.

Enzo respirait avec peine.

– Je n'arrive pas à croire qu'elle t'ait dit ça.

Un petit sourire triste releva les coins de la bouche de Charlotte.

– Elle voulait me faire comprendre ce que cela signifiait d'avoir un père. Et ce que cela signifiait de ne pas en avoir. Un plaidoyer percutant, Enzo. Tiré de l'expérience et du cœur. Elle a déclaré que je n'avais pas le droit de refuser à mon fils la possibilité d'avoir un père.

Le monde d'Enzo se réduisit soudain à l'espace minuscule qui n'existait qu'entre eux, autour de cette table. Le café était désert. Tout avait disparu, les clients, les voix, les rires, les garçons impérieux avec leurs plateaux surfant au-dessus des têtes. C'est à peine s'il osa demander :

– Et alors ?

– Et alors, il est possible que mon esprit et mon corps aient tous les deux souffert d'un certain déséquilibre pendant ma grossesse. Je suppose que Kirsty m'a seulement fait prendre conscience de ce que je savais déjà au fond de mon cœur.

Elle vida son verre et le regarda droit dans les yeux.

– C'est aussi ton fils.

– Comment l'as-tu appelé ? murmura-t-il.

Elle sourit, et ce sourire exprimait toute la tendresse qu'elle portait à Enzo et semblait en même temps résolue à nier :

– Laurent.

***

La maison et le cabinet de Charlotte étaient installés dans un ancien entrepôt de charbon du treizième arrondissement, reconverti en habitation. La pièce maîtresse en était un jardin intérieur sous une haute verrière – où avaient lieu les séances de thérapie. La cuisine, le bureau et le salon occupaient une partie du premier étage, au-dessus de l'entrée principale. Les chambres aux murs de verre donnaient sur le jardin et les passerelles permettant d'y accéder.

Le taxi s'arrêta rue des Tanneries, devant la porte protégée par une grille de ce qui avait été autrefois le bureau du marchand de charbon. La rue était sombre et déserte, tous les locaux commerciaux et industriels étant fermés pour la nuit. Autrefois, dans ce quartier, la poussière blanche des innombrables tanneries recouvrait la rue comme de la neige et la teinture écarlate de la manufacture de Jean Gobelin teignait les eaux de la Bièvre en rouge sang.

La pluie tombait à verse lorsque Charlotte fit entrer Enzo dans le petit vestibule où ils laissèrent leurs manteaux avant de gravir l'escalier étroit menant à la cuisine.

– Janine ? appela-t-elle.

Une adolescente de dix-huit ou dix-neuf ans descendit les quelques marches séparant la cuisine du salon et lança avec un grand sourire :

– Salut, Charlotte !

– Tout va bien ?

– Oui. Je lui ai donné à manger, il y a une heure environ. Maintenant, il dort comme un… euh, comme un bébé !

Elle se mit à rire.

Charlotte lui glissa quelques billets dans la main.

– C'est parfait. Merci, Janine. Je n'ai plus besoin de toi ce soir.

– Super. Même heure, demain ?

– Oui.

La jeune fille sourit à Enzo, qui la salua d'un signe de tête distrait, descendit l'escalier et sortit dans la nuit. En réalité, il ne lui avait prêté aucune attention ; l'esprit confus, plein de joie, de peur et d'inquiétude à la fois, il ne voyait pratiquement rien autour de lui. Une seule pensée l'obsédait, *Laurent. Lorenzo, Laurent.* Même nom, dans des langues différentes. Elle avait donné au bébé le prénom de son père.

Il la suivit dans le salon, puis redescendit quelques marches à sa suite pour accéder à la passerelle conduisant à sa chambre. Grâce à la lampe allumée, il pouvait en voir l'intérieur : le lit, soigneusement fait pour une fois, et, au bout, le berceau blanc.

– Il dort avec moi, dit-elle. Il m'a fallu longtemps pour m'habituer à tous ses drôles de petits bruits. Sa respiration.

Elle lui jeta un coup d'œil avant d'ajouter :

– Il ronfle comme toi, tu sais. Maintenant, je crois que je ne pourrais plus dormir sans lui.

Enzo entendait la pluie tambouriner sur le verre au-dessus de sa tête. Ainsi que le bruissement délicat du cours d'eau artificiel, en bas dans le jardin. Et la voix de Charlotte résonnant entre les surfaces dures et froides qui les entouraient.

Avant d'atteindre la porte de sa chambre, elle se retourna pour le regarder :

– Cela ne change rien, Enzo. Entre toi et moi. Nous avons eu de bons moments ensemble, les fois où nous *étions* ensemble. Et Laurent est le produit de cette passion. Ce qui n'est pas une mauvaise chose. Mais j'ai besoin de tourner la page.

Ces paroles lui firent aussi mal que si Charlotte lui avait jeté des pierres qui l'auraient atteint de plein fouet. Plus jamais il ne ferait l'amour avec elle, plus jamais il ne sentirait ses lèvres sur les siennes, ni la puissance du désir qui la rendait aussi ardente et passionnée.

– Il y a quelqu'un d'autre ?

Avec un sourire légèrement nostalgique, elle secoua la tête :

– Non. Il n'y a plus qu'un seul homme dans ma vie.

Il regarda son visage. Ses yeux sombres au regard presque narquois sous les sourcils arqués. Ses lèvres pleines. Ses boucles noires cascadant sur ses épaules carrées. Et il savait pertinemment que même en admettant qu'il pût passer le restant de ses jours avec elle, il ne la comprendrait jamais.

La chambre sentait le lait chaud et le talc parfumé pour bébé. Emmailloté dans une grenouillère, Laurent était couché sur le dos, protégé par une couverture. Ses petites mains ouvertes paumes en l'air encadraient sa minuscule figure rose surmontée d'une touffe de cheveux noirs. Il respirait lentement, régulièrement.

Enzo contempla son fils avec vénération. Il était parfois difficile de prendre conscience qu'en faisant l'amour on pouvait créer un autre être humain - une partie de soi qui vivrait plus longtemps que soi.

– Je peux le prendre dans mes bras ?

Sans un mot, Charlotte se pencha sur le berceau d'où elle souleva doucement l'enfant. Puis elle le passa avec précaution à Enzo, en proie à une émotion si vive qu'il eut peur un instant de le laisser tomber.

Le petit garçon renifla, toussa, tourna la tête et ouvrit les yeux. Des yeux sombres, aussi impénétrables que ceux de sa mère, levés pour la première fois vers son père. Enzo sentit tous les poils de sa nuque se hérisser et l'énorme poids de la responsabilité s'abattre soudain sur ses épaules.

Chapitre 34

Le dôme doré de l'église des Invalides dominait l'extrémité nord de l'avenue de Breteuil. Deux cents mètres plus au sud, le siège social de Michelin, bâtiment moderne et moche de huit étages, s'élevait en retrait derrière une grille et quelques arbres dénudés.

Tête baissée contre la pluie, mains enfoncées dans les poches de son pardessus, Enzo hâta le pas en arrivant à la hauteur de la pharmacie voisine. Pierre Mages l'attendait sous un grand parapluie noir, devant la guérite de sécurité. Les deux hommes se serrèrent la main, puis Enzo leva les yeux vers l'immeuble impersonnel qui avait tant d'influence sur les habitudes culinaires de la nation.

– On n'entre pas ?

– Seigneur, non ! s'esclaffa Mages. Je suis devenu persona non grata ici. Et tant mieux. Mais je connais un café pas loin.

Le café auquel il pensait se trouvait à quelques rues de là. Ses vitres étaient embuées par la chaleur humide qui régnait à l'intérieur. Emmitouflés dans des manteaux et des écharpes, des fumeurs endurcis résolus à abréger leur vie buvaient dehors des cafés qui devaient avoir refroidi depuis longtemps.

Mages trouva une table près de la vitre. Aussitôt assis, il essuya la buée avec sa main pour dégager un espace par lequel il regarda la rue grise et humide.

– Vous avez déjà pris votre petit-déjeuner ? demanda-t-il.

Enzo hocha la tête. En fait, il n'avait rien mangé. Il avait d'ailleurs à peine dormi, obnubilé par l'image de ce minuscule visage qui le regardait, comme si elle était marquée au fer rouge dans son cerveau. Tout au long de la nuit il avait oscillé entre la joie et la dépression. Mais il s'efforçait à présent de se recentrer. Il était là pour sonder le passé, pas pour s'inquiéter de l'avenir.

Mages commanda deux cafés et un pain au chocolat. Enzo l'observa attentivement : cheveux noirs teints, peignés en arrière sur un crâne presque chauve ; peau blafarde ; bajoues flasques ; costume trop large, comme s'il avait récemment maigri. Cet homme devait bien avoir une dizaine d'années de plus que lui.

– Qu'est-ce qui vous a pris d'écrire ce livre ? Vous deviez bien vous douter que Michelin ne le tolérerait pas ?

– Bien sûr. Mais j'en avais plus qu'assez, monsieur Macleod. J'ai été inspecteur du guide pendant quinze ans, un des pontes de la gastronomie, puis directeur adjoint pendant trois ans. Vous savez, au bout d'un moment, on se sent rassasié.

– La plupart des gens vous auraient envié un tel travail. Manger dans les meilleurs restaurants et faire régler l'addition par son employeur.

Mages eut un petit rire dépourvu d'humour.

– Vous ne vous rendez pas compte, cher monsieur. D'ailleurs, personne ne le peut avant d'avoir essayé. Avaler deux énormes repas par jour, analyser chaque bouchée avalée, inspecter les chambres, contrôler les prix. Monter et descendre des escaliers d'hôtels. Perpétuellement sur la route. Toujours loin de chez soi. Une vie sacrément solitaire. Puis, de retour à Paris, une halte au Service du Tourisme le temps de rédiger les rapports, de recevoir sa prochaine mission, et à nouveau sur la route. Oh, et toujours en voiture, bien sûr ! Il ne faut pas oublier que Michelin fabrique des pneus. Ce serait un comble que ses inspecteurs se déplacent en train ou en avion.

Il but un peu de café et grignota son pain au chocolat.

– Je vous assure que quand on a mangé d'un bout à l'autre de la France dans tous les restaurants possibles et imaginables, la dernière chose qu'on a envie de voir sous son nez est une assiette pleine. On finit par haïr la cuisine. Chaque plat est une épreuve, chaque repas un supplice. Et, naturellement, on est tenu au secret. On ne peut même pas dire à ses amis comment on gagne sa vie. Non que ce soit mirobolant. J'aurais gagné davantage dans une banque. Pendant tout le temps où je suis resté ici le nombre des inspecteurs a presque diminué de moitié, ce qui signifie un surcroît de travail pour les autres. Davantage de restaurants.

Et plus de bouffe que vous ne pourriez avoir envie d'en avaler en une vie.

– Vous semblez avoir retrouvé votre appétit, remarqua Enzo en le voyant tremper son pain au chocolat dans son café.

Mages sourit :

– Un petit extra que je m'accorde exceptionnellement. Ma femme m'a mis au régime depuis que je ne travaille plus chez Michelin. Le jeune homme plutôt maigre qu'elle a épousé pesait une bonne trentaine de kilos de plus quand il a pris sa retraite. Et je ne vous parle pas de l'état de mes artères avec toutes ces sauces à base de crème, de beurre, de foie gras.

Enzo aurait presque juré voir la peau grise qui entourait ses yeux prendre une teinte de plus en plus verte au fur et à mesure qu'il parlait.

– Vous aimiez bien votre travail ?

– Au début, je l'adorais ! s'esclaffa Mages. J'étais au paradis. Mais, franchement, qui a envie de s'éterniser au paradis ? L'excès de bonnes choses et la ronde interminable des routes et des restaurants peuvent devenir mortellement ennuyeux.

Enzo but une gorgée de café, puis demanda :

– On vous a renvoyé quand le livre est sorti ?

– Non, on m'a interdit de le publier tant que je restais employé chez Michelin. Les extraits des confessions d'un inspecteur étalés dans la presse auraient donné une mauvaise image du guide.

– Alors, vous avez démissionné ?

– Oui.

– Et le livre a eu du succès ?

Mages haussa les épaules.

– Un succès modéré. Il a fait un peu de bruit à sa parution. Et puis, vous savez, les médias passent vite d'un sujet brûlant à un autre. Il n'y a rien de plus superflu qu'un journal de la veille… ou des invendus sur les étagères d'une librairie. Comme un plat qui a refroidi. On en a vendu quelques-uns, et il en est resté beaucoup.

– Vous étiez encore directeur adjoint l'année où Marc Fraysse a été assassiné, lança Enzo en observant attentivement sa réaction.

– Oui.

– Vous avez dû lire l'article de Jean-Louis Graulet propageant cette rumeur selon laquelle Fraysse allait perdre une étoile.

– En effet.

– Et alors ?

– Alors, quoi ?

– C'était vrai ?

Les yeux dans ceux d'Enzo, Pierre Mages répondit :

– Absolument pas. Si Michelin avait accordé quatre étoiles, Marc Fraysse aurait pu en gagner une de plus.

Chapitre 35

Rue Molière, à deux pas de l'avenue de l'Opéra, le restaurant Au Gourmand était coincé entre un antiquaire et une agence immobilière. En accord avec les goûts éclectiques du palais français, il partageait la rue avec un restaurant japonais et une pizzeria.

C'est dans ce bistro grand comme un mouchoir de poche, fréquenté par le public des théâtres, que Jean-Louis Graulet avait donné rendez-vous à Enzo. Il l'attendait à une table proche de la fenêtre, et se leva pour lui serrer la main avant de l'inviter, d'un geste, à s'asseoir en face de lui.

– Je suis très heureux de vous rencontrer, dit-il. J'ai lu beaucoup de choses sur vous.

– Rien que du bien, j'espère.

Graulet sourit.

– Non, pas exactement On dirait que la police française et les milieux politiques ne vous apprécient guère.

– Seulement parce qu'ils n'aiment pas voir leurs erreurs dévoilées au grand jour. De la même façon, je suppose, qu'un chef peut vous en vouloir de prendre sa place en cuisine et de l'humilier en préparant un plat meilleur que le vôtre.

Cette fois, le critique éclata de rire.

– Dieu m'en garde ! J'adore manger, mais je déteste faire la cuisine !

Il était plus petit qu'Enzo ne l'avait imaginé. C'était un homme mince à la mine sévère, qui n'avait pas du tout l'air d'un amateur de bonne chère. Il possédait des yeux vifs couleur ambre et un sourire désarmant alors que les traits de son visage n'étaient pas particulièrement séduisants. Enzo, qui se préparait à le détester, se trouva malgré lui subjugué.

Il jeta un coup d'œil aux murs jaune pâle, aux chaises marron ornées d'un liseré doré et du monogramme *G*, aux livres et aux étagères peints sur le mur où s'ouvrait la porte de la cuisine.

– Pourquoi avez-vous choisi cet endroit pour notre rencontre ?

– On m'en a dit du bien ; je compte en faire la critique sur mon blog. Avant, il appartenait à Claude Verger et s'appelait La Barrière Poquelin. Judicieusement baptisé, n'est-ce pas ? La Barrière Molière aurait été un choix trop évident. Mais Molière étant né Jean-Baptiste Poquelin, cela dénotait déjà une certaine originalité. Qu'on retrouvait dans sa cuisine. C'est ici que Bernard Loiseau s'est fait les dents et un nom avant de se laisser engloutir par son restaurant de Saulieu.

Enzo ne put retenir un petit sourire ironique.

– Vous ne vous êtes pas déguisé pour venir ici ?

– Non, cher monsieur. Si je l'avais été, comment m'auriez-vous reconnu ?

– J'imagine que les propriétaires savent qui vous êtes.

– Vous pouvez parier que oui. Mais ils sont trop discrets pour le montrer. Un verre de champagne ?

– Volontiers.

Graulet attira l'attention d'un serveur qui s'approcha aussitôt, commanda deux verres de Veuve Cliquot et chaussa des lunettes demi-lune avant de consulter le menu.

– Je pense que je vais prendre l'*Œuf de poule*. Je suis curieux de savoir ce qu'ils entendent par leur version contemporaine de l'œuf à la florentine. Ah, et en votre honneur, je me sens obligé de choisir la *Selle d'agneau d'Écosse*. J'imagine que vous en avez goûté pas mal, des agneaux d'Écosse, quand vous viviez là-bas.

– En effet.

Enzo regarda la carte. L'agneau était mariné à l'hibiscus, puis sauté à la poêle. *Cuit au sautoir*, lut-il. Un jeu de mot amusant puisqu'un sautoir était à la fois une poêle et le nom héraldique de la croix de saint André, emblème du drapeau écossais. Il était servi avec des gnocchis, des kumquats et une réduction de jus de cuisson.

– Mais jamais préparé de cette façon, précisa-t-il.

Il continua à examiner les différents plats, fixa son choix sur un ravioli ouvert aux légumes de saison, en entrée, puis un civet de sanglier.

– Bravo, le félicita Graulet. Choix parfait pour un homme qui vit dans le Lot. Voyez quel vin vous aimeriez boire avec ça.

Après avoir étudié la carte des vins, Enzo suggéra :

– Que diriez-vous d'un Cahors ? Le château Lagrazette.

– Je ne m'attendais pas à autre chose de votre part. Il ira à merveille avec le sanglier comme avec l'agneau.

Ensuite, retirant ses lunettes, il demanda sans ambages :

– Bon. Alors, que voulez-vous savoir sur Marc Fraysse ?

– Je veux savoir pourquoi vous avez lancé la rumeur selon laquelle il allait perdre une étoile alors que c'était faux.

– Vraiment ?

– Oui. Et je le tiens de source sûre.

– Cette source étant, sans aucun doute, un certain fabriquant de pneus qui se prend pour la référence suprême en matière de bon goût.

Enzo inclina la tête en signe d'assentiment.

– Hum. Eh bien, cher monsieur, je crois pouvoir vous affirmer sans risque d'être contredit que la rumeur venait de Fraysse lui-même.

– Comment cela ? s'étonna Enzo, incrédule.

– Cet homme était paranoïaque. Vous avez certainement entendu parler du petit incident à l'origine de notre antipathie réciproque ?

– Oui.

L'air songeur, Graulet but un peu de champagne avant de poursuivre :

– Je dois d'abord préciser que si je n'appréciais pas ce qu'il faisait, je n'ai jamais mis en doute son talent de chef. Pour moi, sa cuisine s'inspirait beaucoup trop des traditions des XVIIIe et XIXe siècles. Il y apportait une touche personnelle, je vous l'accorde, mais il n'a pas réussi à la propulser dans le XXIe siècle, comme certains de ses contemporains. L'excellent Michel Bras, par exemple, dont la manière d'utiliser les produits régionaux pour transformer des mets traditionnels est tout à fait unique. Sans parler de la présentation de ses plats – de véritables œuvres d'art. À côté de Bras, atypique au milieu des chefs étoilés du Michelin, Fraysse était, à mon avis, un amateur. Encore une consécration propre aux papes du Michelin.

– Vous ne l'aimiez vraiment pas.

Pour la première fois, Graulet s'énerva :

– Que je l'aie aimé ou non n'est pas la question. Lui, ne m'aimait pas. Parce que mes critiques le mettaient face à ses pires frayeurs. Il savait que j'avais raison, et l'idée d'être un jour découvert le terrifiait au plus profond de lui-même.

Ils furent interrompus par le serveur venu prendre leur commande. Lorsqu'ils furent de nouveau seuls, Enzo demanda :

– Comment a-t-il pu lancer cette rumeur sur lui-même, alors ?

– Par peur que cela se produise. Il vivait dans la crainte de perdre une étoile, la crainte des ennuis financiers et de l'humiliation personnelle que cela entraînerait. Quand on célèbre son succès en public, on doit s'attendre à ce que ses échecs se trouvent eux aussi placés sous les feux de la rampe. Cet hiver-là, il a commencé à téléphoner à tous les amis qu'il avait dans le métier pour chercher à se rassurer auprès d'eux.

Voilà comme il a réussi à semer les graines du doute dans les esprits. Le monde de la cuisine française est très petit, très fermé. Et dans la chaleur des cuisines, une rumeur microscopique peut se développer jusqu'à devenir un poison d'une extrême violence.

Il sourit avant d'ajouter :

– Naturellement, quand elle m'est parvenue aux oreilles, j'ai pris le plus grand plaisir à la publier. Une petite vengeance.

– Alors que vous saviez que c'était faux.

– Je ne le savais pas.

Pour la première fois depuis qu'il s'était assis en face de cet homme, Enzo commença à ressentir pour lui l'aversion à laquelle il s'était attendu dès le début. Au moment d'attaquer l'entrée qu'on venait de servir, il lança :

– Je croyais que le métier de journaliste consistait à rapporter des faits et non des présomptions.

– Dans ce domaine, cher monsieur, les faits n'existent pas. Il n'y a que des opinions. Et bien que ce meurtre me consterne, mon opinion n'a pas changé. Marc Praysse ne méritait pas une étoile, encore moins trois.

Chapitre 36

Le lundi matin, ayant quitté Paris très tôt, Enzo arriva à Saint-Pierre peu après dix heures. En ce jour de Toussaint, les rues étaient désertes. Il n'y avait du monde que dans les cimetières, où les vivants venaient fleurir les tombes des morts.

En garant sa voiture sur le parking presque vide de l'auberge, il se souvint que l'hôtel était maintenant fermé. L'ultime dîner de la saison avait été servi la veille, et les derniers clients s'en étaient allés après le petit-déjeuner. Les quelques voitures présentes appartenaient probablement à des membres du personnel. Un bon nombre d'entre eux, dont les chefs, allaient devoir passer plusieurs jours à nettoyer et ranger pour l'hiver la cuisine et les chambres.

Un frisson le parcourut tandis qu'il foulait le tapis de feuilles mortes en direction de l'entrée de l'hôtel. En ce premier jour de novembre, la pluie avait cessé, mais le mercure avait chuté et le ciel plombé annonçait la possibilité d'une neige précoce. Cette perspective ne l'enchantait guère.

Il venait juste de contourner l'angle du bâtiment quand il s'arrêta net à la vue de Sophie qui, l'air perdu, se tenait debout sur les marches, avec sa valise.

– Qu'est-ce que tu fais ? Tu t'en vas ? Je croyais que tu devais travailler jusqu'à la fin de la semaine.

– C'est ce qui était prévu, grommela-t-elle. Jusqu'à ce que ce petit merdeux de Philippe aille raconter à Guy que j'étais ta fille.

Enzo poussa un grand soupir. Une fois Sophie découverte, il n'avait plus aucune chance d'obtenir des informations de Guy, Élisabeth et les autres.

– Pourquoi a-t-il fait ça ?

– On s'est disputés.

– Je croyais t'avoir dit de l'éviter.

– J'ai essayé. Mais il semblait croire que le fait de m'avoir percée à jour lui donnait un avantage sur moi. Je lui ai fait comprendre qu'il se fourrait le doigt dans l'œil.

– Et alors ?

– Et alors, Guy m'a virée.

– Bon sang, Sophie !

– Je suis désolée, papa, mais ce n'est pas ma faute !

Sa lèvre inférieure se mit à trembler quand elle ajouta :

– Bertrand ne peut pas venir me chercher avant la fin de la semaine. Je ne sais pas où aller.

Enzo leva les yeux au ciel en pensant à tout le travail accompli en une semaine et désormais réduit à néant.

– On trouvera une chambre d'hôtel quelque part. J'imagine qu'ils vont me mettre à la porte, moi aussi.

– On n'en trouvera pas, papa. Tous les hôtels du coin ferment en même temps et les stations de ski n'ouvrent pas avant un mois. Il n'y a plus que Clermont-Ferrand.

Après avoir réfléchi quelques instants, il sortit son téléphone.

– Tu appelles qui ?

– Une amie.

***

Dominique arriva presque en même temps qu'eux devant son immeuble. Elle gara le fourgon bleu de la gendarmerie le long du trottoir, en descendit et, maîtrisant son envie folle de sauter au cou d'Enzo, lui donna une poignée de main solennelle.

– Voici ma fille, Sophie.

– J'ai beaucoup entendu parler de vous, dit Dominique en souriant et en lui serrant la main.

Sophie lança un regard étonné à son père :

– Vraiment ?

– Je ne vous aurais jamais pris pour le père et la fille. Vous ne vous ressemblez pas du tout.

– Sophie ressemble surtout à sa mère.

– En fait, rétorqua Sophie avec une grimace, si mes cheveux n'étaient pas teints, vous trouveriez une ressemblance flagrante. Mêmes cheveux bruns et même mèche blanche.

– Ah, vous avez hérité du Waardenburg.

– Décidément, il vous a raconté beaucoup de choses.

Gêné, Enzo se dandina d'un pied sur l'autre tandis que Dominique ouvrait la porte et les précédait dans l'escalier.

– Moi aussi, j'ai peur de ne pas savoir où dormir, annonça Enzo en pénétrant dans l'appartement.

Dès qu'elle vit Enzo, Tasha se mit à aboyer et à lui sauter dessus, manquant de peu de le renverser. Il la cajola comme une vieille amie en lui frottant le cou et les oreilles, en lui ébouriffant le poil et en évitant ses grands coups de langue.

– Malheureusement, je n'ai qu'une seule chambre d'ami, lança Dominique en regardant Enzo.

– Je pourrais la partager avec Sophie, s'empressa-t-il de dire.

– Eh bien… c'est un grand lit mais, bon, vous n'êtes pas vraiment des étrangers l'un pour l'autre.

Sophie fit la grimace.

– Installez-vous dans le salon pendant que je vais chercher des draps.

Tasha les suivit dans la pièce où le feu de bois auprès duquel Enzo et Dominique s'étaient réchauffés lors de leur première nuit ne flambait plus depuis longtemps. Par la fenêtre, Enzo regarda la vallée qui se dissolvait presque dans la lumière grise et froide. Sophie le tira par le bras et approcha sa bouche de son oreille pour murmurer :

– Tu couches avec elle !

Sachant qu'il était inutile de nier, il ne répondit pas.

– Tu es impossible, papa !
– Je suis humain, Sophie.
Elle lui jeta un regard noir, puis ne put empêcher un sourire d'étirer ses lèvres.
– C'est idiot de partager la chambre avec moi. De toute façon, je ne veux pas d'un géant poilu dans mon lit. Même si c'est mon père.
Dominique apparut alors sur le seuil de la porte :
— La chambre est par là, Sophie.
La jeune fille tira sa valise derrière elle en jetant un petit coup d'œil à Enzo, qui poussa un soupir. Sa vie ne semblait être qu'une longue succession de femmes ayant toutes quelque chose à lui reprocher.
Au bout d'un moment, Dominique réapparut. Baissant la voix, elle demanda :
– Je suppose qu'elle a deviné, non ?
Il hocha la tête.
– Les femmes ont de l'instinct pour ce genre de chose.
– Oui. Je sais.
Elle ferma alors la porte et se retourna vers lui :
– J'ai eu des nouvelles de la compagnie de téléphone ce matin. Au sujet du propriétaire de ce numéro de mobile. J'allais partir l'arrêter quand tu m'as appelé.
Aussitôt Enzo sentit son attention se reconcentrer sur le meurtre de Marc Fraysse.
– Qui était-ce ?
– Anne Crozes.

Chapitre 37

Anne et Georges Crozes habitaient, au sud de Saint-Pierre, une ancienne ferme restaurée, nichée dans un vallon environné de conifères. Ce bâtiment imposant au toit de lauze tout neuf sentait l'argent. Apparemment, les Crozes avaient largement bénéficié du succès de Chez Fraysse. Une seule voiture était garée devant la maison lorsqu'ils arrivèrent. Une BMW noire. On ne voyait nulle part le Scénic d'Anne.

– Elle n'a pas l'air d'être là, constata Enzo.

Dominique arrêta son fourgon derrière la BMW.

– On va voir. En tout cas, elle n'est pas à l'hôtel. Je le sais. Son contrat pour la saison se terminait hier.

Ils sortirent dans l'air froid. Seul le croassement des corbeaux, au loin, brisait le silence. Une fumée bleue s'échappait de la cheminée et planait en écharpes au-dessus du toit. Voyant, dans la vallée, un faucon se laisser tomber du ciel comme une pierre, Enzo comprit qu'une créature sans méfiance n'allait pas tarder à mourir.

Georges Crozes ouvrit la porte avant qu'ils n'aient le temps de l'atteindre. Enzo eut un peu de mal à le reconnaître. Sans sa tenue de chef, il semblait en quelque sorte moins imposant. Dieu dans la cuisine, mais simple mortel dans le monde réel. Il portait un vieux jean usé trop large tombant sur ses hanches étroites et un sweat-shirt gris dans lequel il nageait. Il paraissait aussi plus âgé.

– Que voulez-vous ? demanda-t-il en promenant son regard de l'un à l'autre.

Dominique prit la parole :

– Anne est à la maison ?

– Qu'est-ce que vous lui voulez ?

– J'aimerais lui parler.

– Qu'est-ce qu'il fait là, lui ? grogna-t-il en désignant Enzo du menton.

– Il nous aide dans notre enquête.

Crozes fixa sur l'Écossais ses yeux verts et perçants.

– Votre espionne ne vous a pas livré assez d'informations comme ça ?

Ainsi, tout le monde était au courant. Enzo choisit d'ignorer la pique.

– Où est-elle, Georges ? insista Dominique.

– Pas la moindre idée. Elle ne me dit jamais rien, lança-t-il en avançant la mâchoire, comme pour les défier de mettre sa parole en doute.

– Très bien. Quand vous la verrez, dites-lui que je dois lui parler de toute urgence. Et que si elle ne vient pas me voir, je reviendrai la chercher avec un mandat.

Le visage de Crozes s'assombrit.

– Qu'est-ce qu'elle a fait ?

– Contentez-vous de lui répéter ce que je viens de vous dire, Georges.

Avant de refermer la porte, il les regarda s'éloigner vers le fourgon. Enzo se demanda ce qui pouvait bien lui traverser l'esprit à cet instant précis.

– Qu'en penses-tu ? dit Dominique, en s'asseyant au volant.

– Je le trouve très hostile.

– L'attaque est la meilleure forme de défense. Qu'est-ce qu'il sait, à ton avis ?

– Beaucoup plus qu'il ne nous dira jamais.

***

La 2CV éraflée et cabossée grimpait péniblement la côte. Le garagiste de Thiers lui avait assuré qu'elle était en bon état, mais Enzo ne trouvait pas qu'elle tournait vraiment rond, surtout après avoir conduit le véhicule de location racé et rapide avec lequel il avait fait l'aller et retour Saint-Pierre-Paris. Peut-être était-il temps, après tout, d'acheter une nouvelle voiture. Ou tout simplement, comme aurait dit Sophie, une vraie voiture.

Il quitta la route principale pour s'engager sur la petite voie qui montait entre les arbres jusqu'à l'auberge. Il devait récupérer les affaires qu'il avait laissées dans sa chambre. Mais la perspective d'affronter Guy et Élisabeth à l'hôtel ne l'enchantait pas du tout.

De loin, il vit un monospace garé sur le parking, au pied de la piste menant au buron. En s'approchant, il reconnut le Scénic d'Anne Crozes. Il s'arrêta derrière, descendit et écouta le silence. On n'entendait rien, juste le cliquetis du moteur de la 2CV en train de refroidir et des cris plaintifs de corbeaux résonnant à travers la forêt. Il essaya d'ouvrir la portière du Scénic – verrouillée ; il scruta les bois – aucun mouvement.

Après avoir fermé à clé sa propre voiture, il entreprit l'ascension de la piste. Au bout de dix minutes épuisantes, il émergea, hors d'haleine, de la pénombre et suivit à flanc de coteau le chemin qui conduisait au plateau. Malgré le froid, il transpirait et soufflait comme un bœuf en arrivant au sommet. Une silhouette solitaire, grande et mince, se tenait sur la colline, au-dessus du buron, le regard tourné vers l'est et la vallée. C'était Anne Crozes, qui lui tournait le dos et ne l'avait pas entendu approcher. Il demeura un moment immobile, à la regarder tout en reprenant sa respiration, puis gravit les derniers mètres.

Surprise, elle se retourna dès qu'elle fut consciente de sa présence. Le peu de lumière tombée du ciel maussade se reflétait tristement sur les larmes qui inondaient ses joues. Quand elle le reconnut, la peur céda la place à la résignation et elle se dépêcha de les sécher avec la paume des mains. Enzo s'arrêta tout près d'elle ; ils se regardèrent en silence, dans le froid qui les enveloppait comme des doigts glacés.

– Vous savez que la police vous cherche ? dit-il.

Elle hocha la tête.

– Georges m'a appelée sur mon portable. J'imagine que vous savez, alors.

Ce n'était pas une question.

– Nous savons que vous lui avez fixé rendez-vous par texto le jour de sa mort. Ce qui vous place au premier rang des suspects de son meurtre, Anne, surtout quand on sait qu'il avait rompu avec vous quelques jours plus tôt.

Les larmes se remirent à couler. Sans bruit.

– Je l'ai rencontré cet après-midi-là, oui. Mais je ne l'ai pas tué. Je n'aurais pas pu. Je l'aimais. Je l'aime encore. Je l'aimerai toujours.

– Pourquoi a-t-il rompu ?

Blessée par le souvenir qui la hantait, elle se mordit la lèvre inférieure.

– Il disait que nous n'avions pas d'avenir.

– Il vous a expliqué pourquoi ?

– Non, pas vraiment. Depuis plusieurs semaines, il se conduisait bizarrement. Il s'était toujours montré très amusant, mais c'était une attitude qu'il adoptait avec moi pour faire bonne figure. Un jour, le masque a glissé et, derrière, est apparue une créature morose, malheureuse que je reconnaissais à peine.

– Pourquoi vouliez-vous le rencontrer ce jour-là ?

– Je me disais que si seulement je pouvais lui parler, le faire asseoir un instant pour qu'il m'écoute, il s'ouvrirait peut-être. Il me confierait peut-être ce qui n'allait pas, ce qui le perturbait autant. Et s'il acceptait, j'avais des chances de le récupérer.

– Et alors ? Il s'est ouvert à vous ?

– Non. Un vrai livre fermé, dit-elle en secouant tristement la tête. Impossible à lire. Impossible à atteindre.

Puis, elle regarda Enzo avec des yeux implorant sa compréhension et poursuivit :

– Il paraissait surexcité. Jamais je ne l'avais vu se comporter aussi bizarrement. Je l'avais déjà vu déprimé, mais cette fois ça frisait la folie. Son exaltation avait quelque chose d'effrayant. Comme s'il se fichait complètement de ce qui pouvait lui arriver. Je savais qu'il avait des dettes de jeu – sans avoir la moindre idée de leur montant. Mais de temps à autre il laissait échapper certaines choses, et je découvrais un homme que je ne connaissais pas. Un homme mû par une force incontrôlable. En fait, je crois que c'est pour cette raison qu'il a rompu avec moi. Il ne voulait pas que je voie cet homme, et je crois qu'il ne pouvait pas le dissimuler plus longtemps.

Après une longue inspiration tremblante, elle ajouta :

– À mon avis, il était sûr de perdre l'auberge. Et pourtant, tel que je le voyais devant moi, un feu brûlant au fond des yeux, il donnait l'impression de planer au-dessus de tout ça, comme si plus rien n'avait d'importance.

– Il vous a dit qu'il avait peur de perdre l'hôtel ?

– Non, pas de manière aussi explicite. Mais je l'ai compris à certaines paroles lâchées ici et là. Comme des pièces de puzzle que je m'acharnais à réunir.

– Et vous pensez avoir obtenu une image exacte de la situation ?

– Je pense avoir capté l'image d'un homme au bout du rouleau. Et l'éventualité de perdre une étoile au

Michelin a été pour lui la goutte d'eau qui fait déborder le vase.

Enzo la regarda attentivement, tout ce qu'il avait appris jusque-là sur le mort prenait du sens à travers ses paroles, à travers le portrait qu'elle dressait d'une âme perdue en quête de rédemption.

– Vous pensez qu'il était suicidaire ?

– Je l'ai redouté, oui. Il était si déprimé. Il se tenait là, à l'entrée du buron, pleurant comme un bébé, mais je ne sais pas très bien pourquoi. Je le voyais comme un enfant. Un petit garçon perdu.

Ses larmes recommencèrent à couler, et Enzo pensa qu'elle voyait peut-être en lui l'enfant qu'elle n'avait jamais eu avec Georges Crozes. Peut-être Marc avait-il révélé en elle la mère autant que l'amante.

– Ça ne m'aurait pas étonné d'apprendre qu'il s'était suicidé. Mais qu'on l'ait assassiné !

Elle leva vers Enzo un regard angoissé :

– Qui aurait voulu le tuer ? Pourquoi quelqu'un aurait-il voulu faire ça ?

En cet instant précis, Enzo se dit qu'il savait peut-être exactement pourquoi.

Chapitre 38

Il était plus de midi lorsque Enzo revint à Thiers ; il n'y avait plus personne à la réception de la gendarmerie. Avisant sur le comptoir un écriteau *Sonnez* à côté d'un bouton, il appuya sur ce dernier et entendit en effet une sonnerie retentir au loin, quelque part dans les bureaux. Trois minutes plus tard, un gendarme mâchonnant un sandwich apparut à la porte et regarda d'un air renfrogné l'importun qui osait le déranger pendant l'heure sacrée du déjeuner.

Dominique, elle aussi, déjeunait. Elle avait étalé une serviette en tissu sur son bureau pour y poser une assiette contenant des rondelles de tomate, une demi-baguette et un petit pot de rillettes de porc. Une demi-bouteille de vin rouge et un verre vide se trouvaient à portée de sa main droite. Elle parut surprise de voir Enzo.

– Je croyais que tu devais retourner à l'hôtel ?

– Je n'y suis pas allé. En route, j'ai rencontré Anne Crozes. Enfin, j'ai vu sa voiture garée au pied de la piste du buron. Je l'ai trouvée là-haut.

– Et tu ne l'as pas ramenée ici ?

– Hé ! Ce n'est pas mon boulot, protesta Enzo en levant les mains. De toute façon, je ne crois pas qu'elle ait tué Fraysse.

– Peut-être que oui, peut-être que non. En tout cas, c'est un témoin important et elle a dissimulé des éléments de preuve à la police. Elle t'a dit quelque chose ?

– Elle m'a raconté qu'elle avait rencontré Marc l'après-midi du crime. Il était bizarre, presque exalté. Surexcité, voilà le mot qu'elle a employé.

Enzo retira sa veste et la suspendit au dossier d'une chaise.

– Dominique, est-ce que Marc Fraysse avait une assurance vie ?

– Oui, dit-elle après réflexion. Oui, j'en suis certaine.

– Est-ce qu'il y en aurait une copie dans le dossier ?

Elle secoua la tête.

– Non. Mais je peux demander à la compagnie d'assurance de m'en envoyer une. Pourquoi ? Tu as une idée ?

– Encore vague. Mais s'il était possible de jeter un coup d'œil à ce contrat, elle pourrait se révéler plus concrète qu'une simple intuition.

Debout devant la fenêtre, pendant que Dominique téléphonait, il observa les signes annonciateurs d'un long hiver morne. Du ciel aux nuances pourpres commençaient à tomber les premiers flocons de neige. Ils avaient beau être minuscules et dispersés, leur simple vue suffit à le faire frissonner.

Dominique raccrocha, étala un peu de rillettes sur un morceau de pain et recouvrit le tout d'une rondelle de tomate.

– Ils vont me la faxer. On devrait la recevoir dans quelques minutes.

Sur ce, elle mordit une bouchée et la fit descendre avec une gorgée de vin.

Le fax arriva en effet cinq minutes plus tard. Sous le regard attentif de Dominique, Enzo examina la police d'assurance vie de Marc Fraysse.

– Qu'est-ce que tu cherches exactement ?

Il se redressa, les yeux brillants, mais avec une expression lointaine.

– Enzo ?

Il cligna des yeux, puis la regarda comme s'il sortait d'un rêve.

– Ça, dit-il en lui montrant une page dont il tapotait un paragraphe avec l'index. Une clause d'exclusion appliquée au suicide. Qui annule le versement de la prime d'assurance au bénéficiaire dans le cas où l'assuré se serait donné la mort. Si Marc Fraysse s'était suicidé, ni Élisabeth, ni Guy n'auraient reçu un centime.

***

Les stagiaires s'affairaient à récurer les comptoirs, démonter les plaques de cuisson et les grilles pour les gratter avec des brosses en fer, laver le sol à grande eau et au désinfectant avant de le frotter avec des balais à franges. Le brouhaha des bavardages s'éteignit à l'entrée d'Enzo et Dominique ; tout le monde les suivit des yeux pendant qu'ils traversaient la cuisine en direction du bureau.

Dès que Guy les aperçut à travers la baie vitrée, une expression de sombre mépris se peignit sur son visage. Toute bonhomie en avait disparu. Une amère déception se lisait dans ses yeux bleus et tristes.

– Je ne vous ai pas offert l'hospitalité dans mon hôtel pour vous permettre de m'espionner, Enzo.

– Je ne vous ai pas espionné.

– Que venait faire votre fille dans ma cuisine, alors ?

– Une formation de chef.

Ce qui était vrai, mais ne répondait pas entièrement à la question.

– Sous un faux nom ?

– Non, sous le nom de sa mère. Il est plus facile pour elle d'utiliser un nom français. Beaucoup de gens ne savent pas prononcer Macleod.

Manifestement, Guy n'en croyait pas un mot, mais il jugea inutile d'insister. Regardant Dominique, il demanda :

– Que voulez-vous ?

Ce fut Enzo qui répondit à sa place :

– Pourquoi Marc a-t-il invité ici tous les médias parisiens le jour de sa mort ?

– Aucune idée, dit Guy d'un air circonspect.

– Je crois au contraire que vous le savez, Guy.

– Et je suppose que vous allez me le dire.

– Nous savons tous les deux que Marc avait de gros problèmes. Et pas seulement à cause de l'étoile qu'il était réellement ou non sur le point de perdre. Il pensait qu'il allait la perdre. Mais ajoutez à cela une dette de jeu de plus d'un million, que seule la vente de l'auberge pouvait rembourser, et vous avez un homme pris au piège de son addiction et de sa paranoïa.

Le visage de Guy se décomposait lentement.

– Il se croyait sur le point de perdre tout ce qu'il avait mis une vie à créer. Chez Fraysse. Sa réputation. Son image. Il se voyait déjà ruiné et humilié. Mais ce n'était pas le genre à s'en aller en pleurnichant, n'est-ce pas ?

– Je ne sais pas de quoi vous parlez.

– Mais si vous le savez. Il voulait partir à grand renfort de publicité, n'est-ce pas Guy ? Il voulait que tous ces journalistes qu'il avait passé sa vie à cultiver, soient sur place pour couvrir son suicide. Tout était perdu, mais son dernier acte serait grandiose, théâtral. Il se montrerait aussi flamboyant dans la mort qu'il l'avait été dans la vie.

– Le seul problème, intervint Dominique, c'est que l'assurance n'aurait rien payé s'il commettait un suicide.

– Peut-être s'en moquait-il après tout, continua Enzo. Mais pas vous. Ni Élisabeth. Parce que, sans Marc et sans le versement de l'assurance vie, vous perdiez tout, vous aussi. Quand vous êtes montés, ce jour-là, et que vous l'avez trouvé mort dans le buron, vous avez compris que vous étiez ruinés. Voilà pourquoi vous avez trafiqué la scène afin de faire croire à un meurtre, n'est-ce pas ? Qui en a eu l'idée, Guy ? Vous ? Élisabeth ?

Mais ce n'était pas une question à laquelle Guy accepterait de répondre. Il fixa sur Enzo son regard bleu, voilé et renfrogné, et lança :

– Je crois que vous allez en baver pour le prouver.

Et Enzo se rendit compte qu'il avait raison.

Chapitre 39

Élisabeth Fraysse demeurait introuvable ; aucun employé de l'hôtel ne semblait savoir où elle était passée. Dominique, accompagnée d'Enzo, traversa le hall vers la sortie.

– Elle va bien finir par se montrer tôt ou tard, dit-elle. Mais Guy a raison. Comment peut-on prouver quoique ce soit ?

Enzo secoua la tête.

– Aucune idée.

– Il vaut mieux que je redescende à Thiers. Je dois écrire un rapport, même si je ne peux en tirer aucune conclusion définitive.

Elle hésita un instant, puis ajouta :

– Le commandant divisionnaire m'a posé des questions sur ta collaboration dans cette enquête ; il voulait savoir jusqu'où elle était allée. J'imagine qu'un membre de la gendarmerie n'a pas pu s'empêcher d'ouvrir sa grande gueule.

– Si je t'ai causé des ennuis, Dominique, j'en suis vraiment désolé.

– Non, ne t'inquiète pas. Je suis assez grande pour me débrouiller toute seule. Au fait… comment ça s'est passé à Paris ?

Enzo lui raconta sa rencontre avec l'ex-Michelin et avec Graulet. Après l'avoir écouté en silence, elle lança :

– Avec Charlotte, je voulais dire.

Aussitôt un sourire mélancolique plissa les yeux d'Enzo.

– Mon fils m'a été présenté pour la première fois.

– Oh, mon Dieu, Enzo, c'est merveilleux. Comment as-tu réussi à lui faire changer d'avis ?

– Ce n'est pas moi. C'est ma fille.

– Sophie ?

– Non, Kirsty. Quelle ironie. Ma fille qui n'est pas ma vraie fille a été la seule personne capable de faire comprendre à Charlotte à quel point il était important pour son fils d'avoir un père.

Dominique fronça les sourcils :

– Pas ta vraie fille ?

– Je te raconterai cette histoire une autre fois, dit-il avec un sourire triste, tout en franchissant avec elle la porte à tambour. Pour l'instant, je dois monter faire mes bagages. On se retrouvera plus tard à Thiers.

Intriguée, elle hocha la tête, plongea ses yeux sombres dans ceux d'Enzo puis lui caressa le visage du bout des doigts avant de descendre les marches et regagner d'un pas rapide le fourgon bleu de la gendarmerie.

En la regardant partir, Enzo sentit son cœur se serrer à l'idée que leur histoire naissante et intense n'aurait pas d'avenir.

Une fois dans sa chambre, il s'aperçut très vite qu'on avait touché et déplacé les quelques affaires qu'il y avait laissées – des chemises et des sous-vêtements dans un tiroir, des livres et des papiers dans sa sacoche en toile. Un goût amer lui emplit la bouche. Il se dépêcha de remplir son sac, redescendit au rez-de-chaussée, laissa sa carte magnétique à la réception déserte, et partit chercher sa voiture sur le parking.

En contournant l'aile est de l'auberge, il faillit percuter un homme qui poussait devant lui une brouette remplie de déchets végétaux. C'était Lucqui, avec sa casquette enfoncée jusqu'aux sourcils et ses grosses mains noircies par la terre volcanique du plateau. Enzo ne l'avait pas revu depuis le soir où l'autre l'avait repêché au pied de la cascade. Le jardinier le salua froidement d'un petit signe de tête et continua son chemin. Mais Enzo l'arrêta :

– Je n'ai pas encore eu l'occasion de vous remercier, Lucqui.

– Pas la peine. J'aurais fait pareil pour un chien.

– Eh bien, voilà qui met du baume au cœur, ironisa Enzo.

Pour la première fois, il vit un sourire se dessiner sur les lèvres de cet homme.

– Dites, vous n'auriez pas vu madame Fraysse, par hasard ?

– Non, fit le jardinier, vite rembruni.

Mais, tandis qu'il s'éloignait déjà, il se retourna :

– On est le 1er novembre, non ?

– En effet.

– Alors, vous la trouverez sûrement au cimetière. Elle va toujours voir Marc le jour de la Toussaint.

***

Le cimetière était situé juste à l'extérieur de Saint-Pierre, sur une pente orientée à l'est. De là, on avait une vue imprenable sur le Massif central, une vue si grandiose à emporter avec soi dans l'éternité que l'endroit devait presque paraître accueillant pour ceux qui atteignaient un certain âge. Mais Marc Fraysse n'avait pas atteint, et de loin, celui où l'on peut commencer à penser à la mort. Il avait emprunté sa propre *sortie de secours* beaucoup trop tôt. Triste choix pour un homme qui avait encore tant de choses à offrir.

Enzo poussa la grille et descendit l'allée au milieu des tombes fraîchement fleuries, jusqu'à celle de la famille Fraysse. Élisabeth s'y tenait debout près de l'énorme dalle de marbre où était gravé en lettres dorées le nom de son défunt mari sous ceux des parents et grands-parents Fraysse. Réunis dans l'obscurité infinie du caveau reposaient les ossements de trois générations. En entendant le gravier crisser dans son dos, elle tourna la tête. Enzo vit ses yeux étinceler de colère avant qu'elle ne les baisse à nouveau vers la tombe de son mari.

Il s'arrêta derrière elle.

– Je me souviens de la première fois où j'ai croisé son regard dans le hangar à bateaux, au bord du lac, dit-elle sans bouger. Il avait l'air si jeune. Si innocent.

Ses grands yeux superbes fixés sur moi étaient déjà ensorcelants.

Elle secoua la tête.

– Malgré tous ses défauts, monsieur Macleod, et ils étaient nombreux, je n'ai jamais cessé de l'aimer.

Puis elle ajouta en tournant vers lui un visage glacial :

— Je déteste qu'on m'espionne.

Enzo hocha la tête. Comme à Thiers un peu plus tôt, de minuscules flocons de neige commençaient à tomber sur la colline. Mais si légers, si diaphanes, et d'une existence si éphémère qu'ils se volatilisaient au moment même où ils touchaient le sol. De la même manière que la vie des hommes et des femmes enterrés là, en fin de compte.

– Je sais que vous avez maquillé le suicide de Marc en meurtre, avec Guy.

Le visage d'Élisabeth perdit toutes ses couleurs et, dans ses yeux, le choc laissa vite la place à la résignation puis à quelque chose qui ressemblait à du soulagement.

– Guy vous l'a dit ?

– Je viens de l'hôtel.

Ce n'était pas un mensonge. Mais il savait qu'elle en déduirait ce qu'elle voulait.

– Je suis au courant de la clause particulière de l'assurance vie sur le suicide, poursuivit-il. Et aussi des dettes de jeu de Marc. J'ai rencontré l'homme à qui il devait de l'argent.

Elle ferma les yeux et poussa un soupir si long, si profond qu'on aurait pu croire qu'elle le retenait depuis toutes ces années.

– J'en suis heureuse, finit-elle par dire. C'était un secret presque impossible à supporter. Que de larmes j'ai versées sur les quelques mots qu'il m'a laissés. Et aujourd'hui encore. Je crois que j'ai toujours compris pourquoi il l'avait fait. Les dettes, la rumeur sur la perte d'une étoile. Mais c'était typiquement égoïste de sa part de ne pas penser aux autres, de ne pas se soucier de la situation dans laquelle il nous laisserait, Guy et moi. Il fallait toujours qu'il épate la galerie, qu'il salue à la fin du spectacle, qu'on l'applaudisse, qu'on le bisse. Il n'y avait que lui qui comptait. Personne d'autre.

– Racontez-moi comment ça s'est passé.

Incapable de soutenir son regard, elle ne lui jeta qu'un bref coup d'œil avant de poursuivre :

– La déclaration que nous avons faite à la police était vraie jusqu'à un certain point. Marc est parti courir comme tous les après-midi, mais il n'est pas revenu à l'heure habituelle. Quand on a commencé les préparatifs du service du soir, on l'a appelé au téléphone. Comme il ne répondait pas, Guy a décidé de partir à sa recherche, et il l'a trouvé, mort, dans le buron. Marc s'était tué ; il avait laissé un mot.

– Normalement, un homme qui a l'intention de se suicider ne se donnerait pas la peine d'enterrer son téléphone et son couteau.

– Vous êtes au courant ?

– Je les ai retrouvés. Vous voulez bien me raconter comment ça s'est passé ?

– Guy a enterré la pochette, et il s'est débarrassé du pistolet. Mais pas tout de suite. Pas avant d'être redescendu à l'hôtel pour me prévenir.

À l'évocation de ce souvenir pénible, elle marqua une pause.

– Je suppose que pour lui l'épreuve a été très pénible, continua-t-elle. J'étais quasiment hystérique. Ça… ça me paraissait impossible que Marc soit mort. Tout d'un coup. Une flamme qu'on souffle. Volatilisé. À jamais sorti de ma vie. Comme s'il n'avait jamais existé. Guy, lui, était très calme. Il m'a obligée à m'asseoir, puis à affronter la réalité. Cela ne faisait pas longtemps qu'il avait découvert l'énormité des dettes de jeu de son frère. Il m'a lu la clause de l'assurance vie sur le suicide. Non seulement nous avions perdu Marc, mais nous allions perdre tout le reste.

– C'est donc lui qui a eu l'idée de faire croire à un meurtre ?

Elle hocha la tête.

– Il m'a persuadée de monter au buron avec lui. Je n'ai pas pu entrer. Je n'ai pas réussi à dépasser le seuil. Je me suis assise dehors, puis j'ai pleuré comme jamais je n'avais pleuré de ma vie. Quelle importance qu'il ait été assassiné ou qu'il se soit suicidé, mon chagrin était le même.

– Aussi sincère.

– Oui, dit-elle d'une voix tremblante en regardant Enzo à travers ses larmes et en essayant de se contrôler, de sauvegarder un peu de sa dignité. Guy a pris la lettre de Marc et le pistolet, puis il a enterré la pochette pour faire croire à un vol. Il avait même eu la présence d'esprit d'emporter avec lui une autre paire de bottes, d'une taille inférieure à la sienne, pour laisser d'autres empreintes de pas dans la boue.

Enzo comprit alors que la cinquième paire d'empreintes devait appartenir à Anne Crozes.

– Ensuite, on a appelé la police, puis on a attendu là-haut. Une éternité. Prisonniers de notre supercherie, accablés de culpabilité et de chagrin à cause de cet homme que nous aimions tous les deux. J'ai lu et relu sa lettre je ne sais combien de fois. Ses mots sont à jamais gravés dans ma mémoire. Je la relis encore. Le jour de l'anniversaire de sa mort. Le jour de l'anniversaire de sa naissance. Le jour de la Toussaint. Et la douleur ne diminue pas.

– Vous l'avez gardée ? demanda Enzo sans oser y croire.

– Bien sûr. C'étaient ses derniers mots, monsieur Macleod. Comment aurais-je pu les jeter ?

***

Pour retourner Chez Fraysse, Enzo suivit le coupé Mercedes d'Élisabeth. En garant sa 2CV sur le parking, il remarqua que le Trafic jaune de Guy avait disparu. Malgré les deux ou trois véhicules encore présents, l'hôtel semblait déserté. Sous cette lumière maussade, les flocons de neige ressemblaient à de minuscules lucioles, et la noirceur du ciel, derrière les nuages, annonçait l'arrivée de la nuit.

Dans le sillage de la veuve, il longea le couloir du premier étage, dépassa la suite qu'il avait occupée, arriva devant la porte du bureau de Marc. Élisabeth glissa une clé dans la serrure, jeta un bref coup d'œil à Enzo, puis ouvrit. De toute évidence, elle et Guy savaient qui s'était introduit en douce dans cette pièce, et quand.

Elle alla directement au secrétaire, releva son rideau, et alluma une lampe qui jeta une lumière vive sur l'ordinateur portable, le buvard, les nombreux papiers éparpillés. Passant sous une étagère une longue main fine piquetée des premières marques brunes de l'âge, elle libéra un compartiment secret – un tiroir dissimulé derrière un panneau décoratif. À l'intérieur était cachée la lettre d'adieu de Marc. Quelle frustration de se rendre compte qu'il l'avait eue pratiquement sous les yeux quand il s'était assis à ce bureau. Mais comment aurait-il pu le deviner ?

Élisabeth Fraysse étala la lettre de son mari sur l'ordinateur et lissa de la paume le papier gondolé ; c'était presque une caresse amoureuse.

Dès qu'Enzo posa les yeux dessus, il reconnut l'écriture caractéristique de Marc, avec ses fioritures. Elle était rédigée sur un papier à lettres très léger. L'encre avait déjà commencé à pâlir ; le sang et la pluie avaient tellement abîmé le tiers supérieur de la page que les mots s'étaient complètement effacés. Le bas de la lettre était tout aussi illisible.

Seuls deux mots restaient clairement lisibles en haut de la page : *choses différemment*.

Ensuite, on pouvait lire : *Je regrette tellement. J'aimerais tant pouvoir effacer le passé. Je pourrais présenter des excuses, mais je sais que je ne mérite pas d'être pardonné. Et, en fin de compte, les excuses ne sont que des mots, et les mots ne peuvent rien changer. Ils ne peuvent pas supprimer la souffrance. Ils ne peuvent pas éliminer les erreurs. Et c'est ce que je veux faire. Tout éliminer. Je suis désolé.*

Le sang et l'eau avaient noyé sa signature.

– Est-ce que je peux la regarder de près ? demanda Enzo en tendant la main.

Du fond de sa mémoire remonta alors le souvenir de la lettre d'adieu imprégnée de parfum laissée à Jack par Rita.

Élisabeth hocha la tête. Enzo saisit délicatement la feuille entre ses doigts, la retourna et la leva à la lumière. Il avait à moitié espéré pouvoir lire en transparence les mots perdus. Mais la lampe ne lui apporta aucun éclairage nouveau.

– J'aimerais la garder un moment, si vous le permettez.

Et, devançant les objections qu'elle allait lui opposer, car elle levait déjà la main, il dit :

– Je promets de vous la rendre.

– Je doute qu'on vous le permette, monsieur Macleod. Je suis certaine que la police voudra la garder comme preuve.

Il hocha la tête d'un air grave et ajouta :

– J'aimerais aussi un exemplaire de l'un des menus rédigés à la main par Marc, si vous voulez bien ?

Elle l'observa d'un air interrogateur puis, sans un mot, se tourna vers l'un des meubles-classeurs, en sortit un menu et le lui tendit. Enzo lut la peur dans son regard lorsqu'elle demanda :

– Qu'allons-nous devenir ?

– J'imagine que vous serez inculpés d'escroquerie à l'assurance, et probablement d'obstruction à la justice, falsification de preuve, déclaration mensongère.

Il haussa les épaules :

– Si vous avez compris le geste de Marc, madame, je comprends de mon côté pourquoi vous l'avez dissimulé. Mais j'ai peur que la police ne se montre pas aussi indulgente.

***

Dominique examina la lettre d'adieu étalée devant elle sur son bureau. Le sang était d'un brun rouille, le papier boursouflé par l'eau de pluie qui avait fait couler l'encre bleue. Elle la lut en silence puis leva vers Enzo un regard inquisiteur :

– Et elle a tout avoué ?

– Elle croyait que Guy l'avait déjà fait. J'ai eu l'impression d'un barrage qui cédait en elle, évacuant enfin en un éclair de soulagement absolu la culpabilité, la douleur et la peur accumulées pendant sept ans d'imposture. Elle *voulait* me l'avouer.

Il posa le menu à côté de la lettre afin qu'elle puisse les comparer elle-même.

– Il rédigeait chaque jour ses menus à la main – ce qui nous donne un large échantillon de son écriture.

– Rigoureusement identiques en apparence, constata Dominique après avoir étudié les deux documents. Mais j'imagine que ce sera à un expert graphologue de le confirmer.

Perchée sur le bord de son bureau, elle dit avec un petit sourire triste :

– Alors, c'est fini. Ce n'était pas un meurtre. Mais un suicide maquillé pour escroquer la compagnie d'assurances. Comment aurait-on pu le deviner ? Ils seront inculpés, bien sûr. De fraude. D'obstruction. De dissimulation. De fausses déclarations à la police.

Puis, lisant le doute dans les yeux d'Enzo, elle lança :

– Quoi ?

– Je ne sais pas, dit-il en haussant les épaules.

– Mais si. Tu n'es pas convaincu, n'est-ce pas ?

Il réfléchit un long moment avant de répondre enfin, tandis qu'elle se levait :

– Non.

– Pourquoi ?

– D'abord… la qualité de ce papier, dit-il en soulevant la feuille entre le pouce et l'index.

– Je ne comprends pas.

– Élisabeth m'a raconté qu'après avoir obtenu sa troisième étoile, Marc estimait que rien n'était trop beau pour lui. Il possédait un papier à lettres de luxe spécialement filigrané avec le logo de l'auberge.

Il leva la lettre vers le tube fluorescent du plafond :

– Ça, c'est un vulgaire papier standard de qualité médiocre. Sans filigrane. Ne serait-il pas raisonnable de présumer qu'il aurait choisi son plus beau papier à lettres pour y écrire ses derniers mots ?

Mais sans donner à Dominique le temps de s'appesantir sur cette hypothèse, il continua :

– En général, il écrivait avec un stylo à plume. Un stylo très cher avec lequel il rédigeait ses menus. Pourquoi ne l'a-t-il pas utilisé pour sa lettre d'adieu ?

– Non ?

– Non. Regarde comme l'épaisseur des traits montants et descendants varie sur les menus écrits au stylo-plume. Pas sur la lettre. Elle n'a pas été écrite au stylo à bille car l'encre des stylos à bille est à base d'huile ; l'eau ne l'aurait pas fait couler. Mais plutôt avec un roller, dont l'encre est à base d'eau, et dont l'épaisseur du trait ne varie pas. Marc aurait très certainement rédigé sa dernière lettre assis à son bureau. Alors, pourquoi ne l'aurait-il pas écrite avec le stylo à plume qu'il adorait, sur son papier à lettres filigrané ?

Le visage de Dominique reflétait la plus grande confusion.

– Donc tu crois qu'il s'agit d'un faux ? Si c'est le cas, l'auteur a fait un boulot sidérant.

Enzo secoua la tête.

– Non, je suis sûr que c'est l'écriture de Marc Fraysse.

– Mais, alors, bon sang, qu'est-ce que tu veux dire ? demanda Dominique en fronçant les sourcils.

Enzo se gratta la tête.

– Est-ce que les photos des mains du mort prises pendant l'autopsie sont arrivées ?

– Non. Quelle importance ?

– J'aimerais beaucoup les voir.

– Je vais appeler le médecin légiste et lui demander de les faxer le plus vite possible.

– J'aurais aussi un grand service à te demander.

– Quoi encore ? soupira-t-elle.

– Attends que je sois revenu de Paris pour rédiger ton rapport sur cette affaire.

– Tu retournes à Paris ! s'exclama-t-elle.

– J'ai le temps d'attraper le train de nuit à Clermont-Ferrand. Je reviendrai demain soir.

Il hésita un peu puis, soulevant la lettre d'adieu, ajouta :

– Je vais en avoir besoin.

Le souffle coupé, elle s'indigna :

– Tu te rends compte des ennuis que ça pourrait me valoir ?

– Je croyais que tu étais assez grande pour te débrouiller toute seule ? plaisanta Enzo.

Elle sourit malgré elle.

– Tu ne trouves pas ça horrible de répéter mot pour mot les paroles de quelqu'un dans le but de le coincer ?

– Voilà pourquoi il faut toujours tourner sept fois sa langue dans sa bouche avant de parler.

– Salaud !

– Ça veut dire oui ?

Chapitre 40

Paris, novembre 2010

En débarquant à la gare de Lyon vers 7h du matin, Enzo eut l'impression de voir défiler sous ses yeux les images d'un vieux film en noir et blanc légèrement flou. Un vent glacial de nord-est avait fait ressortir des armoires écharpes, manteaux et chapeaux. Le penchant des Parisiens pour le noir et le gris semblait avoir éliminé toute couleur de la masse compacte des voyageurs envahissant les quais. L'été n'était plus qu'un souvenir lointain, et la menace imminente des mois d'hiver modérait l'excitation habituelle de la foule. Le murmure sourd des voix se discernait à peine derrière les annonces constantes des arrivées et des départs de trains.

Tête baissée, Enzo se fraya un chemin vers le métro. Le compartiment dans lequel il entra était plein à craquer et très inconfortable – un vrai wagon à bestiaux imprégné de l'odeur aigre et chaude des corps et des haleines chargées de tabac. Les vingt minutes de trajet jusqu'à la gare du Nord lui semblèrent interminables.

Une fois dehors, il fut heureux de pouvoir respirer à nouveau l'air froid. En descendant le boulevard de Strasbourg, il avait à peine conscience de la ville qui l'entourait tant il était plongé dans un tourbillon de pensées confuses où se bousculaient lettre d'adieu, stylo, confession, supercherie. Et, au milieu de tout cela émergeait le sentiment très fort de se rapprocher de son fils. D'exister sous le même ciel, dans la même ville. Soudain, il avait hâte de le serrer contre lui.

Rue du Château d'eau, il tourna à gauche et trouva à une centaine de mètres, sur le trottoir d'en face, l'immeuble qu'il cherchait.

Au deuxième étage, Raymond Marre lui ouvrit la porte en robe de chambre ; les sourcils froncés, le vieil homme mit une bonne minute à reconnaître son visiteur, qu'il accueillit alors comme un frère perdu de vue depuis longtemps en l'embrassant sur les deux joues.

– Mon Dieu, mon ami, comment vas-tu ? s'écria-t-il en l'entraînant à l'intérieur de l'appartement. Ça fait des années ! J'étais en train de prendre mon petit-déjeuner. Tu veux te joindre à moi ?

– Avec plaisir. Je meurs de faim.

Le visage rougi par la chaleur après le froid du dehors, Enzo retira son manteau et ses gants, puis suivit Raymond dans une petite salle à manger qui donnait sur la rue. Il le regarda s'affairer devant un placard, en sortir une tasse et une soucoupe supplémentaire, ainsi qu'une assiette pour les croissants. Un sachet en papier provenant d'une boulangerie était ouvert sur la table.

– J'ai la chance d'avoir un voisin qui descend me chercher des croissants frais tous les matins. Moi, je ne suis pas du genre matinal. En général, je ne suis ni habillé, ni en état de réfléchir avant dix heures. Et plus ça va, plus ça devient difficile de relancer la machine chaque jour. Comment se porte ma filleule ?

– Sophie va très bien, Raymond. Elle suit une formation pour devenir chef.

– Mmmmm, il faudra que tu m'invites à dîner un soir, que je voie si elle fait des progrès. Et toi, comment te portes-tu ?

– Très bien, Raymond.

Raymond, qui devait avoir largement dépassé les soixante-dix ans, était à la retraite depuis pas mal de temps. Il avait été le mentor de Pascale quand celle-ci avait débuté dans la police scientifique. Quelques années plus tard, lorsqu'elle était morte en couches, Enzo lui avait demandé d'être le parrain de leur fille.

Il remplit de café la tasse de son visiteur, mangea pendant un moment en silence, puis lança :

– Alors, qu'est-ce qui t'amène à Paris ? Tu veux encore montrer à la police française comment elle devrait s'y prendre ?

– J'essaye de découvrir qui a tué Marc Fraysse, répondit Enzo avec un petit sourire.

Une étincelle brilla dans les yeux du vieil homme.

– Ah ! Je commence à faire le rapprochement. Sophie, Fraysse, grande cuisine. Tu es parvenu à quelque chose ?

– Presque. Mais j'ai besoin de ton aide, Raymond. Tu as passé plusieurs années au Laboratoire Forensique Documentaire.

– Ça fait longtemps que j'ai pris ma retraite, tu sais. L'expertise en écriture était ma spécialité, d'accord ; mais depuis mon époque, on a réalisé beaucoup de progrès dans ce domaine.

– Et tu ne te tiens pas au courant de ces progrès ?

– Bien sûr que si. Que veux-tu que je fasse d'autre de mes journées ?

Enzo se mit à rire.

– Je présume que tu jouis toujours d'une certaine autorité au labo de l'île de la Cité.

Raymond inclina la tête sur le côté d'un air interrogateur :

– Ils tolèrent que je leur rende visite de temps en temps. Quel est ton problème ?

Enzo sortit de sa sacoche la lettre d'adieu de Marc Fraysse, soigneusement rangée dans un sachet en plastique transparent à fermeture zip qu'il posa entre eux, sur la table.

– Je voudrais savoir s'il est possible de récupérer les mots effacés par l'eau et le sang.

Raymond saisit le sachet, l'observa attentivement d'un air pensif, puis le leva à la lumière, devant la fenêtre.

– Ça ne devrait pas poser de problème.

– Vraiment ?

– Un analyseur vidéo-spectral devrait y parvenir. Ce type d'appareil utilise différents systèmes de filtres et de sources de lumière infrarouge, ultraviolette, etc.

qui permettent d'améliorer la lisibilité des mots effacés, délavés ou tachés.

– Même si le texte a disparu ?

– Bien sûr. Les mots n'ont pas disparu, on ne les voit pas, mais ils sont toujours là.

– Comment ça marche ?

– L'énergie rayonnante visible et invisible excite la fluorescence des encres qui se mettent alors à émettre des fréquences d'énergie plus longues. Bien entendu, cela ne se voit pas à l'œil nu. Mais le comparateur est équipé d'un dispositif qui permet de régler le temps d'exposition de l'énergie rayonnante dans une caméra vidéo noir et blanc. Une faible luminescence peut être rehaussée, exactement de la même manière que le ralentissement de la vitesse d'obturation sur un appareil classique te permet de prendre des photos dans un lieu mal éclairé. Le texte original apparaît lentement, alors qu'on le croit disparu.

Enzo regarda les traînées d'eau et de sang qui semblaient avoir effacé le tiers de la lettre, en se demandant quels secrets l'analyseur allait révéler. S'il y avait des secrets à révéler.

– Et tu pourrais avoir accès à une telle machine ?

– Je crois que le labo du quai de l'Horloge possède un VSC6000.

– D'accord, mais ce n'est pas la question. Est-ce qu'on te laisserait l'utiliser ?

Le vieil expert se recula dans sa chaise en riant :

– Dis donc Enzo ! Tu me prends pour qui ?

Chapitre 41

Charlotte parut surprise de le voir, mais il était difficile de deviner si elle trouvait la surprise agréable ou non. Psychologue chevronnée, entraînée à détecter les plus petits micro-signes sur le visage des autres, elle-même était une experte en dissimulation.

– Je suis avec un patient, mais Janine va t'amener Laurent.

Elle le fit entrer dans le bureau-salon dont la baie vitrée donnait rue des Tanneries. Sur une longue table scintillait une rangée d'écrans d'ordinateurs ; l'un d'eux montrait l'image en noir et blanc d'une caméra de surveillance installée quelque part au-dessus du jardin intérieur. Un homme d'âge moyen, vêtu d'un costume, s'agitait nerveusement dans un fauteuil en osier, à côté du petit bassin qui occupait le centre de l'espace. Le patient de Charlotte. En face de lui, l'autre fauteuil était vide.

Enzo se retourna à l'arrivée de la baby-sitter, qui montait les quelques marches séparant la galerie du salon, en portant Laurent.

– Comme ça ne fait pas longtemps qu'il a mangé, il est un peu somnolent, expliqua-t-elle en lui passant le bébé. Si vous avez besoin de moi, je suis dans la salle vidéo.

Sur ce, elle redescendit les marches, et il entendit ses pas s'éloigner sur la passerelle métallique. Laurent calé contre sa poitrine, il jeta alors un coup d'œil à l'écran : Charlotte avait repris sa place, face à son patient.

Il s'installa sur le canapé, allongea son fils confortablement dans ses bras et regarda le minuscule visage rose levé vers le sien. Des bruits indéfinissables sortaient de la bouche du bébé et ses yeux sombres largement ouverts le contemplaient avec fascination. Enzo se demanda si, même à cet âge, un enfant pouvait reconnaître instinctivement son père ; il paraissait totalement détendu en sa présence. Enzo, il est vrai, avait déjà eu l'expérience des bébés avec Sophie.

Pour jouer, il lui tendit son index droit. Aussitôt, le petit s'en empara et le cramponna de toutes ses forces entre ses doigts minuscules, comme si sa vie en dépendait. Enzo lui sourit et, à sa plus grande joie, son fils lui rendit son sourire. Un sourire qui se transforma en gloussement puis en rire. Il se mit à rire à son tour.

– Qu'est-ce qu'il y a de si drôle ?

Levant les yeux, Enzo vit apparaître Charlotte.

– Je croyais que tu avais un patient ?

– Je m'en suis débarrassée. Qu'est-ce qui vous fait rire ?

– On se fait rire mutuellement, je pense. Il doit trouver très drôle d'avoir un père qui n'a pas les deux yeux de la même couleur.

Charlotte se percha sur l'accoudoir d'un fauteuil et, après les avoir observés un moment, lança :

– L'autre soir, on n'a pas vraiment eu l'occasion de parler de Kirsty.

– Kirsty ? fit Enzo, surpris.

– Et Roger.

Son ton sinistre le refroidit aussitôt. Kirsty était enceinte, Roger et elle devaient se marier. Des révélations qu'il avait délibérément choisi d'oublier.

– J'imagine que ça ne te réjouit pas, continua Charlotte.

– C'est un euphémisme. Tu sais que je n'ai jamais aimé Roger.

– Et tu sais à quel point il me déplaît.

– Tu continues à le voir, pourtant.

– Oui, de temps en temps. Tu connais le dicton : Sois proche de tes amis et encore plus proche de tes ennemis.

Enzo fronça les sourcils :

– Roger, ton ennemi ? Il a été ton amant pendant un an et demi.

– Justement. C'est un homme ténébreux et dangereux, Enzo. Tu dois faire tout ce qui est en ton pouvoir pour empêcher Kirsty de l'épouser.

***

Enzo passa les quinze minutes de trajet en métro sur la ligne 7, entre Gobelins et Pont-Neuf, plongé dans un profond abattement. Il se souvenait que Charlotte l'avait déjà prévenu une fois : *Il y a quelque chose de noir chez Roger. Quelque chose d'impalpable. Quelque chose qu'on n'a pas envie de réveiller.* Enzo n'avait jamais été témoin de cette noirceur. Mais il avait vu Raffin flirter avec d'autres femmes en présence de Kirsty, et perçu en lui une certaine cruauté qui l'avait mis mal à l'aise.

Kirsty, cependant, était libre de ses choix. Il n'avait pas le droit de lui dicter ce qu'elle devait faire ou non. Surtout après l'avoir abandonnée à l'âge de douze ans pour recommencer une nouvelle vie en France avec Pascale. Il s'était souvent demandé comment il agirait si c'était à refaire. Mais dans ce cas, il n'y aurait ni Sophie, ni Charlotte. Ni Laurent.

En outre, Kirsty était une fille intelligente, raisonnable. Elle voyait de toute évidence chez Roger quelque chose que son père ne voyait pas. Charlotte, elle aussi, devait avoir été séduite par le journaliste ; avant que le temps et l'expérience ne lui ôtent ses illusions. Kirsty ne le connaissait pas depuis assez longtemps pour en arriver à la même conclusion. De toute façon, Enzo savait qu'il ne pouvait rien dire ni faire sans se fâcher avec elle.

Lorsqu'il sortit du métro à la station Pont-Neuf, dans l'ombre du bâtiment déserté de la Samaritaine, une petite neige fondue tombait du ciel. Il remonta son col et se dépêcha de traverser la Seine pour rejoindre le 3 quai de l'Horloge, siège du laboratoire de la police scientifique.

Raymond Marre l'attendait à l'entrée principale pour lui faire passer les contrôles de sécurité. Il l'emmena ensuite dans les étages, jusqu'à la pièce sans fenêtre abritant le VSC6000. La machine, pas plus grosse qu'une imprimante laser ordinaire, était connectée à un ordinateur. Une lampe à col-de-cygne éclairait une profusion de papiers étalés sur un bureau. Parmi eux, Enzo repéra la lettre d'adieu de Marc Fraysse dans son sachet zippé.

– Alors ? lança-t-il, anxieux de connaître le résultat.

Tout sourire, Raymond brandit une feuille :

– Pour une fois, on dirait que la police scientifique française est capable de rendre un petit service au grand Enzo Macleod. Tiens, voici la lettre, nettoyée et parfaitement lisible. Quant à l'éclaircissement qu'elle peut apporter à ton enquête, toi seul es capable de le dire. Pour moi, elle n'a aucun sens particulier.

Enzo prit la feuille et la lut. Sa première réaction fut la déception. Rien dans le texte récupéré en haut et en bas de la lettre ne complétait le sens du reste. En plus, elle n'était pas signée.

Voyant son ami froncer les sourcils, Raymond lança :

– Je vois que pour toi non plus, ça n'a pas de sens. Il te faudrait les pages manquantes pour mieux comprendre.

– Les pages manquantes ?

Et alors même qu'il prononçait ces mots, il comprit pour la première fois ce qu'il tenait dans la main.

***

Un alignement de fourgons bleus de la police bordait le quai. La tête protégée par un chapeau, une capuche ou un parapluie incliné contre le vent et la neige fondue, les passants hâtaient le pas. De l'autre côté de la Seine, on apercevait à peine le Théâtre de la Ville.

Enzo extirpa son téléphone de sa poche et appela Dominique. Il était capital qu'elle soit au courant sans tarder afin de pouvoir agir le plus vite possible. Pendant qu'il attendait qu'elle décroche, il sentit le froid engourdir ses doigts. Finalement, il tomba sur sa boîte vocale et laissa un message lui demandant de le rappeler aussitôt. Puis il téléphona à la gendarmerie, au cas où elle se serait trouvée dans les locaux, hors de portée de son mobile. On lui répondit que la gendarme Chazal était de repos jusqu'au lendemain matin.

Enzo raccrocha, réfléchit un instant, et appela Sophie. Il écouta avec un malaise croissant la sonnerie résonner dans le vide jusqu'à ce qu'il entende la voix de sa fille annoncer :

– *Salut, c'est Sophie. Laissez-moi un message, je vous rappellerai*.

– Rappelle-moi dès que tu peux, Sophie. C'est très important.

Il rangea son téléphone et regarda sa montre. Un peu plus de dix-sept heures trente, c'est-à-dire l'heure de pointe. La ville grondait autour de lui, mais les alarmes déclenchées par ces deux coups de fil sans réponse le perturbaient à tel point qu'elles occultaient tout le reste. Il savait qu'il devait rentrer le plus vite possible. Un TGV quittait la gare de Lyon à dix-huit heures et des poussières. S'il parvenait à l'attraper, il serait à Clermont-Ferrand vers vingt-deux heures.

Il héla un taxi qui le dépassa et disparut dans le crépuscule. Par un temps pareil, les taxis étaient très recherchés ; d'ailleurs, même s'il en trouvait un, rien ne lui garantissait qu'il arriverait à temps avec cette circulation intense. Il n'avait pas d'autre choix que de reprendre le métro.

Chapitre 42

Clermont-Ferrand, novembre 2010

Lorsque le train ralentit avant d'entrer en gare de Clermont-Ferrand, Enzo sentit son ventre se nouer d'appréhension.

Il avait téléphoné plusieurs fois à Sophie et à Dominique. Chaque fois il était tombé sur le répondeur, chaque fois il avait laissé un message de plus en plus angoissé. Or ni l'une ni l'autre ne l'avait rappelé.

Désespéré, il avait vu le grésil se transformer en gros flocons au fur et à mesure qu'il filait vers le Massif central. Ces flocons qui se précipitaient à la rencontre du train lui évoquaient l'image du vaisseau *Enterprise* de *Star Trek* franchissant le mur de la vitesse de la lumière. Même dans l'obscurité, on voyait que la campagne était maintenant toute blanche.

Il se dépêcha de sortir de la gare. Dehors, la rue déserte se revêtait d'une couche de neige immaculée striée çà et là de quelques rares traces de pneus. Une quinzaine de centimètres de poudreuse s'étaient déjà accumulés sur sa 2CV. Il dégagea rapidement le pare-brise à la main, s'installa au volant et tourna plusieurs fois la clé de contact, jusqu'à ce que le moteur accepte de démarrer en toussant et en crachant une bouffée de monoxyde de carbone dans la nuit.

Penché en avant pour mieux scruter les ténèbres et contrôler les embardées de sa voiture, il traversa la ville par des rues à peine praticables. Ce n'est qu'en atteignant la route principale où les chasse-neige et les sableuses avaient déblayé la chaussée qu'il put enfin accélérer.

L'autoroute était dégagée, elle aussi, mais la neige qui commençait à recouvrir l'asphalte empêchait Enzo de rouler aussi vite qu'il l'aurait voulu.

La situation empira lorsqu'il quitta l'A89 pour aborder la montée vers Thiers. La route tournoyait au milieu des collines et, malgré la pente modérée, la 2CV avait de plus en plus de mal à avancer. De son Écosse natale, Enzo avait acquis l'expérience de la conduite sur neige : il savait qu'il fallait rester en deuxième, ou même en troisième pour optimiser l'adhérence des roues. Sans accélérer ni freiner brusquement.

Ignorant les feux de signalisation, il avançait à une allure d'escargot. S'arrêter aurait été fatal, et de toute façon personne d'autre que lui ne circulait. Aucun individu doué de raison ne pouvait avoir envie de sortir par une nuit pareille.

Dans la côte de Thiers, la neige s'amassait entre les maisons qui le surplombaient. Presque arrivé au sommet, il tourna à droite, pour se rendre chez

Dominique, et aperçut aussitôt les lumières bleu et orange des gyrophares au pied de son immeuble.

Il s'arrêta en dérapage à côté de deux fourgons de la gendarmerie et d'une ambulance. Deux hommes en uniforme se tenaient au milieu d'une petite foule de badauds qui s'abritaient sous des parapluies noirs et piétinaient dans la neige glacée.

Enzo descendit si précipitamment de voiture qu'il faillit tomber.

– Qu'est-ce qui se passe ? s'écria-t-il.

L'un des gendarmes se retourna. Enzo reconnut immédiatement le mâcheur de sandwich qu'il avait dérangé en plein déjeuner la veille. Ce dernier le reconnut également et répondit :

– Dominique a été agressée chez elle.

Enzo eut l'impression que son cœur s'arrêtait de battre.

– Mon Dieu ! Ma fille est là-haut, elle aussi !

Avant que les forces de l'ordre aient pu l'en empêcher, il se précipita dans la cage de l'escalier et gravit les marches quatre à quatre, son souffle explosant devant lui en petits nuages de buée.

La porte de l'appartement était grande ouverte, une lumière vive se déversait sur le palier. Un autre gendarme gardait l'entrée ; derrière lui, deux médecins accroupis de part et d'autre d'une femme allongée sur le ventre tournèrent la tête en l'entendant arriver. La femme se releva alors sur un coude. C'était Dominique, le visage ensanglanté. Elle avait les yeux hagards, sa peau paraissait encore plus blanche que la neige qui tombait derrière la vitre.

Enzo écarta les médecins pour s'agenouiller près d'elle et lui prit la main :

– Qu'est-ce qui t'est arrivé ? Ça va ?

Elle parut lutter pour trouver ses mots.

– Elle a besoin de soins, dit un médecin. Elle a reçu un choc et pourrait avoir une fracture.

Mais d'un geste de la main, Dominique l'arrêta :

– Non, non, ça va. C'est juste que… je ne me souviens de rien. Je rentrais chez moi. J'ai ouvert la porte, et… on a dû me frapper par-derrière. Quand j'ai repris connaissance, quatre heures plus tard, j'étais allongée par terre. J'ai réussi à ramper jusqu'au téléphone pour appeler le Samu.

Aidé des deux médecins, Enzo la releva puis l'installa dans un fauteuil. Pendant que l'un d'eux nettoyait la plaie qu'elle avait à l'arrière de la tête, il l'interrogea :

– Tu sais où est Sophie, Dominique ?

– Non. Son petit ami a appelé ce matin… Bertrand, c'est ça ?

Enzo hocha la tête.

– Eh bien, Bertrand a téléphoné pour dire qu'il venait la chercher. Ils ont dû partir avant mon retour.

– Il n'y avait personne d'autre dans l'appartement, affirma le gendarme posté à l'entrée.

Enzo fronça les sourcils.

– Mais si Bertrand est venu la chercher, pourquoi ne répond-elle pas au téléphone ?

Il se redressa, se précipita dans la chambre d'ami et sentit son cœur se glacer. La valise de Sophie était toujours là, et ses vêtements éparpillés sur le lit.

Lorsqu'il revint dans le salon, Dominique, debout, refusait toute aide supplémentaire du Samu.

– Bertrand n'est pas venu la chercher, lança-t-il. Il en a certainement été empêché par la neige. Toutes ses affaires sont encore là.

La douleur et la confusion se peignirent sur le visage de Dominique.

– Mais où peut-elle être, alors ?

Enzo ferma les yeux, en s'efforçant de contrôler sa respiration.

– Je n'en suis pas sûr, mais je crois le deviner, lança-t-il en se dirigeant vers la porte.

– Attends !

Il se retourna et la vit attraper sa mallette en cuir d'où elle sortit une grande enveloppe kraft.

– J'ai rapporté ça de la gendarmerie pour te les montrer quand tu reviendrais. Ce sont les photos des mains prises pendant l'autopsie.

Enzo hésita un bref instant avant de revenir sur ses pas. Dominique étala les clichés sur la table basse. Il s'agenouilla pour les regarder, et les prit entre ses doigts tremblants. Les mains d'un mort. Froides, blanches, éclaboussées de fines gouttes de sang jaillies de la blessure à la tête qui lui avait ôté la vie.

– Qu'est-ce que tu en penses ?

Le professionnel en lui parvint à maîtriser la panique qui montait et à prendre le contrôle de la situation. Il examina soigneusement les photos. C'était son domaine d'expertise. Et ces minuscules gouttes de sang lui révélaient tout ce qu'il avait besoin de savoir.

– Le médecin légiste ne s'était pas trompé lors de sa première analyse.

– Tu veux dire que Marc Fraysse a été assassiné ?

– Guy et Élisabeth ont avoué avoir maquillé le suicide en crime. Mais les éclaboussures de sang démontrent le contraire.

– Comment le sais-tu ?

– Si Marc Fraysse s'était suicidé, les gouttes de sang se trouveraient sur le dos et l'extrémité de l'index, du majeur et de l'annulaire, et sur le devant et l'extrémité du pouce. En tout cas sur la main qui maniait l'arme. Et elles apparaîtraient de manière identique sur l'autre main, celle utilisée pour la stabiliser. Ce qui est courant quand on retourne une arme contre soi.

– Je comprends, dit Dominique en examinant les photos. Là, le sang a éclaboussé le dos des deux mains.

– Exactement. Comme s'il faisait face au tueur et les avait levées pour se protéger.

– Donc, Marc ne s'est pas suicidé.

– Non. Il a été assassiné. Mais je l'avais déjà deviné.

– Comment ?

– À partir de quelques mots récupérés sur sa prétendue lettre d'adieu.

Enzo laissa tomber les photos sur la table et se redressa brusquement.

– Il faut que je parte immédiatement.

Dominique voulut le suivre, mais elle chancela et dut se retenir à un médecin pour ne pas tomber.

– Où ça, Enzo ? Où vas-tu ?

– Sophie a été enlevée par l'assassin. C'est la seule explication.

– Je ne comprends pas, s'exclama-t-elle. Qui ? Pourquoi ?

– Je le saurai avec certitude une fois que je serai à l'hôtel.

Dans l'entrée, le gendarme l'attrapa par le bras :

– Vous voulez parler de l'auberge, là-haut, à Saint-Pierre ?

– Oui, aboya Enzo.

– Impossible, monsieur. La route est fermée. On ne peut pas passer.

– Essayez donc de m'en empêcher, gronda Enzo en se dégageant.

Chapitre 43

En sortant de Thiers, il crut à plusieurs reprises qu'il n'y arriverait jamais. Les roues glissaient sur la chaussée et dès que la 2CV se mettait en travers, il avait un mal fou à la redresser.

La neige tombait, lourde, mouillée. Ses phares n'éclairaient que du blanc.

La ville était derrière lui à présent ; la pente s'adoucissait, mais il distinguait à peine la route. Seules les bandes rouges et blanches des piquets le guidaient et l'empêchaient de terminer sa course dans un fossé. La densité des flocons le rendait quasiment aveugle. Au-delà du faisceau des phares, tout était noir, aussi noir que l'angoisse qui lui étreignait le cœur et le poussait à avancer.

En l'espace de quelques heures, il était tombé entre vingt et vingt-cinq centimètres de neige ; il savait qu'il serait obligé d'abandonner sa voiture dans la dernière partie de la montée, beaucoup trop raide. Seul un 4X4 aurait pu grimper jusqu'à l'auberge.

Lorsqu'il aperçut les piliers de pierre et les plaques de marbre gravées du logo de Chez Fraysse, il essaya de prendre le virage sans rétrograder en deuxième, et sans caler. Les roues avant patinèrent, mais il réussit de justesse à tourner, puis à entreprendre lentement l'ascension, en remerciant Lucqui d'avoir planté les piquets à neige ; sans eux, il lui aurait été impossible de continuer à rouler.

Si un autre véhicule était passé avant lui, la neige fraîche avait depuis longtemps recouvert ses traces. Il ne voyait pas la moindre empreinte. Soudain, il fut pris d'un doute. Et s'il se trompait complètement ? Après tout, Sophie était peut-être repartie avec Bertrand, et la batterie de son téléphone était bêtement à plat. Mais, si Bertrand était venu la chercher, pourquoi avait-elle laissé ses affaires chez Dominique ?

Il reconnaissait à peine la configuration du paysage. La masse sombre de la forêt se profilait, avec ses pins aux branches courbées sous le poids de la neige mouillée. Un dégagement, sur sa droite, devait être le terre-plein du parking d'où partait la piste montant au buron, mais il n'en était même pas sûr.

Soudain, les roues se mirent à patiner et la 2CV commença à se déporter dangereusement vers la gauche et le ravin. Enzo eut beau essayer d'accélérer pour la redresser, cela ne fit qu'empirer les choses. Il rétrograda en deuxième, et cala.

– Merde ! cria-t-il à la nuit en frappant le volant avec ses paumes.

Essayer de redémarrer ne servirait à rien. Il ne réussirait jamais à faire adhérer les pneus sur la chaussée en première. Il tira le frein à main et attrapa la lampe torche rangée dans la boîte à gants.

Avant de descendre de voiture, il hésita à éteindre les phares, puis décida de les laisser allumés. Ils trouaient un peu l'obscurité devant lui, au moins sur une centaine de mètres.

La neige mouillée craqua comme un vieux plancher sous ses semelles quand il entama la longue et pénible montée. Bientôt la lumière des phares s'estompa ; il ne lui resta plus que le faisceau de sa lampe torche pour se diriger. Au bout d'un moment, à force de soulever les pieds à chaque pas pour les décoller du sol, il eut vite mal aux cuisses. Bien avant d'atteindre le sommet de la côte, il sentit ses forces sapées par le froid et l'épuisement.

Enfin, le bout de la route lui apparut et, au détour du dernier virage, la silhouette sombre de l'auberge. Nulle part ne brillait la moindre lumière.

Le Trafic jaune de Guy était là ; son toit disparaissait sous une couche blanche de plusieurs centimètres d'épaisseur. Étant donné qu'aucune trace n'était visible au sol, il n'avait pas dû bouger depuis un bon moment.

De l'entrée principale, Enzo ne pouvait pas apercevoir le parking ; aussi contourna-t-il l'hôtel pour diriger le faisceau de sa lampe dans cette direction. Il y avait deux voitures sous les platanes : la Mercedes d'Élisabeth et une Land Rover constellée de boue. Toutes deux également recouvertes d'une épaisse couche blanche. Et toujours aucune trace de pneu sur le sol. Il revint sur ses pas, éteignit sa lampe, poussa la porte tambour, se retrouva happé par les ténèbres intérieures. Ignorant où les interrupteurs étaient placés, il attendit que ses yeux s'habituent à la pénombre ; il se rendit alors compte que les veilleuses des sorties de secours répandaient assez de clarté pour que l'hôtel vide reprenne progressivement forme autour de lui. Quelque part entre ses murs, il le savait, se trouvaient au moins trois personnes, peut-être plus.

Il ne voulait pas utiliser sa lampe torche de peur de devenir une cible trop évidente pour quelqu'un qui l'aurait guetté dans le noir. Il attendit donc d'y voir suffisamment, c'est-à-dire d'être capable de discerner les contours sombres du comptoir de la réception, pour avancer à pas prudents dans le couloir menant à la cuisine.

Il trouva des interrupteurs juste de l'autre côté des portes coulissantes. Dès qu'il les actionna, les tubes fluorescents clignotèrent, puis inondèrent la cuisine d'une lumière aveuglante. Les surfaces lisses et froides en acier inoxydable, où tant de repas trois étoiles avaient été préparés, luisaient dans le silence. Il n'y avait personne. Le bureau de Guy était vide, lui aussi. Enzo ressortit, traversa le salon et les deux salles à manger où tables et chaises avaient été enveloppées de housses pour l'hiver. À travers la baie vitrée panoramique, on voyait les lumières de Thiers scintiller dans la vallée, et la vaste surface blanche du plateau se perdant dans la nuit.

Le chauffage avait été éteint ; il régnait un froid glacial qui le pénétrait jusqu'aux os. Au moment où il s'apprêtait à monter l'escalier, un bruit provenant des entrailles de l'hôtel le figea sur place. Incapable d'identifier la nature de ce bruit, il tendit l'oreille pour mieux écouter. Ça aurait pu être une voix. Ou le grincement d'une porte. Mais il n'entendit plus rien.

Il retourna dans le hall et remarqua cette fois une ligne plus foncée au bas de la porte de la cave. Il s'en approcha sur la pointe des pieds : elle était entrouverte de quelques centimètres. Le cœur battant, il la tira, fit un pas en avant et sentit sur son visage une bouffée d'air froid et humide.

L'obscurité était si profonde qu'il fut obligé d'allumer sa lampe torche dont il balada le faisceau sur les rangées de bouteilles poussiéreuses couchées dans leurs casiers, avant de s'aventurer sur les marches en bois qui plongeaient dans l'odeur de moisi et de vin éventé. Agrippant la rampe en bois de la main gauche, il descendit pas à pas jusqu'à sentir sous ses pieds le dallage de pierre. La lueur de sa lampe faisait briller les murs sur lesquels l'eau glacée se condensait en gouttelettes, comme une sueur froide.

Il sentit plus qu'il n'entendit une présence dans la cave. Rien qu'il pût identifier avec certitude, mais il savait qu'il n'était pas seul. Il longea lentement la rangée de casiers la plus proche, précédé par le faisceau de la lampe, en ne découvrant rien d'autre que les bouteilles silencieuses et l'air froid embué par l'humidité.

Soudain, une lumière semblant jaillir de nulle part l'aveugla, sema la peur et la confusion dans son esprit. Il leva à moitié une main pour se protéger les yeux et, au fond du canyon de bouteilles de vin, aperçut Guy et

Sophie, pris eux-mêmes dans le faisceau de sa propre lampe. Guy, le bras gauche replié autour du cou de Sophie, braquait vers lui une torche ; sa main droite pointait un pistolet sur la tempe de la jeune femme. Elle pouvait à peine respirer et semblait terrorisée. À l'idée qu'elle puisse souffrir, Enzo sentit son estomac se tordre.

La voix de Guy résonna alors autour de la cave :

– Bon sang, Enzo ! Vous en avez mis un temps ! Sophie et moi, on se pelait de froid en vous attendant.

– Pour l'amour du ciel, Guy, lâchez-la ! Qu'est-ce qui vous prend ?

– Je savais bien que c'était la seule chose capable de vous attirer ici. Maintenant, tous ceux qui connaissent la vérité sont réunis dans cette cave.

– Vous vous trompez. C'est fini. Tout le monde est au courant.

Mais il vit dans ses yeux, et comprit au ton de sa voix que Guy n'avait plus toute sa raison. Ce qui le rendait imprévisible et dangereux.

– Quand Élisabeth m'a dit qu'elle vous avait tout avoué, j'ai su que la vérité ne tarderait pas à éclater.

On aurait dit que Guy n'écoutait pas, ou refusait d'entendre.

– Surtout quand j'ai appris qu'elle vous avait donné la lettre d'adieu. Je ne savais pas qu'elle l'avait gardée. C'était suffisant pour la tromper, elle, mais pas un expert. Je le savais bien.

Il marqua une pause, respira à fond, puis demanda :

– Je suppose que vous avez tout compris ?

Enzo hocha la tête :

– En effet. C'est une page de la lettre que Marc vous a écrite lorsqu'il a obtenu sa troisième étoile. Il voulait faire la paix, oublier le passé, il vous demandait pardon. Les mots que vous n'avez pas camouflés étaient bien choisis. Ils pouvaient aisément passer pour ceux d'un homme sur le point de se suicider.

– C'est ce qu'Élisabeth a cru.

Enzo jeta un coup d'œil inquiet à Sophie. Guy était très costaud ; il lui serrait le cou avec force et aurait pu le lui briser d'une seule torsion du bras. Elle en était consciente et n'essayait pas de se débattre. Dans l'esprit d'Enzo les pensées se bousculaient à la recherche d'une solution. Il savait qu'il devait continuer à faire parler Guy.

– Ce que je ne comprends pas, reprit-il, c'est pourquoi vous vous êtes donné tant de mal pour simuler un suicide et le faire ressembler ensuite à un assassinat.

Un semblant de sourire voltigea sur le visage de Guy. Comme s'il pensait avoir été très malin.

– Pour convaincre Élisabeth, bien sûr. J'avais besoin qu'elle croie au suicide de Marc, pour m'aider à le maquiller en meurtre. Un meurtre que personne ne pouvait élucider.

– Un meurtre que vous avez commis.

– Oui, mais elle ne le savait pas. Et personne ne pouvait le savoir tant qu'elle croyait à un suicide. Même si l'histoire du meurtre n'avait pas marché, on se serait soutenus mutuellement en racontant aux autorités qu'il s'était suicidé.

– Et pourquoi l'avez-vous tué ?

Guy souffla entre ses lèvres.

– À vous de le dire, Enzo. C'est vous le détective.

Enzo regarda sa fille, puis son ravisseur :

– Vous alliez tout perdre. Qu'est-ce qu'il voulait donc raconter à la presse, ce jour-là ? Qu'il comptait vendre pour payer ses dettes ?

Le rire amer de Guy résonna dans le silence de la cave.

– Bien sûr que non, il n'allait pas vendre ! Pas le restaurant, en tout cas. Il s'y était beaucoup trop investi. Le problème de mon petit frère, Enzo, c'est qu'il a eu trop de succès trop tôt. L'avenir s'ouvrait devant lui sans aucun défi à relever. Il s'ennuyait. Alors, il a dû chercher ailleurs le piment de son existence. Dans le jeu, les paris. Dans son aventure avec Anne. Seulement, il a fini par se rendre compte qu'il était en train de s'autodétruire et qu'il allait foutre en l'air tout le travail accompli.

– Qu'allait-il annoncer à la presse, alors ?

– Vers la fin, il voyait une psychothérapeute à Paris, dit-il sur un ton chargé de mépris. Elle l'avait persuadé qu'il n'était pas trop tard pour sauver la situation. Qu'il pouvait remettre les choses en ordre. C'est pour ça qu'il a rompu avec Anne. Une rupture définitive, un nouveau départ. Marc Fraysse de nouveau au top. Mais je n'ai découvert sa véritable intention que le jour où j'ai reçu un coup de téléphone provenant de l'assesseur d'un commissaire-priseur de Paris. Ce type voulait prendre rendez-vous pour venir évaluer le vin.

La voix de Guy tremblait d'indignation.

– *Mon* vin, Enzo. La cave ne signifiait rien pour Marc. Il n'y voyait qu'un moyen de récupérer de l'argent pour payer ses putains de dettes. *Ses* dettes. Théoriquement, il en possédait la moitié, mais c'était *ma* collection. *Mon* vin.

– Vous lui en avez parlé en face ?

– Et comment ! Vous savez ce que ce salaud s'apprêtait à faire ? Il allait annoncer la fermeture du restaurant pendant l'hiver. Expliquer qu'il comptait employer les mois creux à mettre au point de nouveaux plats, de nouveaux menus, bref, tout bouleverser. Prendre le temps de réaliser des rénovations. Et Chez Fraysse renaîtrait au printemps.

Il poussa un grognement de frustration et de mépris.

– Mais ce n'était que de la poudre aux yeux. Du camouflage. Des rénovations pour masquer des économies sur les frais généraux, les nouveaux menus une excuse pour repenser les vins, vendre les anciens et en acheter des nouveaux.

Enzo y voyait plus clair. C'était le génie dynamique de Marc en cuisine qui avait ouvert la porte au succès, mais la solide gestion financière de Guy qui avait bâti l'empire Fraysse. Et la passion de Guy, l'obsession de Guy, qui avait constitué une des collections de vins les plus prestigieuses, les plus précieuses de France. Or son petit frère allait la lui retirer.

– Vous l'avez tué pour sauver votre vin ?

– Pour tout sauver, Enzo. Allons ! Marc était un malade du jeu. Il n'aurait pas hésité à mettre son restaurant – notre restaurant – en gage chez un bookmaker. Il avait des cartes neuves en main, pour jouer une nouvelle partie. Mais tôt ou tard il aurait perdu et se serait encore ramassé. C'était voué à l'échec.

Guy secoua la tête. Enzo vit des larmes briller dans ses yeux. Même à cette distance.

– L'ironie de l'histoire c'est que le seul élément dont l'empire pouvait se passer était Marc lui-même. Il avait beau en avoir été le créateur, on finissait par ne plus avoir besoin de lui.

Il fit un geste vers le plafond :

– Voyez comme on a réussi sans lui.

– Et Élisabeth ?

– Elle ne se doutait de rien. Elle croyait vraiment qu'il s'était suicidé.

Enzo sentit le froid remonter le long de ses jambes, à travers les dalles de pierre du sol. Ses mains tremblaient.

– Qu'est-ce que vous allez faire maintenant ? Nous tuer, Sophie et moi ? Ça ne vous servira pas à grand-chose, Guy. Comme je vous l'ai dit, tout est fini.

Enzo glissa avec précaution une main dans sa poche intérieure et en sortit la photocopie de la « lettre d'adieu » restaurée par Raymond. Il la secoua pour la déplier avant de la brandir.

– Voici la page de votre lettre, rendue entièrement lisible par une machine baptisée VSC6000. La police l'a déjà en sa possession. En outre, les photos des éclaboussures de sang sur le dos des mains de Marc prises à l'autopsie prouvent sans conteste qu'on l'a tué, qu'il ne s'est pas suicidé. Nous supprimer ne changera plus rien, Guy.

Mais il lisait la peur et l'indécision derrière les larmes de Guy. Il voyait un homme sur le point de craquer. Un homme qui s'était embarqué dans une voie dangereuse et, comme un camion fou lancé sur une pente vertigineuse, serait probablement incapable de s'arrêter tout seul. Or Enzo ne pouvait pas se permettre d'attendre pour en avoir le cœur net.

Il éteignit sa lampe et plongea rapidement hors d'atteinte du faisceau de celle de Guy, qui lança aussitôt, paniqué :

– Qu'est-ce que vous faites ? Je vais la tuer, Enzo, je vais la tuer.

Sur ce, il commença à entraîner Sophie vers l'extrémité de l'allée, sa lampe agitée de mouvements désordonnés éclairant de bas en haut et de haut en bas les rangées de bouteilles. Mais un bruit de verre cassé le figea soudain sur place.

– Nom d'un chien, qu'est-ce que c'était ?

La voix d'Enzo résonna dans l'obscurité :

– Un Saint-Émilion Grand Cru 2005, Guy. Qui doit valoir, quoi… dans les cent cinquante euros ?

– Arrêtez ! Je vous jure que je vais la tuer.

– Touchez un seul cheveu de sa tête et je casse toutes les bouteilles de votre putain de cave !

Le ton menaçant d'Enzo ne reflétait en aucune manière l'incertitude qui l'habitait. Mais il avait tenté quelque chose, et devait maintenant continuer. Un nouveau bruit de verre cassé se répercuta entre les parois rocheuses.

– Ça, c'était un Crozes-Hermitage. Oh, voilà une superbe bouteille. Lynch-Bages. À plus de mille euros, probablement.

Enzo la fracassa sur le sol – l'odeur du vin emplit l'air, comme du sang frais ; il se mit à courir en tirant des bouteilles au hasard pour les laisser s'écraser par terre derrière lui.

– Est-ce que vous mourez un peu avec chaque bouteille, Guy ? hurla-t-il.

Le cri angoissé de ce dernier résonna dans la cave, et un coup de feu assourdissant stoppa immédiatement Enzo dans sa course. Brusquement, il se retrouva pris dans le faisceau de la lampe torche. Guy venait de tourner dans son allée. Il tenait toujours Sophie par le cou, mais paraissait de plus en plus affolé tandis qu'il éclairait les débris de verre et le liquide hors de prix répandu sur le sol. Voyant qu'il ne braquait plus son arme sur elle, Sophie en profita pour lui flanquer un grand coup de coude dans le ventre.

Guy gémit de douleur et jura. Le faisceau lumineux zigzagua d'abord sur les rangées de bouteilles pendant qu'elle se débattait pour retrouver sa liberté, puis la lampe tomba et roula par terre. Guy balança alors le poing vers Sophie, l'atteignit à la pommette et l'envoya valdinguer dans l'obscurité où elle tomba à moitié assommée.

Aussitôt Enzo passa à l'action en essayant de franchir les quatre ou cinq mètres qui le séparaient de Guy avant que celui-ci n'ait le temps de réagir. Mais Guy braquait déjà son arme dans sa direction. Et même à la lueur de la lampe torche tombée à terre, Enzo vit son regard déterminé. À cet instant précis, il sut que plus rien ne pourrait l'empêcher d'appuyer sur la détente.

Le bruit de la détonation se répercuta sur tous les murs de la cave. Enzo tituba en arrière, les mains sur la poitrine, en s'étonnant de ne ressentir aucune douleur.

Il baissa les yeux et ne vit pas de sang sur ses mains, alors que Guy s'écroulait contre une rangée de bouteilles en renversant les casiers dont le précieux chargement s'écrasa au sol et répandit son contenu. Entouré d'un flot de vin hors de prix. Désormais sans valeur.

La balle avait quasiment pénétré au centre de la poitrine de Guy. Sa tête était rabattue en avant par le casier contre lequel il s'était affalé. Ses yeux grands ouverts regardaient la blessure avec une expression incrédule. Mais il était bien mort.

Soudain, la cave fut inondée de lumière. Enzo se retourna. Élisabeth se tenait en haut des marches. Dans sa main tremblait encore l'arme qu'elle avait utilisée pour tuer l'assassin de son mari, son ancien amant.

– Je ne savais rien, dit-elle.

***

Il avait fallu l'intervention d'un chasse-neige pour rendre la route de l'auberge accessible à la phalange de véhicules de police et d'ambulances rassemblés à présent devant l'entrée de l'hôtel. Les gyrophares bleus et orange lançaient leurs éclats désynchronisés en projetant alternativement leurs couleurs sur l'épaisse couche de neige vierge.

Sous le ciel maintenant limpide, la température chutait rapidement ; une croûte dure se formait à la surface de la neige et l'eau gelait dans les traces laissées par les pneus.

À la cave, les techniciens de la police scientifique continuaient à photographier méticuleusement la scène de crime, avant qu'on enlève le corps. Enzo avait déjà expliqué les faits aux premiers gendarmes arrivés sur les lieux, mais il savait qu'une longue nuit d'interrogatoires et de dépositions l'attendait.

La joue enflée de Sophie bleuissait. L'un des infirmiers du Samu avait nettoyé et pansé la peau à l'endroit où elle avait éclaté. Sophie était choquée, mais seulement légèrement blessée.

Debout sur la plus haute marche, enveloppée d'une couverture, à côté de son père qui lui avait passé un bras autour des épaules, elle se sentait encore un peu sonnée, ébranlée par les dernières heures traumatisantes qu'elle venait de vivre. Enzo la sentait trembler contre lui.

Ils se poussèrent sur le côté pour laisser passer les deux policiers qui escortaient une Élisabeth Fraysse livide vers l'un des fourgons. Elle leur jeta un coup d'œil, sans prononcer une parole. Enzo et Sophie la regardèrent monter à l'arrière du véhicule et s'aperçurent alors qu'on l'avait menottée.

– C'est vraiment triste, dit Sophie. Qu'est-ce qu'elle va devenir ?

– Aucune idée. Mais je ne peux imaginer rien de pire que ce qu'elle a déjà enduré.

– Elle nous a sauvé la vie.

Enzo hocha la tête.

– En effet. Et elle a tué le meurtrier du seul homme qu'elle a jamais vraiment aimé. Un homme à qui elle aurait volontiers tout pardonné. Même sa liaison avec la réceptionniste de l'hôtel.

– C'est terrible, papa, que deux frères puissent se brouiller de cette façon. Que la haine soit plus forte que les liens du sang.

Enzo leva la tête vers le firmament et vit une lune presque pleine se lever au-dessus des pins.

– En effet, dit-il.

Épilogue

Glasgow, novembre 2010

Il faisait un peu moins froid en Écosse que sur les plateaux gelés du centre de la France. Le Gulf Stream apportait de la douceur mais aussi de la pluie. Et il pleuvait maintenant. Une pluie fine – cette bruine que les Écossais appellent *smirr*.

Enzo regardait par-dessus les toits des immeubles les eaux grises de la Clyde, le long de laquelle se dressaient des grues silencieuses et rouillées. Comme des dinosaures d'une autre époque, celle où les hommes construisaient des bateaux qui sortaient de l'estuaire pour naviguer autour du monde. Une époque depuis longtemps révolue.

Sur la colline, au profil brisé par les stèles de marbre et les croix de granite, l'herbe était flétrie par l'hiver, aussi morte que les hommes et les femmes enterrés dessous.

Il y avait plus d'une demi-heure qu'Enzo errait au milieu des feuilles mortes, en faisant crisser le gravier sous ses semelles. Il était d'abord resté devant la tombe de son père, jusqu'à ne plus sentir ses pieds ni ses mains. D'en bas montait le grondement lointain de la circulation sur Maryhill Road.

Il éprouvait une sensation étrange. À vrai dire, il savait que son père n'était pas vraiment là. En tout cas, pas l'homme qu'il avait connu, respecté, aimé. L'homme dont l'intégrité, l'honnêteté, le sens de la justice l'avaient guidé dans la vie. Cet homme avait disparu depuis longtemps, seuls ses os reposaient ici. Et s'il continuait à vivre, c'était en Enzo, et en Jack.

Comment était-il possible que deux frères issus du même sang aient pu se révéler aussi irrémédiablement différents ? Partager le même père était forcément un facteur de rapprochement plus fort que tout ce qui pouvait les séparer. Et pourtant, trente ans et plus de silence témoignaient du contraire.

Il tourna la tête en entendant des pas sur le gravier et se trouva face à un inconnu. Un homme plus âgé que lui, aux cheveux gris clairsemés, au visage vaguement familier. Il était plus mince qu'Enzo ne se le rappelait. Rétréci en quelque sorte par les ans. Son long manteau sombre, luisant de pluie, paraissait trop grand pour ses épaules étroites.

– Bonjour, Jack, dit Enzo d'une voix qui lui sembla étrangement distante. Je n'étais pas sûr que tu viendrais.

Jack hocha la tête :

– Moi non plus.

Ils restèrent un long moment sans trop savoir quoi dire.

– Comment va Fiona ?
– Elle est morte il y a cinq ans, Enzo. Cancer.
Contre toute attente, Enzo sentit ses yeux se remplir de larmes.
– Mon Dieu, Jack ! Je suis désolé. Je ne savais pas.
Toutes ces années de colère et d'orgueil. Et pour aboutir à quoi ? À la mort. Là où finissent toutes choses, en ne laissant que le regret de vies gâchées.
– Je suis désolé pour tout, Jack. Sincèrement.
Jack le regarda longuement et, pour la première fois de sa vie, Enzo vit son père dans les yeux de son frère. Ce dernier se mordit la lèvre inférieure puis, d'une voix à peine plus forte qu'un murmure, dit :
– Moi aussi.
Enzo tendit la main. Jack la contempla un moment, fit un pas en avant et, d'un mouvement spontané que ni l'un ni l'autre n'aurait pu imaginer, les deux frères s'étreignirent. Enzo ferma les yeux en sentant qu'il tenait un peu de son père dans ses bras et aussi un peu de lui-même. Contrairement à Sophie et Kirsty, Laurent ne grandirait pas sans savoir qu'il avait un oncle.

Remerciements

Je voudrais remercier chaleureusement les personnes qui m'ont offert leur temps et leurs compétences avec tant de générosité pendant mes recherches, et en particulier :

Michel Bras, chef et propriétaire du « huitième meilleur restaurant du monde », trois étoiles au guide Michelin, pour m'avoir offert le libre accès à sa cuisine, et fait goûter les meilleurs plats de ma vie ; **Steven C. Campman**, médecin légiste à San Diego, Californie, USA ; **Grant Fry**, premier expert médico-légal auprès du bureau du shérif du Comté d'Orange, Californie, USA ; **Patrick Nolan**, chenil de Ponderosa, Maryland, USA ; **Linda Sperco**, Blue Ribbon Dog Sports Coaching, New Jersey, USA ; **NDZ** ; **Bob Dartnel**, directeur général de Foster & Freeman Ltd., Evensham, Angleterre ; **Karteek Alahari**, Oxford Brookes University, Angleterre ; John Hally, mon beau-frère, ancien élève de Hutchesons' Grammar School, aujourd'hui résident de l'état de New York, USA. Je souhaite également remercier et féliciter **Rudolph Chelminski** pour son excellent livre sur la mort de Bernard Loiseau, « **The Perfectionist** ». J'y ai trouvé à la fois de l'inspiration et des références indispensables sur l'histoire de la cuisine française moderne.

Ouvrage réalisé par Cédric Cailhol Infographiste.

Reproduit et achevé d'imprimer en septembre 2020
par l'imprimerie Novoprint (Espagne)

Dépôt légal : octobre 2020

ISBN : 978-2-8126-2111-6